Ik stierf in duizend doden

Ik stierf in duizend doden

Een vlammend liefdesverhaal te midden van de verschrikkingen van de Tweede Wereldoorlog

Millie Werber & Eve Keller

BBNC uitgevers
Amersfoort, 2012

Oorspronkelijke titel: *Two Rings, a Story of Love and War*

Vertaling: Hans Keizer, Imago Mediabuilders
Ontwerp omslag: Ontwerphaven, Suzanne Hertogs
Ontwerp binnenwerk en zetwerk: Imago Mediabuilders, Amersfoort
Druk- en bindwerk: Drukkerij Wilco, Amersfoort

ISBN 978 90 453 1384 9

www.bbnc.nl

Aan mijn lieve kinderen, kleinkinderen en achterkleinkinderen, die ik koester en liefheb, en van wie ik nooit had durven dromen dat ik ze ooit zou hebben.

En voor mijn twee grote liefdes – één die ik heel even heb mogen genieten en één die zestig jaar lang heeft gebloeid.

Ik wil mijn dierbare zonen Martin en David danken dat ze mij hebben gestimuleerd mijn verhalen te vertellen voor onze familie en voor de geschiedenis. Ik ben vooral Martin dankbaar voor het feit dat hij Eve en mij met elkaar in contact heeft gebracht, en voor zijn standvastige toewijding aan dit project in elke fase ervan.

Mijn allergrootste dank gaat natuurlijk uit naar Eve voor de duurzame liefde en vriendschap die we delen en voor het feit dat ze de stem van mijn hart heeft kunnen vinden. Het is echt een prachtig geschenk mezelf in haar woorden uitgedrukt te zien.

Millie Werber

Voor David
Mijn beste lezer, mijn beste vriend

Eve Keller

Inleiding

Eve Keller

Ik ontmoette Millie Werber voor het eerst bij haar zoon Martin thuis. Hij en zijn vrouw, Bracha, zijn vrienden van me en eens per maand nodigen ze op vrijdagavond twintig of meer mensen uit voor een sabbatsmaal bij hen thuis waarvoor ieder een gerecht meeneemt. Dan wordt er luchtig gepraat en gezongen. Millie kwam al jaren op deze avonden, sinds haar man Jack in de herfst van 2006 was overleden, en ik had haar aan het eind van de tafel rustig zien zitten, aandachtig luisterend, maar altijd wat terughoudend, meer een waarnemer dan een vlotte deelnemer aan de sfeervolle drukte. Millie, een kleine vrouw van amper 1,50 meter, was altijd onberispelijk gekleed – een stemmige donkerblauwe jurk, soms een eenvoudig wollen jasje met een sportpantalon. Haar kleren waren elegant en bescheiden, evenals haar houding. We hadden elkaar beleefd aangesproken en ik voelde sympathie voor haar – haar ogen straalden meteen als ze de vele mensen begroette die naar haar toe kwamen – maar ze leek tamelijk gereserveerd en vanwege haar kalmte leek ze ook wat broos; ons contact was nooit veel verder gegaan dan 'leuk-je-te-zien'.

Martin kwam met het idee dat ik zijn moeder zou interviewen en een boek over haar ervaringen in de oorlog zou schrijven. Hoewel haar familieleden er in de loop van de jaren bij haar op hadden aangedrongen, was Millie er afkerig van geweest gedetailleerd over haar leven te vertellen. Zo kan dat gaan met overlevenden, heb ik me laten vertellen – ze willen zich niet aan anderen opdringen, willen mensen niet belasten met de gruwelen van het verleden. Maar Martin dacht dat Millie daar nu misschien eindelijk toe bereid zou zijn, en hij dacht dat wij tweeën het goed met elkaar konden vinden. Ik vermoed dat hij dat aanvoelde.

Ik hield in het begin ook de boot af. Ik ben academicus, hoogleraar Engelse literatuur, geen geschiedkundige en al helemaal geen Holocaust-kenner. En hoewel ik Joods ben, heeft mijn familie weinig binding met de oorlogstrauma's. Er is in mijn familie niemand in de Holocaust omgekomen. Drie van mijn vier grootouders waren in de Verenigde Staten geboren; de vierde kwam eind 19e eeuw uit Hongarije. Ik groeide op in een voorstad van New York en had nauwelijks enige ervaring met antisemitisme. Toen ik op *highschool* zat en viool speelde in een provinciaal orkest, vroeg mijn partner bij de muziekstandaard, een toegewijde katholieke, eens of ze mijn hoorns mocht zien. Maar dat was onschuldig, een kleinburgerlijk grapje; hoeveel kwaadwilligheid er ook zat in de eeuwenoude laster die ze had gehoord, daarvan was in haar geen spoor te bekennen.

Ik aarzelde dus om dit project met Millie te beginnen, want ik kon geen ingang zien; er was geen duidelijke band tussen Millie en mij die zo'n project haalbaar zou maken. Als ik geen enkel echt antisemitisme had ervaren, totaal geen echte ontberingen, niets gevaarlijks of het soort angst dat je 's nachts wakker houdt en in bed laat trillen, hoe kon ik dan Millie begrijpen, die zulke dingen aan den lijve had ervaren, die erdoor was gevormd en er nog steeds mee leefde? Hoe kon ik de ervaringen begrijpen waarover ze me zou vertellen, het gevoel van haar ervaringen?

Toch besloten we het te proberen. We spraken af dat ik Millie regelmatig thuis zou bezoeken, in haar elegant ingerichte ranch op het kleinsteedse Long Island.

'Waar zullen we beginnen?' vroeg ik de eerste keer. En zonder dat ik hoefde aan te dringen kwamen de verhalen naar buiten. Als een dam die was doorgestoken, als een waterval van verhalen, die over elkaar tuimelden, allemaal door elkaar. Het ene verhaal ging gemakkelijk in het andere over, de contouren waren volkomen onduidelijk. Het leek alsof Millie, na de verhalen zo lang voor zichzelf te hebben gehouden, alles wilde vertellen. Er was iets losgebroken en het stroomde maar door – niet woest, niet echt chaotisch, maar zo overvloedig dat er moeilijk een lijn in te ontdekken viel. Ik werd erdoor overspoeld en Millie ook, dat weet ik. Onze eerste sessie duurde vier uur; we zouden nog vele honderden uren met elkaar doorbrengen.

Eerst waren onze ontmoetingen enigszins formeel – de interviews waren vraag-en-antwoordsessies. Ik nam het materiaal van elke sessie door en kwam bij haar terug met aanvullende vragen – om data helder te krijgen, op meer details aan te dringen, ervoor te zorgen dat ik begreep naar wie alle voornaamwoorden verwezen. Het bleek betrekkelijk gemakkelijk de basale chronologie te reconstrueren: september 1939, Duitsland valt Polen binnen; voorjaar 1941, er worden twee getto's gevormd in Radom, een industriestad; zomer 1942, de deportaties beginnen, er worden fabrieken voor dwangarbeid opgezet; een jong meisje trouwt; een goede man wordt verraden; er sterven heel veel mensen; de oorlog rolt maar door. De gebeurtenissen liggen op het oppervlak van het geheugen.

Maar Millies innerlijke leven was moeilijker te vinden.

Millie vertelde me veel verhalen meerdere keren; vaak leken ze bijna canoniek zoals zij ze vertelde – de verhalen werden bijna woord voor woord gereciteerd. Het was alsof haar verhalen gekristalliseerd waren, in heel specifieke termen in haar geheugen waren opgeslagen. Het vertellen verliep vaak moeizaam – we zaten altijd met een doos tissues tussen ons in – maar op de een of andere manier leek de onveranderlijke vorm van de verhalen ook als een emotionele buffer te werken, die een zekere mate van bescherming bood tegen de onderliggende, onuitgesproken gevoelens. Millie had niet altijd vlot toegang tot die gevoelens, maar dat was precies wat ik per se wilde weten – wat ik beslist moest weten als ik haar wilde kennen en een stem wilde geven aan de verborgen gebieden van haar innerlijke leven.

Ik besefte dat het veel van ons beiden zou vergen om tot haar innerlijk door te dringen. We hadden tijd nodig om Millie haar verhalen te laten vertellen en opnieuw te laten vertellen; we moesten ook eerlijk en oprecht zijn en hadden behoefte aan groeiend wederzijds vertrouwen. Bovenal moesten we geloven dat het ondanks onze verschillen toch mogelijk zou zijn de ander echt te kennen en door de ander gekend te worden.

En daarvoor hadden we liefde nodig.

Ik besloot een stap terug te doen en Millie te laten praten zonder veel sturing van mijn kant. Ik stelde algemene, open vragen – wat ging er die dag door haar hoofd; waarover had ze nagedacht terwijl ze op mijn komst wachtte; waarmee hield ze zich in gedachten bezig toen ze de avond ervoor in bed lag? Ik wilde haar niet opjagen; ik wilde dat haar geest ging waarheen hij wou. En langzaam begon ik de patronen te ontwaren die onder de associaties van haar geheugen lagen, de emotionele hoekstenen die structuur geven aan haar ervaring van de wereld.

We begonnen elkaar al gauw heel vaak te zien; sommige dagen besteedden we aan gesprekken, andere aan plezier. We merkten dat we vriendinnen werden – een Holocaust-overlevende van begin tachtig en iemand van net vijftig uit een voorstad van New York. We gingen gewoonlijk naar Lord & Taylor – een van Millies favoriete winkels – waar we de nieuwste artikelen bekeken en de snit en kleuren van de mode van het seizoen beoordeelden. We liepen gearmd over de afdelingen – jurken, sportkleding, accessoires – en namen dan de lift naar het restaurant op de tweede verdieping en aten sandwiches met gegrilde groenten tussen de blonde vrouwen die daar met hun boodschappentassen zaten. We gingen naar een acht weken durende filmserie over de Holocaust uit de jaren 1940 in het Manhattan Jewish Community Center; we gingen naar matinees op Broadway; we gingen een keer naar *La Traviata* in het Met terwijl er een zware sneeuwstorm woedde. Ik liet Millie kennismaken met YouTube en we keken in haar studeerkamertje naar video's – fragmenten van de Carol Burnett en Lucie Ball Shows, en Lily Tomlin die Ernestine speelde in de Telephone Operator.

En we praatten urenlang zonder iets achter te houden. Van wie we in ons leven hadden gehouden, hoe we hadden liefgehad. Het vuur van een eerste kus en hoe het is om een huwelijk decennialang in stand te houden. Wat we voor onszelf, voor ons gezin hadden gewild; waarin we geloofden en waarvoor we bang waren. Wat begon als een reeks formele interviews – 'Vertel me eens over het getto: Waar woonde je? Hoe kwam je aan eten?' – veranderde in iets heel anders.

Millie noemt me nu de zus die ze nooit heeft gehad. Ik maak bezwaar: Ik ben drieëndertig jaar jonger dan jij, zeg ik. Waarom noem je me niet de dochter die je nooit hebt gehad? Ze begrijpt het en lacht. Maar ze geeft de voorkeur aan zus. En dat vind ik prima.

Op een dag, bijna een jaar nadat we waren begonnen, nam Millie me mee naar haar slaapkamer. Daar was ik al eerder geweest – ze wilde een nieuwe jurk voor mij passen of me laten zien wat ze op een komende familiebijeenkomst zou dragen. Maar die dag vroeg ze me gewoon te gaan zitten op de canapé tegenover het bed. Ze stapte haar inloopkast binnen; ik kon haar achterin zien zoeken, achter haar kleren. Ze kwam tevoorschijn met een harmonicamap vol oude foto's en documenten. Van de meeste had ik al kopieën gezien – een hele wand van haar ruime gemeubileerde souterrain hangt vol met familiefoto's – enkele van haar eigen kinderen en kleinkinderen, de meeste van haar familie in Europa. Haar moeder, haar vader, haar broer, haar oom en tante, haar neef en nicht. Millies tante had de foto's na de oorlog teruggekregen van de vrienden in Parijs naar wie zij ze in de dertiger jaren had gestuurd.

Maar Millie liet me toen een paar dingen zien die ik nog niet eerder had gezien – de gedroogde, gele blaadjes van een chrysant, overblijfselen van een bloem die Jack haar op hun trouwdag had gegeven; een paar gouden ringen, één met de initialen HG gegraveerd in een klein medaillon op de ring; een gehavend fotootje van een jong paar dat vol verwachting naar de camera kijkt. 'Mijn Heniek', zei ze, 'dit is mijn Heniek.'

Ze gaf me de ringen om ze te laten bekijken, en toen vertelde ze me wat ze nog nooit aan iemand had verteld – hoe ze de foto en de ringen in de oorlog had kunnen houden, waar ze ze in de vele decennia erna had bewaard, wat ze er in het geheim mee had gedaan, gedurende haar hele leven, wie ervan wist en wie niet. Millie had me toen al veel over Heniek verteld, maar dit nog niet. Toen ik de blik in haar ogen zag terwijl ze de foto voor me hield en met haar vinger zachtjes over de vouwen en kreukels ging, wist ik dat dit de kern van Millies verhaal was, dat het in wezen niet slechts het verhaal van een overlevende over verlies en leed was, maar op een dieper niveau een verhaal over jonge, vurige liefde te midden van de verschrikkingen – ondanks de verschrikkingen – en een verhaal dat sinds die tijd niets aan kracht heeft ingeboet.

Tijdens het schrijven van Millies verhaal moest ik beslissen hoe ik haar karakter zou weergeven. Millie praat niet over haar gevoelens en ze is niet geneigd tot introspectie. Hoewel ze absoluut vloeiend Engels spreekt, zijn haar intonaties en zinsbouw sterk beïnvloed door een soort verengelst Jiddisj – '*you shouldn't know from this*'; '*too much I worried about these things.*' Hoewel ik eerst meende dat ik me tot haar woorden kon beperken, besefte ik al gauw dat het niet mijn doel moest zijn om het soort zinnen dat ze formuleert te kopiëren, maar dat ik moest uitdrukken wat zich volgens mij in haar hart afspeelde, ook al had Millie zelf niet de woorden om dat te formuleren of uit te drukken.

Dus schreef ik op wat zich volgens mijn intuïtie in Millies innerlijke wereld bevond – de verlangens en angsten en hoop en oordelen van een jonge vrouw, nauwelijks meer dan een meisje. En toen las ik elk woord aan haar voor, elke zin, elke revisie. Soms schreef ik dingen op die haar een ongemakkelijk gevoel gaven, en we moesten er samen naar kijken om vast te stellen wat we zouden laten staan en wat we zouden weglaten. (Millie zegt bijvoorbeeld niet graag dat ze aantrekkelijk is of dat ze aantrekkelijk voor mannen is geweest, hoewel ik gemakkelijk kan zien dat ze dat was – en is – en de liefdesscènes met Heniek geven haar nog steeds een wat ongemakkelijk gevoel.) Maar elke zin die hier staat, is helemaal van haar; elke zin, ook al klinkt hij misschien niet helemaal als de hare, getuigt hoe dan ook van haar hart, haar waarheid, de werkelijkheid waarin ze leeft. 'Ja', zegt ze, 'dat is waar; wat je hebt opgeschreven is waar.'

Wat betreft de historiciteit van wat hier staat – ik kan zeggen dat alles wat gecontroleerd kan worden, is gecontroleerd. De namen van de fabrieken in Radom, de namen van de diverse mensen die de leiding hadden over de getto's en de fabriek waarin ze werkte en later over het concentratiekamp waarin de arbeiders geïnterneerd waren, de data van de vorming van de getto's en de liquidaties, de dodenmarsen. Millie bezocht Auschwitz in 1987 en nam een kopie mee van een document met de namen, geboortedata en beroepen van al degenen die daar op een bepaalde dag in de zomer van 1944 aankwamen. Millie staat erop, samen met haar tante – beiden uit Radom, Millie is 'studente', haar tante Gittel 'naaister'. En Millie heeft natuurlijk een tatoeage – A-24542.

De rest is in overeenstemming met Millies kennis en geheugen. Ze was vaak onzeker over de juiste volgorde en het tijdskader, vooral van de tumultueuze winter van 1943-1944. Ze weet echt niet hoe lang ze met Heniek getrouwd is geweest, misschien maanden, maar soms zegt ze dat het slechts een paar weken heeft geduurd. Ik heb geprobeerd deze onzekerheid in de tekst op te nemen en niet net te doen alsof ze na 65 jaar nog een volledig en helder besef heeft van de exacte chronologie van specifieke gebeurtenissen. Millie is beslist zo eerlijk geweest als maar mogelijk was – over de innigheid van haar liefde, over de hardnekkigheid van haar haat; over wat ze zich herinnert en wat niet; over wat ze nog goed weet en wat ze slechts kan vermoeden. Ze weet dat ze geen toegang heeft tot de oorzaken van dingen – waarom de Duitsers de uitwisseling van Joden tegen Argentijnse burgers voorstelden, waarom er op de dodenmars naar Tomaszów Mazowiecki een optie was om op een dodenwagen te klimmen, of het wel klopt hoe de Radomers de gebeurtenissen op gang brachten die leidden tot de dood van de dertien politieagenten en hun familie uit de fabrieken. Millie weet dat het verhaal zoals zij het vertelt, weergeeft hoe zij en andere Radomers in de fabriek de gebeurtenissen ervoeren. Maar hoe krachtig haar beschuldigingen ook zijn, ze beseft dat ze niet met volledige zekerheid kan weten wat er in feite is gebeurd.

Hoewel Millie soms scherpe oordelen kan hebben, vreest ze de oordelen van anderen nog meer. Ze kleedt zich mooi, maar eenvoudig, geeft bijvoorbeeld vaak de voorkeur aan namaaksieraden boven edelstenen, omdat ze niet wil dat mensen haar als ijdel beschouwen, of, nog erger, dat ze de aandacht op zichzelf wil vestigen. Eens besloot ze, hoewel ze het wel wilde, niet naar Israël te gaan voor een bruiloft, omdat ze daar een paar weken daarvoor al was geweest voor een bezoek dat al lang geleden gepland was, en ze was bezorgd dat mensen haar als verkwistend zouden beschouwen als ze twee keer binnen een maand zo'n lange reis zou maken. Een vriend van haar vroeg haar eens uit eten, een onschuldig gebaar van kameraadschap tussen volwassenen die elkaar al meer dan een halve eeuw kenden, maar Millie wees het af, bezorgd dat anderen het ongepast zouden vinden dat zij, een weduwe, met een andere man uit eten zou gaan.

Dit zijn kleinigheden, dat beseft ze. Maar de angst zit diep, misschien omdat blootstelling aan oordelen tijdens de oorlog letterlijk een kwestie van leven of dood was. Millie heeft haar zonen nooit over haar eerste man verteld, voornamelijk omdat ze bang was voor hun oordeel. Ze heeft natuurlijk wel haar ervaringen tot op zekere hoogte aan haar familie verteld en soms ook in het openbaar. Ze heeft lezingen gehouden in synagogen en Holocaust-musea, ze heeft voor schoolkinderen gesproken en is zelfs een keer naar Duitsland gereisd om op een middelbare school in Gütersloh te spreken, vlak bij de plaats waar ze tegen het eind van de oorlog in een fabriek voor dwangarbeid was geïnterneerd. Maar ze heeft nooit volledig of diepgaand over haar verleden gesproken en heeft de episodes van haar leven slechts bij stukjes en beetjes onthuld.

Dit gold tot op zekere hoogte ook voor Jack. Zestig jaar lang deelde Millie haar verhalen met Jack, die zijn eigen oorlogservaringen had ondergaan en alles begreep wat ze zei, maar niet aandrong als ze niet verder wilde vertellen. Jack wist dat ze korte tijd met Heniek getrouwd was geweest en dat hij gedood was, net zoals Millie wist van Jacks eerste vrouw, Rachel, en hun driejarige dochter, Emma, die ook allebei waren gedood. Maar ze respecteerden elkaar ook door te zwijgen en drongen nooit bij de ander aan op details.

Millie vertelde deze dingen niet aan haar zonen om een simpeler reden – ze vreesde hun minachting. Wat zouden haar kinderen van haar denken als ze van Heniek wisten – dat ze toen zo jong was en zo verliefd; dat ze in een rampzalige toestand verkeerde en toch, hoewel slechts even, een verlichting in tederheid en rust vond. Ze maakte zich (ten onrechte) bezorgd dat haar kinderen dat als ongepast zouden beschouwen.

Maar het was angst voor een ander soort oordeel die haar uiteindelijk ertoe bracht minder streng voor zichzelf te worden. Stel dat ze zou sterven en haar kinderen nooit zouden weten waarom ze al die jaren had gezwegen? Konden ze haar verdenken van een of andere wandaad? Konden ze denken dat ze weigerde te praten omdat ze iets beschamends moest verbergen? Hoewel ze weet dat haar zonen haar nooit een reden hadden gegeven om bezorgd te zijn om hun oordeel over haar, is ze diep geraakt door boeken van overlevenden van de tweede generatie die naar haar mening onterechte kritiek op hun ouders geven. Millie wil niet dat anderen zich afvragen wat haar verhaal is; ze wil het zelf vertellen.

Vijfenzestig jaar lang heeft Millie een geheim met zich meegedragen, maar ze wil dat mensen weten dat haar verhaal dierbaar voor haar is, en puur. Het was toen; het is nu.

1

Hij hield een ring vast, draaide hem tussen zijn vingers. De ring stelde niet veel voor – een dunne gouden ring, bespikkeld met een paar diamantschilfers – maar hij speelde ermee en speelde met mij door te zeggen: 'Van wie is deze ring? Aan welke vinger zal hij passen?'

Het was begin herfst, 1945. Jack en ik waren in Garmisch-Partenkirchen, een bergstadje in Zuid-Duitsland. Ik was daar een paar maanden na onze bevrijding naartoe gegaan met mijn tante Gittel – ik noemde haar Mima – omdat we hadden gehoord dat daar Radomers waren. In Radom, de stad in Polen waar we vandaan komen, stonden fabrieken, zoals de Steyr-Daimler-Puch fabriek waarin ik had gewerkt, en dat betekende dat Radom overlevenden had – of althans een groter aantal overlevenden dan vele andere steden – omdat de Duitsers arbeiders nodig hadden voor hun oorlogsindustrie. Honderden Radomers hadden wapens en kogels gemaakt – de bewapening voor onze eigen vernietiging.

Mima en ik hadden de eerste paar maanden na onze bevrijding in Kaunitz doorgebracht, een stadje langs de weg van waaruit we waren bevrijd, maar toen we hoorden dat er in Garmisch-Partenkirchen andere Radomers waren, besloten we de zevenhonderd kilometer af te leggen om onze familieleden te zoeken. Ik zocht mijn vader en Mima zocht haar man en haar zoon; we hadden hen ongeveer een jaar geleden voor het laatst gezien, toen de mannen en vrouwen in Auschwitz gescheiden waren. We besloten naar Garmisch-Partenkirchen te gaan hoewel we de informatie over de Radomers niet echt vertrouwden, want we hadden ook gehoord dat Jack Werber daar was, en dat konden we niet geloven omdat iedereen uit Radom wist dat Jack Werber dood was.

Jack was 25 in 1939, toen de Duitsers Polen binnenvielen. Hij was kort daarna op verdenking van linkse sympathieën gearresteerd en naar Buchenwald gestuurd op verzonnen beschuldigingen dat hij communistische bijeenkomsten had gehouden in de achterkamer van de winkel van zijn familie. Ik was pas twaalf toen hij gearresteerd werd, en kende hem niet, maar mijn familie kende de zijne en we hoorden allemaal wat er was gebeurd. Enkele maanden nadat Jack was meegenomen, werd zijn vader op het kantoor van de Judenrat in Radom ontboden en daar kreeg hij te horen dat Jack aan dysenterie was overleden. Als hij wilde, kon hij betalen om Jacks as naar Radom te laten sturen. Jacks vader was helemaal van streek om de dood van zijn zoon en wilde erg graag die as. Hij wilde zijn jongste zoon een gepaste begrafenis geven in de stad waar zijn familie al honderd jaar woonde. Dus betaalde hij en een paar weken later kwam er een doos aan met as die volgens het opschrift van Jack Werber was.

We waren toen te onschuldig, te naïef om te begrijpen wat er gebeurde. Het verhaal van Jack was gruwelijk, maar geloofwaardig: hij was gearresteerd, was tewerkgesteld in een zwaar werkkamp, was ziek geworden en gestorven; Jacks bewakers hadden zijn lichaam gecremeerd en uit een of ander gevoel van menselijk fatsoen hadden ze aangeboden zijn as naar huis te sturen. In oorlogstijd kon een redelijke wereld zo'n verhaal produceren. Het klonk aannemelijk; het was een verhaal dat zijn familie bereid was te accepteren.

Maar Jack was niet gestorven. De Duitsers hadden gewoon een manier gevonden om niets vermoedende Joden geld afhandig te maken. In heel Polen kregen Joden te horen dat hun zonen en vaders en echtgenoten dood waren en dat ze tegen een vergoeding de as van hun familieleden konden laten opsturen. Jacks vader had wat as begraven, maar niet die van zijn zoon.

Had hij het kind van een ander begraven? Had hij de gemengde restanten van diverse mensen gekregen? Misschien was de as niet eens van een mens. Misschien had Jacks vader een hond begraven.

Toen Mima en ik in Garmisch-Partenkirchen aankwamen, ontdekten we dat Jack in een appartement bij zijn neef Itamar woonde. Itamar had ook de kampen overleefd. Hij had een klein pension opgezet in een flatgebouw in het centrum van de stad. Er woonden daar ongeveer vijftien mensen, allemaal uit Radom – voornamelijk mannen, plus twee van Jacks nichten, Zysla, die achttien was, net als ik, en Renya, die ongeveer tien jaar ouder was.

Nadat we daar waren aangekomen, wilde Mima vrijwel meteen verder gaan om te zoeken naar haar man en zoon en naar mijn vader, die, zoals we hadden gehoord, helemaal naar Bari in Italië was gegaan, de haven voor boten waarmee Joden naar Palestina werden gesmokkeld. Ik wilde daar ook naartoe, maar Mima vond het beter dat ik in Garmisch-Partenkirchen bleef. Ik was daar niet blij mee, achtergelaten te worden bij mensen die ik nauwelijks kende, maar Mima verzekerde mij dat Jack op me zou passen. Ze wist dat Jack Werber een goede naam had; bij Jack zou ik veilig zijn.

Ik had niet veel keus. Ik deed zoals me gezegd was; ik bleef achter.

Nadat Mima vertrokken was, gingen Zysla en ik weg uit Itamars flat om een eigen appartement te betrekken. Het was voor twee jonge vrouwen niet handig om bij zoveel mannen te wonen. En ik wilde mijn eigen boontjes doppen, niet het gevoel hebben dat ik voor mijn levensonderhoud van de groep afhankelijk was. Het was voor mij belangrijk dat ik niemand iets verschuldigd was, dat ik niet in een positie verkeerde waarin mij iets gevraagd kon worden wat ik misschien met tegenzin zou doen.

Dus gingen Zysla en ik in een klein appartement verderop in de straat wonen en elke ochtend gingen we naar Itamars appartement. We hadden allemaal voedselbonnen gekregen en daarmee hadden we elke week recht op een bepaalde hoeveelheid brood. Het was niet genoeg, maar iedereen leek een manier te vinden om hier en daar wat extra's te pakken te krijgen. Eén man in Itamars groep, Srulik Rosensweig, werkte in de keuken voor het Amerikaanse leger en om de paar dagen bracht hij wat blikken soep voor ons mee. Zysla en ik gebruikten deze rantsoenen om voor iedereen in het appartement ontbijt te maken. 's Ochtends openden we de blikken en we schepten de kleine beetjes vet eraf die op het oppervlak dreven. Die vette klodders smeerden we op het brood dat we met onze voedselbonnen konden kopen. Een doorslag – een *odbitke* – zo noemden we het: we drukten twee stukken tegen elkaar, het vet liep van de ene kant in de andere en dan hadden we doorslagen van brood, op smaak gebracht met vet. We vonden het heerlijk, dit ontbijt. En het was fantastisch 's ochtends te kunnen eten, iets te hebben om op te kauwen.

In die dagen probeerde iedereen helemaal opnieuw te beginnen. De jonge mannen wilden een geregeld leven leiden, voor iemand zorgen en iemand hebben die voor hen zorgde. Ze wilden natuurlijk ook andere dingen, maar het meest van alles wilden ze trouwen. Als je twee minuten met een man praatte, wilde hij al een aanzoek doen. Zelfs daar in Kaunitz gaf een jonge man die ik nauwelijks kende – we hadden een of twee keer samen een avondwandeling gemaakt – mij een brief waarin hij mij 'een stuk van (zijn) hart aanbood'. Misschien wilde hij met me trouwen –

Garmisch-Partenkirchen, 1945. Jack staat op de achterste rij, derde van links; ik ben de derde van rechts.

ik weet het niet; daar had ik geen interesse in. Maar overal om me heen werd er gekoppeld: 'Wat vind je van deze? Vind je haar leuk?' 'Wat vind je van die-en-die? Hij heeft belangstelling voor jou.' Mensen spanden zich in om vooruit te komen in het leven.

Toen we ons eenmaal bij de groep Radomers hadden gevoegd, leken heel wat mannen in mij geïnteresseerd te zijn. Ik vind het gênant om dit te zeggen, zelfs vernederend om het op dit punt in mijn leven toe te geven. Op de een of andere manier lijkt het me ongepast zo over mezelf te spreken, als aantrekkelijk voor mannen. Ik zeg het liever discreet: ik had altijd geluk met mensen. En dat is waar, dat had ik. Maar het is ook waar dat er mannen waren die iets met me wilden doen, of met me wilden trouwen. Ik was behoorlijk jong en er waren veel meer mannen in de buurt dan vrouwen, en tja, zo was het nu eenmaal. Een van de mannen probeerde Jack zover te krijgen dat hij namens hem een praatje met me maakte – Jack grapte later dat het zoiets was als aan de kat vragen of hij zijn melk aan de muis wil geven. Een andere man uit onze groep verscheen soms opeens achter me, als ik in de keuken stond af te wassen of het appartement opruimde. En dan begon hij zacht tegen me te zingen, vlak bij mijn oor, zodat alleen ik het kon horen. Hij moet zijn gezang als een soort geflirt hebben beschouwd, moet hebben gedacht dat hij me met zijn stem het hof kon maken. Maar ik had geen belangstelling voor zijn attenties, of voor die van wie dan ook. Ik was al een keer getrouwd geweest; ik wist dat ik niet nog eens zou trouwen.

Maar met Jack was het anders. Hij en ik waren 'gewoon vrienden', zoals jongeren nu zeggen. Ik werd gefascineerd door hem, door zijn verhalen en door het simpele feit dat hij leefde.

Een van de vrouwen onder de Radomers – Fela Gutman – raadde me aan afstand tot Jack te bewaren. Ze beweerde dat Jack ziekelijk was, al voor de oorlog. Zijn moeder was aan tuberculose gestorven toen hij nog maar zeven jaar was, en met uitzondering van zijn broer Mannes, die nog voor Jacks geboorte naar Amerika was geëmigreerd, waren al Jacks broers en zusters dood. Opgegroeid in een huis dat volgens de mensen aangetast was door ziekte, zonder een moeder, uiteindelijk het enige nog levende lid van zijn directe familie in Europa, en toen vijfenhalf jaar in Buchenwald doorgebracht – Jack was beslist fragiel, beweerde Fela, behoorlijk uitgeput, behoorlijk afgemat.

Later kwam ik er achter dat Fela namens de man sprak die voor me zong – dat hij haar had gevraagd te proberen me ervan te weerhouden tijd met Jack door te brengen. Maar ik werd niet overtuigd door Fela's waarschuwingen. Ik werd door Jacks verleden vol ontberingen meer geboeid dan afgeschrikt. Welke man had kunnen doorstaan wat hem was overkomen? Welke man had dat alles kunnen overleven? Van de 3200 Joden en Polen die met hem naar Buchenwald waren overgebracht, haalden er slechts elf het eind van de oorlog. Ik dacht dat er een bepaalde kracht in hem moest zijn, iets onbreekbaars, waardoor Jack had kunnen overleven.

Dus brachten Jack en ik elke dag wat tijd met elkaar door – soms wandelden we in het park als het mooi weer was, soms zaten we gewoon even samen op de oude fluwelen bank in de zitkamer van het appartement. Jack vertelde me vaak zijn verhalen over de oorlog, eerst met tegenzin en alleen op mijn aandringen. Maar uiteindelijk begon hij gemakkelijker te praten, aangemoedigd door mijn belangstelling, en terwijl hij sprak luisterde ik, vol bewondering en medelijden, in gelijke mate.

De eerste veertien weken dat hij in Buchenwald geïnterneerd was, moest Jack in de steengroeve werken. Twaalf uur per dag hees Jack in de ijskoude Duitse winter keien op zijn schouders en droeg ze de 150 treden op naar de bovenrand van de groeve, waar hij zijn last op een stapel keien stortte. Hij droeg alleen de enkele dunne laag van zijn versleten uniform en aan zijn voeten lompe houten klompen; vanwege de harde, onbuigzame zolen kon hij onmogelijk standvastig over de ongelijkmatige grond lopen. Ik kende die klompen; ik leed er ook onder in Auschwitz: ze werden voor mij letterlijk het onderwerp van nachtmerries. Als je in de groeve viel of uitrustte van je inspanningen, bestond de straf uit een pak slaag of directe executie. Voor zover Jack toen wist, had dit werk geen enkel doel, alleen het breken van de rug van de gevangenen. Hij vertelde me dat elke dag tientallen mannen in deze groeve stierven, van lichamelijke uitputting of omdat ze werden doodgeschoten door een van de vijftig soldaten die de wacht hadden. Op een dag, vertelde hij me, vertrokken driehonderd mannen 's ochtends van de barakken naar het werk en 's avonds keerden er slechts tweehonderd terug.

Jack beweerde dat hij niet wist hoe hij erin geslaagd was die veertien weken in de steengroeve – of zijn vijfenhalf jaar in Buchenwald – te overleven, maar terwijl ik in de weken na onze ontmoeting naar zijn verhalen luisterde, begon ik in te zien hoe hij het had klaargespeeld.

Telkens als hij bijvoorbeeld in de steengroeve de bodem bereikte, inspecteerde hij snel de keien voordat hij er een koos om op te tillen; dan probeerde hij vast te stellen welke er zwaarder uitzagen dan ze in werkelijkheid waren. Hij kon ze niet echt uittesten, door ze zeg maar met zijn voet heen en weer te schuiven om hun gewicht in te schatten, want daarmee zou hij het risico lopen dat het door een bewaker werd gezien. Hij moest dat op het oog zien vast te stellen – misschien had de ene steen een inkeping aan de onderkant, misschien was een andere zodanig gevormd dat het gewicht gemakkelijker over zijn schouders was te verspreiden. Hij observeerde, hij experimenteerde, en in de loop van de dagen en weken leerde hij welke stenen het gemakkelijkst waren op te tillen.

Op een keer werd hij betrapt.

Jack werkte bij een bedrijf dat materialen – zakken cement, zware stenen en dergelijke – naar en van een bouwplaats moest brengen. Hij en een partner droegen hun lasten door de einden van twee horizontale palen vast te houden die waren vastgemaakt aan een grote houten kist waarin de materialen werden gestapeld. Ze droegen het volle gewicht van de kist in hun onbeschermde handen: ze kregen blaren, die dan opengingen, en ze moesten evengoed de kist met de lading naar beneden dragen in hun ruwe handpalmen, waar vocht uit liep. Jack bedacht een middel om de pijn te verlichten: hij doorzocht wat weggegooide bouwmaterialen en vond een stuk touw, dat hij door een mouw omhoog sjorde, over zijn schouders en langs de andere arm naar beneden; toen bond hij de einden van het touw aan de palen. Als de stekende pijn in zijn handen ondraaglijk werd, verslapte Jack zijn greep en liet het touw over zijn schouders het gewicht dragen. Een ingenieus middel – eenvoudig, effectief en geheim.

Totdat het niet meer zo geheim was. Een bewaker zag het touw en beschuldigde hem van sabotage wegens diefstal van eigendom van het Derde Rijk. Het touw was afval, maar dat was blijkbaar niet relevant. Jack werd naar een boom gebracht, zijn handen werden met touw achter zijn rug gebonden en dat touw werd weer aan een dikke uitstekende tak gebonden, en ze lieten hem daar hangen, samen met twee andere 'saboteurs'; hij bungelde heen en weer, zijn schouders werden langzaam uit hun kom getrokken.

Jack. Lieve Jack. Wat had hij moeten lijden. Wat ik ook had doorgemaakt, zoiets had ik niet doorgemaakt. Ik kon mijn hart week voelen worden om hem, om zijn slimheid, zijn vastberaden deugdzaamheid.

Een SS-officier beschuldigde een man, één met wie Jack werkte, van luiheid en bepaalde in een opwelling als straf dat Jack de man levend in een diep gat moest begraven, vlak bij de plek waar ze werkten. Toen Jack aarzelde, zei de officier dat de andere man Jack moest begraven. Bang, veronderstelde Jack, voor de straf die hij zou krijgen als hij weigerde het bevel op te volgen, deed Jacks partner wat hem was opgedragen. Hij duwde Jack in het gat en begon de aarde op hem te storten die daar vlakbij opgehoopt was, terwijl de officier rustig toekeek. Toen de aarde op Jack viel, voorbij zijn middel en toen op zijn borstkas, begon hij heel diep te ademen en liet zijn longen telkens zoveel mogelijk opzwellen in de hoop dat hij wat ruimte kon scheppen om te ademen. Jacks medegevangene bleef aarde op hem schuiven en stopte elke paar minuten om de aarde met zijn voeten aan te stampen. Hem was een taak opgedragen en hij probeerde het goed te doen, veronderstelde Jack. Toen de aarde Jacks nek bereikte, veranderde de officier misschien opeens van mening of misschien had hij gewoon genoeg van het schouwspel. Hij zei tegen de gevangene dat hij alle aarde eruit moest scheppen en Jack uit het gat moest laten klimmen. Hij gaf Jack een berisping omdat hij niet bereid was de man te begraven die zo snel bereid was hem te begraven. Toen sloeg de officier de andere gevangene met zijn stok en liep weg.

Dat was goed afgelopen. De officier had er net zo gemakkelijk voor kunnen kiezen Jack levend te laten begraven.

Dit verhaal – en de vele andere van dit soort – trok me aan in Jack. Hij leek me echt heroïsch, een echte held, en niet alleen vanwege iets wat voor de hand lag – in 1944 had hij geholpen bij de redding van zevenhonderd jongens die naar Buchenwald waren gekomen om daar te sterven – maar vanwege zijn vastberadenheid een *mensch* in de wereld te zijn, ongeacht de omstandigheden, ongeacht het resultaat. Ik was er trots op dat ik hem kende; ik was er echt trots op dat ik een band met hem had tussen alle Radomers in onze groep. En ik merkte dat ik hem gelukkig wilde maken, op de een of andere manier wilde proberen alle ellende die hij had moeten ondergaan te compenseren.

Maar ik wilde niets meer – niets meer dan de verhalen en de rustige sfeer waarin we praatten. Dus toen we op een dag bij elkaar zaten en Jack die ring uit zijn zak haalde en hem tussen zijn vingers liet rollen, antwoordde ik niet toen hij me vroeg wie deze ring zou passen. Ik wist wat hij bedoelde. Maar ik kon geen antwoord geven op zijn vraag. Misschien glimlachte ik alleen een beetje en wendde ik mijn hoofd af.

Weet je, de bevrijding gaf mij niet het gevoel van een nieuw begin. Je ziet nu die bioscoopjournaals uit die tijd van steden in Europa die door de geallieerde troepen werden bevrijd, en iedereen is op straat en ziet er blij en opgelucht uit, en vrouwen storten zich op de soldaten en omhelzen en kussen hen. Alsof de bevrijding het eind van alles was. Alsof de bevrijding een nieuw begin betekende. Alsof het echte, zorgeloze vrijheid betekende. Maar zo was dat helemaal niet – althans, niet voor mij. Ik was 'bevrijd', ja. Maar in wat? Vrijgelaten in een afgrond, in vergetelheid, in een leven zonder houvast.

Mijn broer, Majer, was door Duitse soldaten doodgeschoten tijdens de ontruiming van het getto van Radom in de zomer van 1942. Mima had het zien gebeuren. Ze vertelde me ook dat mijn moeder en grootouders toen waren afgevoerd – naar Treblinka, zoals we later vernamen. Mijn vader en mijn oom waren aan de deportaties ontkomen omdat ze, net als mijn tante en ik, werk hadden kunnen vinden, maar Mima en ik hadden de mannen niet gezien na onze aankomst in Auschwitz. En Heniek, mijn

Mijn broer, Majer Drezner, omstreeks 1927

man, was dood. Dat wist ik. Dat kon ik voelen als een zekerheid in mijn bloed.

Op het moment van mijn bevrijding kwamen er twee gedachten in me op, heel duidelijk en heel precies. De eerste was doortrokken van bitterheid en ik spuwde hem uit als een soort vieze smaak die ik jarenlang in mijn mond had gehad: 'Ik wil geen Jodin meer zijn; het is een doodvonnis om Joods te zijn.' De andere gedachte kwam krachtiger op, diep vanuit mijn ingewanden, als een strakke knoop op de bodem van mijn buik, meer een vraag dan een bewering: 'Bij wie hoor ik, en wie hoort bij mij?'

Die vraag had sinds mijn bevrijding elke dag door mijn hoofd gespeeld. Ik genoot van Jacks gezelschap; ik voelde me prettig bij hem. Maar ik weigerde mezelf verliefd te laten worden en ik wist dat ik nooit meer zou trouwen. Er was al te veel liefde in mijn leven geweest en te veel verlies. Ik kon niet nog een verlies riskeren. En ik wilde mijn eerste liefde niet verraden. Om de waarheid te zeggen, ik kon niet verliefd op Jack worden omdat ik nog zo ontzettend van Heniek hield.

Ik moet die liefde verklaren, dat weet ik. Ik was amper meer dan een kind, pas vijftien toen ik voor het eerst verliefd werd. De wereld viel in stukken uiteen en ik was verdwaald en bang en alleen. Ik hield van een man die twaalf jaar ouder was dan ik, en op mijn zestiende trouwde ik met hem met een hart vol vreugde. Op de een of andere manier ben ik heimelijk van hem blijven houden.

Om dit verhaal te vertellen moet ik teruggaan, verder naar het begin.

Ik moet teruggaan naar het getto.

2

Mijn moeder was altijd aan het werk. Dit is mijn duidelijkste herinnering aan haar – Mama aan de naaitafel, uit de vrije hand stoffen knippend, stukken aan elkaar naaiend, wonderen verrichtend met lapjes stof. Ik ben een klein meisje dat naar haar kijkt, en ik verbaas me over het magische van wat ze doet – dat ze gewoon weet waar ze moet knippen, waar ze moet naaien, alsof het materiaal een soort innerlijke logica heeft die ze kan volgen zonder patronen op papier nodig te hebben. Het geruis van de donkere stof die glijdt en tot rust komt op de tafel waaraan ze werkt; het stof van het markeerkrijt dat door de lucht zweeft; de meisjes die voor haar werken, verzameld in gefocuste concentratie. Het is voor mij een mysterie en een wonder hoe Mama deze platte en levenloze golven stof kan omtoveren in de kleren die haar klanten zo graag hebben. En wat zijn die kleren mooi! De jurken en blouses en rokken, allemaal bescheiden, maar op de een of andere manier ook elegant. De vrouwen uit de stad komen naar haar toe, Joden natuurlijk, maar ook niet-joden, in met bont gevoerde jassen en met leren handtassen. Ze zijn dol op de kleren van mijn moeder. Ik weet dat ze haar geld voor haar werk geven, maar soms zie ik dat ze haar in plaats daarvan brood geven. Een keer, misschien is het in het begin van 1941 – ik ben nog geen veertien jaar, we zijn net naar het getto verhuisd en er zijn nog steeds een paar Poolse klanten die mijn moeder

Ansichtkaart van Radom, dertiger jaren

opzoeken – komt er een vrouw met een dik boek in haar gehandschoende hand. Ik ken deze vrouw; ze komt al jaren bij ons. Ze is misschien wat formeel, maar ook aardig, zelfs vriendelijk tegen me, terwijl ik van achter uit de kamer kijk naar wat er gebeurt en probeer niet in de weg te zitten. De vrouw legt haar boek op de tafel om haar handschoenen uit te trekken en haar tas neer te zetten. Ik kijk naar de titel: *Mein Kampf.*

Mama en ik deelden een bed. Voordat we naar het getto verhuisden, woonden we in een groot tweekamerappartement in het centrum van Radom bij het Stadhuis, aan de Wolnośćstraat. Een van de twee kamers had in het midden een scheiding van twee grote houten klerenkasten waarin Mama haar naaimaterialen bewaarde. In het achterste deel van de kamer stonden twee bedden, een voor mijn vader en broer en een voor Mama en mij. De eerste zeven jaar van mijn leven woonde mijn vader in Parijs – ik denk dat hij aanvoelde dat hij daar gemakkelijker geld kon verdienen dan in Polen – maar zelfs toen hij in 1935 naar huis kwam, sliep hij bij mijn broer en Mama bij mij. Ik lag graag bij Mama in bed, nestelde me 's nachts in haar warmte onder de donzen deken.

In die tijd ging het er in Europa niet zo toe als nu in Amerika, waar ouders hun kinderen eindeloos prijzen en ze elke dag omhelzen en kussen. Mama omhelsde me niet vaak en ik kan me niet herinneren dat ze ooit tegen me heeft gezegd dat ze van me hield. 'Waarom moet ik tegen mijn dochter zeggen dat ik van haar houd?', zou ze hebben gevraagd. 'Natuurlijk houd ik van haar, ik ben haar moeder!' Ik miste het overigens niet, want ik wist niet beter. Bovendien had ik in bed Mama's woorden niet nodig; ik voelde haar liefde elke avond in haar dodelijk vermoeide omarming. Soms masseerde ik haar voeten voordat ze in slaap viel; haar spieren ontspanden zich dan langzaam in mijn handen.

Majer, Mama en ik

Dan kroop ik bij haar onder de donzen deken en voelde haar warme adem op mijn rug.

Het voorste deel van de grote kamer diende als woonkamer en als salon voor Mama's klanten. Ze spreidde damesbladen op een kleine salontafel uit die ze daar neerzette, en haar klanten bladerden erin en kozen de dingen die zij voor hen moest maken.

De keuken was de werkkamer, met een grote tafel in het midden, waar mijn moeder urenlang haar stoffen stond te knippen en te naaien. Ze leerde me de stof heel precies te knippen omdat materiaal duur was en haar klanten altijd iets minder wilden kopen dan ze echt nodig hadden. Als Mama tegen hen zei dat ze drie meter nodig had voor een jurk, kochten ze slechts tweeenhalve meter om wat geld uit te sparen. Er was dus geen ruimte voor een fout; al het knipwerk moest correct zijn.

Op het hoogtepunt van haar bedrijf, voordat de oorlog begon, had Mama vier vrouwen die voor haar naaiden. Ze maakten lange dagen, maar ze behandelde hen goed en hielp hen te sparen

Mama is tweede van rechts; Mima zit naast haar

zodat ze een naaimachine voor zichzelf konden kopen. Dat was een belangrijke aankoop, een naaimachine. In de eerste plaats was hij te vervoeren, dus ongeacht waar je naartoe moest, ongeacht de situatie, kon je de machine met je meenemen en in je onderhoud voorzien. Toen het getto in 1941 werd gevormd en we ons appartement aan de Wolnośćstraat moesten verlaten en bij Mima, mijn oom en hun twee kinderen moesten intrekken, nam Mama haar naaimachine mee. Ze had gehoopt dat ze kon blijven werken, zelfs in het getto. Maar er was geen ruimte om te naaien – we woonden toen met zijn achten in één kamer – en na een maand of twee in het getto waren er geen klanten meer. Een van de meisjes die voor Mama werkten, wist Polen te verlaten voordat de oorlog begon. Ze ging naar Parijs en nam haar naaimachine mee zodat ze kon werken, zodat ze kon leven.

Mama wilde dat ik leerde naaien, zodat ik een beroep had. Naaien en borduren waren de twee beroepen die voor meisjes acceptabel waren. Mama had succes met haar bedrijf – ze zorgde voor onze huisvesting en voeding – maar ik had wel de indruk dat ze altijd aan het werk was, totdat we op vrijdagavond kaarsen aanstaken en dan weer zodra sjabbes voorbij was. Toen mijn vader ver weg woonde, was het Mama die mij en mijn broer onderhield. Ik denk dat mijn vader wel wat geld stuurde, en ik weet dat hij af en toe traktaties stuurde – ananas in blik, bijvoorbeeld, die ik verrukkelijk vond tussen stukken maïsbrood met boter – maar het naaiatelier van mijn moeder hield ons huishouden in stand. Ik was jong – amper een tiener – en Mama wilde mij het vak ook leren. Misschien besefte ze dat een vrouw moest leren voor zichzelf te zorgen, voor het geval ze niemand had op wie ze kon rekenen.

Ik zag haar eens een brief van mijn vader lezen. Ze zat op ons bed achter in ons appartement met het opengevouwen papier in haar handen en huilde heel zachtjes. Ik had daar een hekel aan; ik had een hekel aan die tranen. En ik had er ook een hekel

Mima en Feter, 1932

aan te zien hoe hard ze moest werken terwijl mijn vader ver weg was. Ik wist dat ik dat zelf niet wilde, de hele dag aan de naaitafel werken, elke dag doorbrengen met scharen en naalden en draad.

Ik wilde niet werken, maar werken heeft me in de oorlog gered.

In het voorjaar van 1941, toen we naar het getto verhuisden, nam Mama haar naaimachine mee en een van de twee bedden uit de achterkamer van ons appartement; ze nam ook de donzen dekens mee. Al het andere dat we bezaten – de meubels, het servies, het bestek – moesten we achterlaten. Mima en mijn oom – ik noemde hem Feter – hadden een eenkamerappartement gevonden aan de Szwarlikowskastraat, in het deel van de stad dat de Duitsers afsloten om het getto te vormen, en we trokken er samen met hen in. We hadden drie bedden voor ons achten: Mima en Feter en hun twee kinderen deelden twee bedden, ik ging nog bij Mama slapen en mijn vader en broer sliepen op de grond. We hadden geen toilet – er was een gemakhuisje op de binnenplaats – en geen stromend water. De houten vloer was wit geschilderd; 's winters trokken de planken krom en kraakten ze van de kou.

Ik was bang voor het getto, al vanaf het begin.

Ik had nooit echt honger gekend; we behoorden niet tot de rijke Joden van Radom, maar we hadden wat we nodig hadden – elke dag een maaltijd met aardappelen en vlees, op vrijdagavond een kip. In het getto begon ik te leren wat honger is.

We kregen rantsoenkaarten, een soort voedselbonnen, en we moesten urenlang voor ons kleine broodrantsoen in de rij staan bij een van de weinige bakkerijen die nog in bedrijf waren. Soms, als we eindelijk bij het raam van de bakkerij aan de beurt waren, kregen we te horen dat er geen brood meer was, dat ze er al doorheen waren. Dus stelde Mama voor dat we allemaal naar verschillende plaatsen zouden gaan om onze kansen te vergroten. Soms stuurde Mama me naar een nicht van ons die in een gebouw woonde met op de begane grond een van de bakkerijen. Ik sliep dan een paar uur bij onze nicht op de grond en stond om drie uur 's nachts op. Dan was het natuurlijk nog donker en bitter koud, maar als ik naar de binnenplaats ging voordat er nog maar een spoor van de ochtend in de lucht hing, had ik een kans om naar huis terug te keren met warm brood in mijn handen. Bij die gelegenheden jubelde ik: 'Kijk eens, Mama, kijk eens wat ik bij me heb! Een brood!' Een schat.

Ik was niet graag op straat. Ik hield er echt niet van ergens buiten onze enige kamer te zijn. Zelfs vóór het getto, vóór de oorlog, was ik bang voor Polen. Joden werden nooit door hen geaccepteerd; we voelden ons nooit een deel van hun samenleving. Joden mochten geen baan bij de overheid hebben – niet bij een bank of de spoorwegen of een postkantoor. In mijn jeugd leerde ik weg te blijven bij de Polen, vooral de jongens, die soms stenen naar ons gooiden. Als we Poolse mensen op straat tegenkwamen, staken we altijd over naar de andere kant van de straat. Als we ooit een priester zagen – ik weet niet waarom we dat deden – hielden we altijd een knoop van een hemd of jas vast. Dat kleine gebaar moest op de een of andere manier bescherming bieden. Geen enkele priester heeft mij of iemand die ik kende ooit lastiggevallen, maar ik wist dat ik op mijn hoede voor priesters moest zijn, ver bij hen vandaan moest blijven, een knoop moest vastpakken.

In het getto was het gevaar echt en aan de orde van de dag. Toen ik eens vroeg in de ochtend thuiskwam van de bakkerij, kwam ik Chavela Mora, een nicht van mij, op straat tegen. We waren even oud en hadden in hetzelfde gebouw gewoond voordat het getto was gevormd. Ik was altijd jaloers op haar schoonheid, met haar grote bruine ogen en een hoofd vol weelderige blonde krullen; mijn haar was altijd sluik en dun. Maar nu zag ik dat ze compleet veranderd was. Ze leek wel half zo groot als vroeger; ze lag languit op het trottoir, met haar armen uitgespreid, ze bedelde om geld en al haar haar was uitgevallen. Ze had duidelijk al heel lang niet gegeten – of zich gewassen. Misschien had ze tyfus. Ze zag er ontzettend alleen en verward uit, daar op straat, terwijl er mensen langsliepen. Wat was er met haar ouders gebeurd? Waarom waren zij er niet om voor haar te zorgen?

Zo'n vraag is moeilijk te beantwoorden. Voor een meisje van veertien is zo'n vraag zelfs moeilijk te formuleren.

Ik riep naar mijn nicht, maar ze bewoog haar ogen niet om de mijne te ontmoeten. Ik was bang, te bang om haar te benaderen, hoewel ik dat wel wilde en vond dat ik dat misschien moest doen. Ik holde naar huis en vertelde Mama wat ik had gezien, maar daarna kon niemand Chavela nog vinden.

Misschien was ze afgevoerd.

Dat deden ze, in het getto. De Duitsers pakten willekeurige mensen op straat op en niemand zag hen meer terug. Mensen konden overdag de deur uitgaan, misschien om te proberen iets te verkopen of wat voedsel te vinden, en ze keerden niet meer terug. Dat moet de grootste angst van een kind zijn. Die angst had ik zeker. Opgepakt te worden en nooit meer teruggevonden.

Dat gebeurde met Motel Rafalowitz. Of in ieder geval iets dergelijks.

Motel had op een ochtend vroeg zijn appartement verlaten om zijn gezinsrantsoen brood op te halen. Uren gingen voorbij en toen een paar dagen, maar Motel keerde niet meer terug. Motels vrouw, Dina Rosa, kwam op de een of andere manier te weten dat Motel in de gevangenis van Radom zat; hij was gearresteerd toen hij op zoek ging naar brood aan de Arische kant van de stad, buiten het getto. Toen hoorden we – hoewel ik geen idee heb hoe die informatie bekend kon worden – dat Motel geëxecuteerd zou worden en dat hij daarvoor langs de muur van het getto moest lopen. Iedereen haastte zich om hem te zien. Dina Rosa natuurlijk, maar ook vele anderen. Ik ging er met Mama heen; ik denk dat mijn broer ook meeging. Ik herinner me dat een paar jonge jongens probeerden op de stenen muur tussen het getto en de buitenwereld te klimmen om hun hoofd over de rand te kunnen steken.

We wachtten een hele tijd; Dina Rosa riep geregeld de naam van haar man. En toen hoorden we hem – de jongens op de muur zeiden dat Motel tussen twee soldaten werd vastgehouden. Ze passeerden vlak langs de andere kant.

'Motel!', riep Dina Rosa. 'Motel, ik ben hier!'

'Dina Rosa', riep hij toen hij langskwam. 'Dina Rosa! Gooi een stuk brood naar me toe. Ze gaan me doodschieten!'

Zelfs toen voelde ik de angst in die uitroep. In zijn laatste momenten ging Motels diepste verlangen niet uit naar zijn vrouw, niet naar ontsnapping, maar naar brood, een stuk brood voordat het geweer afging.

Dina Rosa zakte in elkaar tegen de gettomuur; ze snikte terwijl Mama haar in haar armen nam. Mama wiegde heen en weer op Dina Rosa's heftige gesnik, ze probeerde de arme vrouw te troosten. Maar ik wilde ook troost. Ik wilde die armen om me heen, wilde dat Mama me stevig tegen haar borst drukte.

Het was geen tafereel voor een kind, voor een jong meisje. Motel, die stierf van de honger, helemaal alleen en niemand die hem kon redden. Dina Rosa, die het niet kon geloven en helemaal op was, die geen enkele redding kon bieden.

Ik was veertien, en ik was bang.

Ik dacht aan Jedlińsk.

Het is 1940, het jaar voordat het getto werd gevormd, en we wonen nog aan de Wolnośćstraat. Ik ben dertien jaar oud. Mijn vader is van Radom naar Jedlińsk gegaan, een dorpje op ongeveer vijftien kilometer van de stad. Ik weet dat we daar familie hebben, maar het is voor mij niet helemaal duidelijk waarom hij erheen is gegaan. Mijn oom heeft ook Radom verlaten. Hij is lid van een socialistische zionistische groep, de Linkse Po'alei Zion, en hij is naar Rusland gegaan om te zien of hij een veilige doortocht kan regelen voor Mima en hun kinderen. Mama vertelt me iets vaags over de reden waarom mijn vader van huis is weggegaan, maar ik begrijp niet helemaal wat ze zegt. Het heeft iets te maken met angst dat hij gearresteerd wordt, maar ik snap niet waarom iemand mijn vader zou willen arresteren. Misschien ken ik hem niet goed genoeg – ik heb nooit intensief contact met hem gehad sinds hij na vele jaren Parijs is teruggekeerd – maar ik weet wel dat hij absoluut geen misdadiger is.

Na een paar dagen zegt Mama tegen me dat ik naar hem toe moet gaan om hem de boodschap door te geven dat hij nog een week in Jedlińsk moet blijven. Er zal weer een *oblava* gehouden worden, een razzia van Joden in Radom – ik weet niet hoe ze dat weet – en hij kan beter wegblijven. Mijn broer, Majer, kan er niet heen – hij is nu zestien en hij zal beslist als Jood worden herkend. Ook mijn moeder kan onmogelijk weg. Ook zij zal gemakkelijk worden herkend en wat zouden wij moeten doen zonder haar?

Dus moet ik gaan. Ik ben dertien en ik moet in mijn eentje naar Jedlińsk gaan om tegen mijn vader te zeggen dat hij niet naar Radom moet terugkomen.

Ik ben bang. Mama! Het is tegen de wet wat je me vraagt te doen. Stel dat ik opgepakt word, Mama! Wat zal er gebeuren als ik word opgepakt?

Mama kleedt me als een boerenmeisje: ze doet me een hoofddoek om en zegt dat ik mijn schoenen uit moet trekken. Boeren lopen blootsvoets. Ik doe zoals me gezegd wordt. Ik draag mijn oude jas, maar Mama haalt de witte armband met de blauwe Mageen Davied van de mouw die ik als Jodin moet dragen. Dit is de grootste misdaad voor een Jood – over straat lopen zonder de armband met de davidster. Maar Mama haalt de mijne eraf en neemt mijn hoofd tussen haar handen; ze kust mijn voorhoofd.

'Je moet nu gaan, Maniusia.' Ze gebruikt een verkleinvorm van mijn naam, een liefkozing. 'Je moet tegen je vader zeggen dat hij in Jedlińsk moet blijven.'

Dus loop ik, blootsvoets en trillend, Radom uit en de landwegen op naar het dorp, vijftien kilometer verder. Mijn voeten beginnen pijn te doen zodra de straten overgaan in landwegen – ik ben het niet gewend zonder schoenen te lopen en de takjes en keitjes op de weg dringen in mijn voetzolen. Ik houd mijn hoofd naar beneden, bang dat ik iemands blik vang, bang dat ze me vragen wat ik aan het doen ben, een Jodin in ongepaste kledij.

Na een tijdje komt er een man met paard-en-wagen langs. Hij biedt me aan mee te rijden naar het dorp. Ik accepteer dat, dankbaar dat ik niet meer hoef te lopen. Verder herinner ik me niet veel – hoe ik, nadat de man me op enige afstand van het dorp heeft afgezet, het huis van mijn neven kon vinden, hoe lang ik daar ben gebleven of wat ik tegen mijn vader kan hebben gezegd. Het is allemaal een leegte voor me, een duisternis waarin ik niet kan doordringen. Ik heb geen idee hoe ik naar huis ben teruggekeerd.

Wat ik me nog wel herinner, is mijn angst, die opkwam met de bijtende gal in mijn darmen terwijl ik daar liep. Mama, die me elke avond van haar leven in haar armen had gewiegd, had me alleen op pad gestuurd, zonder enige bescherming op landwegen. Mama had me het gevaar in gestuurd.

Soms voel ik 's nachts, ergens diep van binnen, nog steeds de angst van dat dertienjarige meisje, een vaag voorgevoel van wat er gaat gebeuren. Dat gevoel heeft zich in me genesteld; het kan heel lang liggen sluimeren, maar het is nog nooit weggegaan.

De Duitsers zijn nooit naar mijn vader gaan zoeken, voor zover ik weet. Ze zijn wel voor mijn oom gekomen. Het was het jaar daarop en ze trokken met veel kabaal door het getto, bonkten op deuren en arresteerden mensen met socialistische contacten. De

Feter, midden, en vrienden

Duitsers hadden al oblava's voor andere groepen gehouden. De intelligentsia, de artsen, en ook de slagers en waterdragers, misschien omdat die mannen, vanwege hun opleiding of brute kracht, problemen konden veroorzaken als ze verzetsgroepen zouden opzetten. Maar op die dag kwamen de Duitsers naar de socialisten zoeken en de soldaten drongen ons gebouw binnen op zoek naar mijn oom, mijn Feter, Yisroel Glatt.

'Glatt! Waar is Yisroel Glatt?', schreeuwden ze, al kwaad.

Ze hadden lijsten met namen. Ik denk dat hun spionnen hen dingen hadden verteld – wie bij welke organisatie hoorde, wie misschien iets probeerde te verbergen. Ze drongen met veel kabaal ons gebouw binnen, hun lijsten in de hand, stampten met hun zware laarzen door de gangen, riepen de namen van degenen die ze zochten.

Ze bonkten op onze deur.

'Glatt. We zoeken Yisroel Glatt.'

Ik wist wat ze konden doen. Ik wist waartoe deze soldaten in staat waren. Zelfs in een opwelling, zelfs voor de lol.

Een tijd daarvoor, in het begin van de oorlog, misschien in september of oktober 1939, waren de soldaten gekomen voor Majer Berger, een Tora-geleerde die in ons gebouw woonde. Het was een rustige man met vriendelijke ogen, die in de hoeken rimpelden als hij tegen me glimlachte, en een lichtrode baard met donkergele vlekken – van sigaretten, denk ik, hoewel ik hem nooit zag roken. Hij had vier zoontjes; ik denk dat hij in de veertig was, maar ik was toen pas twaalf en in mijn ogen was hij oud, een religieus man in pure vorm. Ik weet zeker dat hij vroom was; waarschijnlijk dacht ik dat hij bijna heilig was.

Toen de Duitsers voor hem kwamen, bood hij geen verzet. Ik vernam zelfs pas laat op de dag dat hij was meegenomen. Toen hij later op de avond terugkeerde, zag ik hem in de gang. Hij liep langzaam, hield zijn hand tegen de muur om steun te zoeken. Een groot deel van zijn baard was weg en zijn gezicht zat onder het bloed. Mama trok me het appartement in, ze wilde me tegen zulke aanblikken beschermen. De volgende dag hoorde ik het verhaal van anderen in het gebouw. De Duitsers hadden meneer Berger en twee andere gebaarde Joden meegenomen naar de Joodse middelbare school op Żeromskiegostraat 7. Ze zetten de mannen bij een boom neer, pakten plukken van hun baard vast en rukten de haren uit hun bloedende kin. Dat deden ze, de soldaten trokken de baard van die onschuldige mannen uit. Toen moesten de mannen in de boom klimmen en op de takken balanceren. De soldaten bevalen hun 'koekoek' naar elkaar te roepen, gehoorzame siervogels die worden tentoongesteld. De Duitsers amuseerden zich goed, ze keken naar de mannen, lachten en maakten grapjes terwijl meneer Berger en de twee anderen moeite moesten doen om niet uit de boom te vallen. Na een tijdje mochten de mannen uit de boom komen en naar huis terugkeren.

Hoe kan een jong meisje de betekenis van zo'n gebeurtenis bevatten? Een kind begrijpt pesterijen op het schoolplein, kattenkwaad in de klas. Jack vertelde me eens dat toen hij als jongen moest leren bij een heel oude en, naar hij zei, enorm stinkende rabbijn die de neiging had tijdens hun lessen in slaap te vallen, hij en een paar andere jongens in de klas soms stukjes van de baard van de slapende rabbijn aan de studeertafel vastlijmden. De jongens barstten in lachen uit – en kregen een flinke dreun – als de rabbijn wakker werd. Jonge Joodse jongens die de talmoed bestuderen en een streek uithalen.

Maar dit – wat er met meneer Berger was gebeurd – was iets anders. Er was bloed en in meneer Bergers ogen was een blik die ik niet begreep – verwarring en angst en verslagenheid, alles tegelijk. Ik staarde, een jong meisje met vlechten, en dook in mijn moeders armen.

Toen ze voor mijn oom kwamen, dacht ik aan Motel Rafalowitz en de oude Majer Berger, en opnieuw was ik bang.

Ik, omstreeks 1935

Die dag vonden de Duitsers Feter niet – hij was toen nog in Rusland en keerde pas een paar maanden later terug, toen hij besefte dat hij de reis van zijn gezin niet zou kunnen regelen. Maar toen ze mijn oom niet vonden, schenen de soldaten alleen maar kwader te worden. Ze stormden door de gang en sloegen op de deur van een andere familie. Daar woonde ook een man die Glatt heette, maar niet mijn oom, geen familie van hem, en voor zover wij wisten was hij niet betrokken bij de linkse Po'alei Zion of een andere socialistische groepering. Maar hij heette Glatt. De Duitsers hadden Glatt op hun lijst staan en ze waren vastbesloten een Glatt te pakken.

Deze Glatt vonden ze en ze trokken hem uit zijn appartement terwijl zijn familie schreeuwde: 'Alsjeblieft, alsjeblieft, neem hem niet mee', en Glatt zelf hun probeerde uit te leggen dat ze de verkeerde hadden. Het was zinloos dat te proberen; het was zinloos te schreeuwen.

Ze schoten hem in de gang dood.

Ik bleef bij Mama in onze kamer en probeerde niets te horen.

Toen het Duitse leger een pamflet in het getto verspreidde waarin ze bekendmaakten dat Joden van vijftien tot veertig jaar zich konden melden voor werk in de Steyr-Daimler-Puch fabriek vlak buiten de stad, wilde ik niet gaan. Het was zomer 1942 en hoewel ik het getto vreselijk vond, waagde ik mij nauwelijks buiten de krappe kamer die we deelden. Ik was vastbesloten nooit mijn familie te verlaten. Alles leek zo onveilig in het getto. Ik had er geen vertrouwen in dat alles op zijn plaats zou blijven als ik er niet de hele tijd naar keek. Als ik wegging om in de fabriek te werken en te wonen, wat zou er dan nog over zijn als ik terugkwam?

Ik wilde niet gaan.

Het was mijn oom, mijn Feter, die me overhaalde. Hij was toen uit Rusland teruggekeerd en was er volkomen van overtuigd dat we allemaal moesten proberen werk te vinden. 'Als je werkt', zei hij, 'kun je misschien in leven blijven.'

Mijn broer was geselecteerd om als straatveger te gaan werken. Majer had al op een particuliere Joodse middelbare school gezeten, wat in die tijd een hele eer was; als je een middelbareschooldiploma kon behalen en je *matura* kon krijgen – werd dat beschouwd als het kenmerk van een goed opgeleid mens. Maar in het getto was elk soort werk waardevol en hij was opgelucht dat hij een baan had. Maar toen hij op een dag de straat aan het vegen was, werd hij aangereden door Duitse soldaten in een vrachtwagen. Ze lachten, zei hij, ze vonden het leuk dat ze een

Jood omver hadden gereden. Hij brak daarbij zijn been. Mama probeerde het recht te zetten, maar sindsdien liep hij mank.

Toen de fabriek bekendmaakte dat ze Joodse arbeiders aannamen, kon Majer niet gaan – ze zouden niet iemand aannemen die ze als gehandicapt beschouwden. Mijn vader, tante en oom hadden al een baan gekregen: mijn vader werkte in de Kromolowski fabriek, waar ze zadels maakten, Feter werkte in een looierij en Mima was naaister in een winkel waar ze kleren voor de Duitsers maakten en verstelden. Maar Mama en ik moesten werk zoeken en hoewel ze over de veertig was zei Mama dat ze samen met mij naar de munitiefabriek zou gaan om zich te melden.

De Duitsers hadden niet veel tijd nodig om een selectie te maken uit de vele mensen die kwamen opdagen. Ik werd zonder meer aangenomen; ik was jong, slank en broos, maar duidelijk gezond. Mama was 43 en dus te oud. Ze namen haar niet aan. Ze werd terug naar het getto gestuurd en ik bleef achter in de fabriek, alleen.

Ik wilde erg graag met haar meegaan, naar het getto terugkeren en bij haar en de rest van onze kleine familie blijven. Ik wilde naast haar kunnen slapen, haar warmte om me heen voelen. Altijd dat, misschien voornamelijk dat – de warmte van Mama's grote lichaam 's nachts. Ondanks de oblava's, de wreedheden zonder aanleiding, de ziekte en de honger en de doodsangst waaronder ik daar leed, wilde ik nog steeds alleen maar bij Mama in het getto zijn.

Maar dat mocht ik niet. Ik moest in de fabriek blijven. Feter zei, en de familie was het daarmee eens, dat als je werkte, je in leven kon blijven. Dus begon ik op mijn vijftiende in een munitiefabriek te werken en na die eerste dag op mijn werk heb ik nooit meer een nacht bij mijn moeder doorgebracht.

De fabriek was een groot gebouw, een paar kilometer buiten de stad. Daarvoor hadden er Polen gewerkt, maar zij waren betaald, terwijl wij als slaven beschikbaar waren – onbezoldigd en vrijwel zonder voeding – dus kozen de Duitsers ons als vervanging van de Polen. We moesten aan enorme machines werken in diensten van twaalf uur, zes uur achter elkaar en dan een pauze van vijftien minuten. We werkten van zes uur 's ochtends tot zes uur 's middags of van zes uur 's middags tot zes uur 's ochtends. Ik werkte aan een machine die gaten in kleine metalen kogels boorde. Ik kreeg maten op – de gaten moesten zo breed en zo diep zijn – en het moest precies kloppen. Ik moest 1500 stuks per dienst boren – achter elkaar, uur na uur, dag na dag. Niet praten, niet zitten. Alleen gaten in metalen kogels boren, precies zo breed, precies zo diep, en elk exemplaar dat ik afhad in houten kisten met vakken leggen die naast me stonden. Als ik werkte, kon ik in leven blijven. Daar was ik dankbaar voor. Maar ik wist dat ik geen fout kon maken. Fouten zouden niet worden getolereerd.

Dit leerde ik binnen een paar dagen nadat ik op de fabriek was gekomen. Er was een jongeman, Weinberg geheten. Hij was een vriend van mijn broer – destijds waarschijnlijk achttien of zo. Op een dag zag ik Weinberg hard over het terrein rennen, naar de hekken van het kamp. Ik vroeg me af waarom hij sprintte; hij kon natuurlijk nergens naartoe. Toen zag ik ook de soldaten rennen, ze hadden wapens in hun handen en die hielden ze omhoog om te schieten. En dat deden ze toen – hem doodschieten bedoel ik. Hij stortte in het zand in elkaar, de kracht van de kogels dreef hem eerst naar voren, alsof hij heel even in zijn wanhopige gang werd geduwd, maar toen, en echt opeens, want het kan maar een seconde of twee hebben geduurd, zakte Weinberg op de grond in elkaar.

Feter! U zei dat werken mij zou beschermen, dat als ik werk, ik zal leven. Ik ben hier in deze fabriek, ik boor hier deze gaten. Het vreselijke lawaai van deze monsterachtige machines, het metaalstof in de lucht, de eentonigheid van de eindeloze uren, de eenzaamheid, de angst. Mijn benen doen pijn van het lange staan. Dat alles opdat ik in leven kan blijven. Maar hoe zit het met Weinberg? Weinberg heeft ook gewerkt, toch is hij gedood.

Naar het scheen had Weinberg een fout gemaakt; dat zeiden de Duitsers. Ze zeiden dat hij probeerde de munitie te saboteren. Toen de Duitsers hem van die misdaad beschuldigden, wist hij wat dat betekende, en dus rende hij weg. Toen werd hij doodgeschoten. Toen viel hij. Toen sleepten de Duitsers zijn lichaam weg.

Ik was alleen in de fabriek en wist dat ik geen fout moest maken.

In de eerste paar weken dat ik in de fabriek werkte – terwijl ze barakken aan de Skolznastraat bouwden voor de 2500 arbeiders die daar uiteindelijk kwamen – waren we gehuisvest in een gebouw dat op een paardenmanege leek. Ik weet niet echt wat voor gebouw het was, waarvoor het was bedoeld, maar na de zomer van 1942 werd het een slaapplaats voor de vrouwen, Joodse dwangarbeidsters. Het was een leeg, donker gebouw met een harde cementvloer en langs de buitenmuur iets wat op een trog leek. Dat gebruikten we als onze latrine. We sliepen op de grond, zonder matras, zonder dekens.

Na een paar weken – het moet halverwege de zomer zijn geweest – vertelde de fabrieksopzichter, een Duitser, Briticleiber, ons dat we voor een paar uur naar het getto konden terugkeren om alles wat volgens ons van waarde was, bij elkaar te zoeken en mee terug naar de fabriek te nemen. Hij zei dat er iets stond te gebeuren en dat als we dingen wilden meenemen om voor na de oorlog te bewaren, de Duitsers dat voor ons zouden doen. Hij zei het niet expliciet, maar we begrepen uit dat toespraakje dat er weer een oblava in het getto zou worden gehouden, deze keer misschien een grootscheepse.

Ik liep terug naar het getto. Uiteraard hadden we niets wat

echt waardevol was – mijn moeder had haar naaimachine, maar wat had ik daaraan? We hadden geen diamanten of goud of zilver. Maar ik ging terug omdat ze tegen me hadden gezegd dat ik kon gaan en omdat ik mijn familie wilde zien. Ik was vastbesloten niet naar de fabriek terug te keren; ik wilde bij mijn familie in het getto blijven, ongeacht wat er gebeurde.

Toen ik thuiskwam, zei ik wat ik wilde: 'Ik wil niet teruggaan. Ik wil alleen maar bij jullie zijn. Alsjeblieft. Ik wil hier blijven.'

Ik smeekte hen. Ik wilde volwassen voor mijn familie zijn, doen wat ze van me vroegen, maar ik wilde vooral mijn moeder en het enige wat ik kon doen was smeken.

Mijn oom drong aan. Hij was onvermurwbaar, wreed. Ik kan nog steeds zijn woorden horen, zijn gezicht rood van pijn en woede. 'Nee', zei hij. 'Stuur haar weg. Gooi haar het huis uit. Ze moet gaan. Ze moet gaan werken.'

Dit was niet te bevatten, dacht ik, een dochter op die manier wegjagen, haar in haar eentje weg laten gaan terwijl ze alleen maar thuis wil zijn. Ik was verloren, verslagen door de helderheid van zijn overtuiging.

Ik huilde. Mama probeerde me te troosten. Ze kuste me op mijn wang.

'Je moet gaan, Maniusia. Het komt allemaal goed.'

Mama vroeg me waar ik sliep, en ik vertelde over de koude cementvloer. Ze gaf me onze donzen deken mee.

Dat was mijn waardevolle bezit, Mama's laatste geschenk aan mij, en dat was de laatste keer dat ik haar ooit nog heb gezien, toen ze me in mijn eentje weg liet gaan, terug naar de Duitse munitiefabriek. Het voelde als een verbanning; het voelde als desertie.

De volgende dag begonnen de grootscheepse deportaties. We wisten dat er iets groots ging gebeuren, want de Duitsers zetten schijnwerpers in de stad neer, zoveel lampen en zo fel dat zelfs een paar kilometer verderop, waar wij waren, het in de donkerste uren van de nacht dag leek te zijn.

De stad Radom werd in augustus 1942 in twee grote deportaties bijna helemaal vrijgemaakt van Joden. Voordat de oorlog begon, woonden daar ongeveer dertigduizend Joden, eenderde van de totale bevolking. De eerste deportatie vond plaats op 5 augustus, toen het Glinice-getto werd leeggehaald; dat was het kleinere van de twee getto's die de Duitsers in Radom vormen, en het getto waarin mijn familie woonde. Elf dagen later werd in drie dagen tijd, van 16 tot 18 augustus, het grote getto leeggeruimd. Mijn broer werd tijdens deze deportatie gedood, geëxecuteerd omdat hij met zijn manke been ongeschikt voor werk werd beschouwd. Mijn moeder werd meegenomen; ze werkte in een winkel, wat haar had moeten beschermen, maar de soldaten kwamen toch binnen en haalden alle werkers op om een quotum vol te maken. Dit vernam ik later van mijn oom. Mijn grootouders en de meeste van mijn neven en nichten werden die dag ook meegenomen.

In haar hele leven had Mama nog nooit gereisd, ze was nog nooit met een trein ergens naartoe gegaan. Net als haar ouders en grootouders was mijn moeder, Dvora Ajchenbaum Drezner, getrouwd en had ze haar hele leven in Radom gewoond. De eerste keer dat Mama op een trein stapte, was ook de laatste keer: haar eerste treinreis was in de veewagon die haar naar Treblinka bracht.

Na de deportaties waren er nog maar weinig Joden in Radom. Nog pakweg een jaar, tot november 1943, bleef het getto bestaan, voornamelijk bevolkt door Joden die werk hadden gevonden in de winkels en werkplaatsen die de Duitsers hadden overgenomen; sommige Joden werden ook vanuit de omringende dorpen naar het getto gestuurd. Mima en Feter bleven nog bijna een jaar in hun kamer aan de Szwarlikowskastraat voordat ook zij, in november 1943, naar de fabriek kwamen.

Majer, Mama en ik

Maar na de deportaties wilde ik niet langer in het getto zijn. Mijn broer was gedood; mijn moeder, mijn grootouders en de meeste van mijn tantes en ooms – ze waren allemaal afgevoerd. Wat had ik daar nog te zoeken? Ik begreep de volwassenen niet, waarom ze in hun ellendige dagelijkse routines vast bleven zitten. Zoekend naar brood, naar hout, ze vonden een want, misschien een sjaal, om warm te blijven. Waarom hield de wereld niet op te bestaan? Ik begreep dat niet. Mama was weg; mijn broer was dood. Waarom ging het leven door?

Niemand zat *sjivve* voor mijn broer of voor wie dan ook. De dood was overal, maar niemand treurde zodanig dat ik het kon zien. Dat kon ik niet verdragen. Niet vanwege het religieuze aspect – niet vanwege een of andere religieuze verplichting om een ritueel uit te voeren. Zelfs toen ging het me daar niet om. Maar omdat het leek alsof niemand bereid was na te denken over de betekenis van dingen, om de sterfgevallen en de deportaties op de een of andere manier te laten weerklinken. Misschien kan ik dat nu anders zien: hoe kon iemand met zoveel dood om zich heen sjivve zitten? Je kon jaren achter elkaar sjivve zitten. Maar op mijn vijftiende vond ik het iets slechts, een onduldbare onverschilligheid, een korstvorming op de ziel, en daar was ik te jong voor, ondanks mijn omgeving.

Na de deportaties haatte ik het in het getto te zijn. Ik keerde enkele malen terug – voor de ring, voor het huwelijk – maar ik had niet langer iets wat ik als een thuis kon beschouwen, en dat zou nog jarenlang zo blijven. Het getto was nu voor mij alleen maar een oord van verlies, van angst, en van dood. Ik gaf de voorkeur aan de fabriek, met zijn verdovende routine, met Mama's donzen deken, en, althans voor een tijdje, met Heniek.

3

Heniek Greenspan was politieagent.

Het waren Joden, die politieagenten, en ze werden over het algemeen gerespecteerd door de gemeenschap, of althans, dat waren ze voordat de oorlog begon. Het waren mannen in de kracht van hun leven, gezond en lenig, en de meesten van hen hadden minstens hun *matura* diploma behaald. De Duitsers gebruikten hen om hun beleid in het getto en de fabriek uit te voeren. De politieagenten wezen mensen aan voor klussen die ze als dwangarbeiders moesten verrichten, ze bewaakten de grens van het getto en hielden toezicht op de distributie van onze magere voedselrantsoenen. Hoewel ze geen wapens droegen, hadden ze wel bepaalde privileges in ruil voor hun diensten aan de Duitsers. Ze konden bijvoorbeeld zonder expliciete toestemming het getto in- en uitgaan en in de fabriek hadden sommigen een eigen kamer – ze woonden niet net als de rest in propvolle barakken. De meeste Joodse agenten, niet alle, voelden dat ze speciale bescherming en privileges van de Duitsers genoten, en gezien de omstandigheden was de politie geneigd zichzelf als beter te beschouwen dan de rest.

Nojich Tannenbaum, bijvoorbeeld, was zo. Hij was politiespion en politieagent, en hij pochte er bij ons over dat zijn familie – zijn vrouw, hun jonge dochters, een tweeling, hun Joodse dienstmeid, allemaal – op een eiland van veiligheid zou overleven terwijl de hele rest om hen heen zou verbranden. Hij patrouilleerde het fabrieksterrein, hield toezicht – spioneerde, letterlijk – en zocht naar iets wat hij aan de Duitsers kon rapporteren. Misschien hield iemand wat voedsel verborgen; misschien was iemand niet waar hij of zij werd geacht te zijn. Niemand wilde ooit Tannenbaum zien of door hem gezien worden; er was echt niemand die hem vertrouwde. Hij was een Jood, maar hij werkte voor de Duitsers, naar het leek van ganser harte. Mij werd verteld dat Sturmbannführer Wilhelm Blum, de SS-officier die de ontruiming van de getto's plande en uitvoerde, de peetvader van zijn tweeling was.

Tannenbaum wist het toen niet – toen we in de fabriek waren wist geen van ons dat – maar de Duitsers hadden geen speciale behandeling voor hun spionnen en agenten in petto. Uiteindelijk zouden degenen die de Duitsers hadden gediend, worden gebruikt en net als alle anderen worden vermoord. Tannenbaum werd inderdaad vermoord, hoewel niet door de Duitsers. Hij werd in Auschwitz vermoord door Joden die hun eigen vorm van recht toepasten op iemand die zoveel sterfgevallen op zijn kerfstok had.

Chiel Friedman, met wie ik later zoveel te maken had, was ook zo. Chiel Friedman was al lang voor de oorlog een vriend van Feter. Ze kenden elkaar al jaren; Feter en hij waren lid van dezelfde socialistische zionistische jeugdorganisatie. Maar in de oorlog werd Friedman lid van de Joodse politie en hij werd trots, arrogant, wreed.

Toen het getto werd leeggehaald, deed Feter een beroep op Friedman om werk te zoeken voor mijn neef, Moishele, die toen pas dertien was. Hij was officieel te jong om voor de Duitsers te werken; ze namen alleen mensen voor werkzaamheden aan als ze vijftien jaar of ouder waren. Op een dag sprak Feter Friedman op straat aan.

'Chiel', zei hij, 'ik heb je hulp nodig.' Mijn oom vroeg hulp aan iemand die een vriend van hem was geweest, met wie hij ooit van een betere wereld had gedroomd, een socialistisch paradijs waarin alle mensen gelijk zouden zijn.

Friedman stapte op mijn oom af, keek hem aan en sloeg hem hard in zijn gezicht.

'Ik ben niet meer Chiel Friedman', zei hij. 'Ik ben commandant Friedman. Zo moet je me noemen.' En hij draaide zich op zijn laarzen om en liep weg.

Feter vertelde me dit verhaal toen de oorlog voorbij was. Hij wilde uitleggen dat wat Friedman mij had aangedaan – omdat ik toen ook een reden had om hem te verachten – typerend voor die man was en niet tegen mij persoonlijk was gericht. Toen ze allebei in Dachau waren, vertelde Feter me, dwong Friedman de mannen langer te blijven staan dan nodig was op hun tweemaal daagse *appels*, of naamafroepingen. Het kon regenen of sneeuwen, de zon kon op hen branden, de winterse wind kon door hun dunne uniform blazen – wat voor weer het ook was, het deed niet ter zake. Chiel Friedman liet hen een half uur, soms een vol uur langer staan dan de Duitsers eisten. Friedman scheen zichzelf te willen bewijzen; hij wilde de Duitsers, en misschien ook de Joden, laten zien dat hij wist hoe wreed hij moest zijn, en dat zonder aanzien des persoons.

Toen Dachau bevrijd werd, vertelde Feter me, kwam Friedman naar hem toe om vrede te sluiten, alsof er nu een toekomst aanbrak die ze samen konden delen, alsof Friedmans tijd als politieagent begraven kon worden. Friedman stak zijn hand naar mijn oom uit, maar Feter weigerde hem aan te nemen.

'Voor mij is de oorlog afgelopen', zei Feter, 'maar voor jou is hij net begonnen.'

En dat was waar. Friedmans leven was een hel na de oorlog. De overlevenden uit Radom verachtten hem, ze weigerden hem de hulp en de gemeenschap te bieden die ze elkaar enthousiast boden. Chiel Friedman leefde als een verstotene.

Zo was het om een politieagent in het getto of de fabriek te zijn – iemand met macht te zijn als Joden helemaal geen macht mochten hebben; iemand die bevelen kon geven en op de uitvoering toezag en straffen kon opleggen als die bevelen niet werden uitgevoerd; iemand die de volmacht had aan zijn eigenbelang te denken ten koste van anderen. De politie was gevaarlijk en we waren voor hen bijna net zo bang als voor onze Duitse bewakers.

Heniek leek anders. Hij was charmant en in de begintijd in de fabriek, nog voordat de barakken werden gebouwd, kwam hij vaak in de paardenmanege om bij de vrouwen te kijken, niet zozeer om toezicht te houden als wel om te zien of alles met ons in orde was. Ik bemoeide me met niemand – ik was alleen op een vreemde plek, zonder mijn familie, zonder te weten hoe ik het van dag tot dag zou redden. Ik sliep naast een meisje dat ik uit Radom kende, Sally Apel, maar ik voelde me gescheiden van alle anderen daar. Ik was heel wat jonger dan de meeste vrouwen en ik was bedeesd. Ik sprak altijd zachtjes, bijna in mezelf. Ik keek andere mensen niet graag aan, uit angst dat ze mij zouden aankijken. Het is altijd mijn aard geweest om wat onopvallend, rustig, in een hoekje te zitten.

De vrouwen waren allemaal weg van Heniek – hij was lang en slank, met dik, golvend zwart haar en heel zachte bruine ogen. Zelfs ik zag dat hij knap was. Hij sprak vriendelijk en rustig tegen de vrouwen, zelfs als hij bevelen kwam geven. Ik zag dat de vrouwen wedijverden om dingen voor hem te doen, bijvoorbeeld om een knoop voor hem aan te naaien of te vragen of ze zijn schoenen met een lapje mochten poetsen. Dat vond ik heel vreemd, dat ze bij hem in de gunst wilden raken. Voor de politie moest je bang zijn, je moest niet met hen flirten, zelfs niet met de knappe. Je kon maar het beste uit hun buurt blijven.

Toen, op een dag – wat bezielde me toen? Het was beslist tegen mijn aard. Toen Heniek op een dag langsliep, flapte ik er opeens iets uit tegen hem.

'Waarom doen ze dat? Waarom doen de vrouwen die dingen voor jou? Ik zou nooit zulke dingen voor jou doen!'

'*Smarkata*', riep hij terug. 'Snotneus.' Dat is de beste vertaling die ik kan bedenken. Smarkata. Je zegt het tegen een onhandelbaar kind, tegen iemand die geen bedreiging vormt, maar gewoon lastig is, iemand die je van je afschudt zonder daar verder bij stil te staan.'Smarkata', zei hij, 'je zult zien dat je op een dag ook iets voor mij wilt doen.'

En ik zei: 'Nee, nooit.'

Hij liep door.

Het gaf niet. Hij kwam, hij ging. We werkten.

Ik dacht toen trouwens niet veel aan jongens – aan mannen. Eten, en honger, en gevaar, en de dood, daar dacht ik aan, dat speelde door mijn hoofd.

Eerst at ik niet. Ik was trouwens nooit zo'n grote eter geweest. Misschien waren dubbele boterhammen van maïsbrood met boter en schijfjes ananas daarom zo'n grote traktatie voor mij. Maar Hitler leerde me eten; dat zeg ik nu. In het getto bestond er geen vlees. We leefden op brood – we kregen honderd gram per persoon per dag toegewezen – en af en toe een aardappel als iemand er een kon krijgen. In de fabriek kregen we twee keer per dag te eten, voor onze eerste dienst van zes uur en na onze tweede. 's Ochtends kregen we wat ze koffie noemden – hoewel niemand meende dat er enige koffie zat in wat we dronken – plus een plak bruinbrood. Nadat we twaalf uur hadden gewerkt, kregen we een of andere waterige soep waarin soms kleine stukjes vlees dreven.

Ik had honger in de fabriek, honger zoals ik in het getto niet had gekend. Maar hoewel het holle gevoel van honger me geen moment verliet, wist ik dat ik die soep niet kon eten. De soep was niet koosjer; hij was *treife*. Mijn familie was niet bijzonder godsdienstig geweest – mijn vader droeg geen baard en hij noch mijn broer ging op sjabbes naar de synagoge – maar we hielden ons wel aan alle voorschriften van het joodse ritueel, net als iedereen om ons heen: we werkten niet op sjabbes, de vrouwen hielden hun armen en benen bedekt, en natuurlijk aten we koosjer. Er werden nooit vragen over die dingen gesteld; zo leefden wij en zo leefden onze families al zolang als we wisten. Deze soep in de fabriek was treife en ik wist zeker dat als ik hem aan mijn lippen zou brengen, ik erin zou stikken.

Mensen om me heen probeerden me minder streng voor mezelf te laten zijn. 'Je moet eten', zei Sally Apel. 'Je moet eten, wat ze ons ook geven.' Maar ik kon het niet; ik kon dat vlees niet in mijn mond stoppen.

Totdat ik het deed.

Ik herinner me nog hoe ik die eerste lepel nam. Ik verwachtte dat ik moest kokhalzen. Ik verwachtte geen bliksemflits; ik dacht niet dat God me van boven zou treffen. Nee, ik dacht echt dat mijn lichaam het treife niet zou accepteren; ik dacht dat mijn keel dicht zou gaan. Ik dacht dat ik zou sterven.

Ik hield mijn neus dicht terwijl ik de lepel naar mijn tong bracht. Ik hield de warme vloeistof heel even in mijn mond en toen slikte ik.

Ik ging niet dood. De soep smaakte goed, wat zout, licht rokerig.

Misschien brak er toen iets in mij, iets heel kleins, waarschijnlijk iets onmerkbaars. Een Jood kon niet treife eten en toch deed ik het. Treife werd als gif voor een Jood beschouwd en toch had die treife mij niet vergiftigd. Was dit het begin van het einde van mijn geloof? Ik kon dat niet weten. Ik weet alleen dat ik ging hunkeren naar de smaak van die treife, naar het geringste spoor van vlees, naar die kleine herinnering aan echt voedsel in onze dagelijkse portie waterige soep.

Een paar maanden later kwam ik te weten wat we in de soep aten. Geregeld brachten enkele mannen het karkas van een paard dat geslacht was, naar de fabriekskeuken. De beste delen van het vlees gingen natuurlijk naar de Duitsers; de arbeiders kregen de restjes die van de botten werden geschraapt. De eerste keer dat ik zag hoe een karkas in de keuken werd gebracht – het complete dier, zwaar en over de schouders van twee mannen gedrapeerd die zwoegden onder het gewicht, het hoofd zachtjes wiegend bij elke stap die de mannen zetten, ogen wijdopen en uitpuilend, strak starend naar absoluut niets – leek het gruwelijk echt in leven te zijn. Toen wist ik waar de flintertjes vlees in onze soep vandaan kwamen, en ik huiverde bij de gedachte dat dit het was wat ik at, waarnaar ik in feite hunkerde. Zelfs nu zie ik, als ik een paard over een veld zie draven, dezelfde gezwollen, lege ogen, gefocust en tegelijkertijd ontdaan van leven. Ik at de soep; ik leerde ervan te houden. Het was voedsel; het was leven.

De dagen in de fabriek werden snel routine. Ik werkte twaalf uur aan de machines, ik kreeg twee keer per dag te eten, ik ging misschien één keer per maand onder de douche. We dachten niet veel na over wat we deden; we praatten er beslist niet over. Per slot van rekening werkten we in een wapenfabriek, we hielpen onze vijanden, hielpen de munitie te maken die tegen ons werd gebruikt. We deden gewoon ons werk. We deden wat ons gezegd werd te doen. We probeerden te overleven.

Zelfs nu weet ik niet precies aan wat voor wapentuig ik werkte; de afdeling van de fabriek waarin ik werkte, werd de *celownik* genoemd, wat 'richtinstrument' betekent. Eerst ging het werk heel langzaam; ik wist dat mijn metingen nauwkeurig moesten zijn. Ik was altijd bang dat de gaten die ik boorde te diep of te ondiep of te breed zouden zijn. Na elk zoveelste stuk stopte ik om te meten en te controleren, en dat vertraagde mijn tempo natuurlijk. Ik wist niet hoe ik dit soort werk moest doen. Ik was vijftien, slank gebouwd en slechts iets meer dan 1,50 meter lang. De machine waaraan ik werkte was enorm groot; ik moest op een kist staan om het boorijzer te kunnen hanteren.

Ik heb geen idee wat er tijdens al die lange uren door mijn hoofd ging. Het geratel en constante gedreun van de machines maakte praten onmogelijk en het was verboden tijdens het werk met iemand te praten, wat er ook gebeurde. Al die uren – boren, meten, boren, meten. De metalen krullen die van de kogels kwamen, gingen op mijn handen zitten, kleefden in mijn handpalmen, rondom mijn nagels. Mijn handen werden zwart; het duurde bijna een jaar voordat het vlees van mijn handen weer zijn normale kleur had. Ik was bang voor dat monster van een machine waaraan ik werkte – bang voor zijn omvang, voor zijn kabaal; ik was bang dat ik te langzaam werkte; ik was bang dat ik te snel werkte. Ik was bang dat ik een fout zou maken.

Ik verlangde hevig naar Mama. Uur na uur. Dag na dag.

Nadat ik twee maanden in de fabriek had doorgebracht, besloten de Duitsers een daad te stellen. Ik weet niet waarom. Werkten we niet hard genoeg? Had iemand geprobeerd te ontsnappen? Of waren de Duitsers die ochtend gewoon wakker geworden in een stemming om te moorden?

Het was Jom Kipoer, september 1942.

Er kwam een Duitse officier de fabriek binnen. Dat was op zich al ongebruikelijk. De opzichter op de werkvloer was een Pool, Zwirek. Hij deed formeel tegen ons, maar hij behandelde ons nooit wreed en hij vormde een soort buffer tegen de Duitse soldaten en officieren die de baas waren. De aanwezigheid van deze Duitser in de fabriek was dan ook duidelijk een reden voor alarm. Hij zei dat we moesten stoppen met werken en ons op het plein moesten verzamelen.

De machines werden uitgezet, de raders en motoren hielden op met zoemen. Niemand zei iets, hoewel ik wist dat iedereen vol vragen was. De ruimte was opeens zwaar van zwijgen: je kon de stilte in de dikke lucht aanraken. We verlieten allemaal onze werkplek en haastten ons de trappen af naar het plein voor de fabriek. Iemand – misschien een politieagent – zette ons in rijen op het plein; we waren met een paar honderd. De kleinsten, zoals ik, werden vooraan gezet, de grootsten achteraan. Iedereen moest kijken; iedereen moest zien wat er ging gebeuren.

Er was een man van misschien veertig jaar, die ongeveer tien meter van ons af stond. Hij was met een dik touw vastgebonden aan een lange houten paal die voor die gelegenheid in de grond leek te zijn gezet. Ik kende hem niet, maar anderen om me heen zeiden dat hij ook uit Radom kwam en dat hij uit een goede familie was.

Vijftien of twintig Duitse soldaten stonden op een rij voor de man, met hun gezicht naar hem toe en een geweer in de hand.

Toen sprak de officier ons toe.

'Ik weet', zei hij, 'dat deze dag, die jullie Jom Kipoer noemen, heel belangrijk voor jullie is, een offerdag.'

Hij gedroeg zich heel star, heel streng. Hij bewoog nauwelijks terwijl hij sprak.

'Vandaag is jullie dag van het heilige offer', zei hij. 'Dus heb ik vandaag een offer voor jullie gekozen. Ik heb een man gekozen en hij zal jullie offergave zijn.'

Hij sprak op vlakke toon tegen ons, zonder nadruk, zonder de minste zweem van drama. Hij sprak alsof hij ons een gunst bewees, de verplichting op zich nam om een offer te brengen op een Joodse feestdag.

Toen draaide hij zich om naar de soldaten en gaf een bevel. De soldaten hieven hun geweer op en richtten.

De man was strak aan de houten staak gebonden, een paal in de grond zoals tijdens de inquisitie was gebruikt, toen mensen aan een paal werden gebonden en in brand gestoken. Zo gaan martelaren hun dood tegemoet, vastgebonden aan een paal. Wat kon deze man op dat moment hebben gedacht, in het besef dat hij op het punt stond te sterven? Absurd genoeg hoopte ik dat hij zou wegrennen, net als Weinberg. Weinberg rende tenminste, wanhopig, misschien zo gek om te denken dat hij een kans zou hebben, dat rennen een ontsnapping kon betekenen. Maar Weinberg rende tenminste toen hij werd neergeschoten; hij probeerde tenminste de kogels te ontwijken. Maar deze man niet. Hij was gedwongen te staan en toe te kijken terwijl zijn moordenaars hun geweren op hem richtten; hij moest staan en wachten, al was het maar een paar seconden, tot de geweren afgingen.

Ik stond op de voorste rij en voelde de schoten. Ik dacht dat de kogels mij raakten; ik dacht dat ik elke kogel tegen mijn lichaam kon voelen slaan terwijl ze in zijn lichaam sloegen. De schoten waren ontzettend luid, ontzettend doordringend en hard, een weerkaatsende knal van geluid op een fabrieksplein.

De man wankelde op zijn knieën en zakte langs de paal naar beneden.

Ik keek toe, zwijgend, verbijsterd. Ik had nog nooit iemand op zo'n korte afstand gedood zien worden. Als de Duitse officier ons bang wilde maken, ons wilde laten weten dat hij alles kon doen wat hij maar wenste, en dat we alles moesten doen wat hij zei, had hij zijn doel beslist bereikt.

Toen het voorbij was, wat toen? Toen het voorbij was, toen niets. Het was voorbij. We werden weer naar ons werk gestuurd.

Ik was misschien twee maanden in de fabriek en in die tijd had ik twee mannen vermoord zien worden – de ene vermoedelijk wegens sabotage, de andere, vermoed ik, om ons bang te maken en zodoende onderdanig. Hoewel ik naar de fabriek was gestuurd om in leven te blijven, deed de moord op deze twee mannen me beseffen dat ook ik zou sterven, dat het werk dat ik moest verrichten mijn dood kon uitstellen, maar niet zou voorkomen. Ik gaf het leven niet echt op; het is belangrijk dat te begrijpen. Ik nodigde de dood niet uit, zoals sommige mensen deden, vooral later in Auschwitz. Maar op een zeker moment begreep ik met een zekerheid die mij verbaasde, dat mijn dood onvermijdelijk was. En wat aan me vrat, wat me bang maakte, was niet het feit dat ik dood zou gaan, maar de manier waarop. Zou het pijn doen? Zou het snel gaan? Zou ik moeten staan en toekijken hoe soldaten hun geweren op mij richten? Toen die vragen eenmaal in mijn hoofd opkwamen, kon ik ze niet meer loslaten, of preciezer gezegd, ze wilden mij niet loslaten. Ik dacht voortdurend aan die vragen. Zal het pijn doen? Zal ik pijn lijden als ik sterf?

Ik was een meisje van vijftien. Ik was niet dapper. Wat had ik hiervan moeten denken?

Kort na het Jom Kipoer-'offer' had ik mijn eigen ontmoeting met de dood. Het gebeurde toen ik een fout maakte die ik niet mocht maken.

Zwirek, de Pool die toezicht hield op de celownik, kwam op een avond naar me toe toen ik aan mijn machine begon te werken. Hij had nog nooit iets tegen me gezegd of me op wat voor manier dan ook aangesproken. Als hij voor mijn rij machines langskwam, kon ik soms zien dat hij een beetje glimlachte, alsof hij zijn goedkeuring voor mijn werk kenbaar maakte. Maar ik wilde zijn aandacht niet; ik wilde verborgen blijven.

Hij zag er gezond en fit uit, herinner ik me, en was heel lang; ik reikte net tot onder zijn schouders.

'Ik moet met je praten', zei hij, rustig en zonder woede, maar ook stevig, met enige urgentie.

Wat kon hij bedoelen? Waarover kon hij met mij willen praten?

Hij vervolgde: 'Weet je wat je hebt gedaan?'

Wat had ik gedaan? Wat had ik kunnen noemen? Ik deed altijd wat me gezegd was: ik stond op mijn kistje voor de enorme machine en boorde gaten, twaalf uur per dag, zes dagen per week.

'Weet je', zei hij, 'alle vijftienhonderd stuks die je afgelopen nacht hebt gemaakt – ze zijn niet goed. Elk ding dat je in de kist hebt gedaan, is verkeerd.'

Van de vijftienhonderd stuks die ik in elke dienst moest boren, mochten er misschien twee of drie niet goed zijn. De rest moest precies goed zijn, perfect.

'Wat is er gebeurd?', vroeg hij. 'Je weet wat er dan wordt gedaan. Je weet wat dit betekent.'

Wat kon ik zeggen? Ik wist niet wat er gebeurd was. Ik was misschien moe; viel bij de machine in slaap, of was ziek. Wie weet? Ik was er met mijn hoofd niet bij – misschien boorden mijn handen gaten zonder dat mijn hoofd wist wat ik deed.

Ik zei: 'Ik kan je geen antwoord geven; ik weet niet wat er is gebeurd. Ik kan niet eens een excuus verzinnen.'

Het was een doodvonnis. Ik had gezien hoe Weinberg werd doodgeschoten voor het plegen van sabotage. Zwirek zei tegen me: 'Je weet wat dit betekent', en ik wist precies wat het betekende: mijn executie. Zwirek zei die woorden tegen me en ik zag in mijn hoofd de jonge Weinberg op de grond vallen met kogels in zijn rug.

Ik denk niet dat ik bang was. Ik was verdoofd.

Zwirek trilde een beetje, herinner ik me, terwijl hij op me neerkeek. Ik herinner me dat ik me heel even afvroeg of hij beefde van woede of van iets anders. En toen, opeens, kon ik in zijn ogen zien dat hij eigenlijk medelijden met me had, dat hij de situatie haatte waarin we zaten, dat hij iets wilde bedenken wat hij kon doen.

Hij zei kalm: 'Ik kan je niet laten sterven. Ik kan je niet laten doodgaan. Maar ik weet niet wat eraan te doen valt.' En toen ging hij weg. Hij draaide zich gewoon om en keerde terug naar zijn kantoor, en ik keerde me om naar de machine en naar mijn werk, en probeerde elk gat precies goed te boren.

Later op de avond kwam Zwirek terug en nam me apart. Ik herinner me dat ik mijn nek helemaal naar achteren moest buigen om naar hem te kijken, terwijl hij over me gebogen stond.

'Ik zal die kisten meenemen', zei hij zachtjes, bijna teder, 'en ik zal ze naar mijn kantoor brengen. En uit elke kist die je afhebt, zal ik een paar goede halen en er een paar van die verkeerde in stoppen. En ik zal ze verwisselen totdat alle mislukte exemplaren weg zijn. Maar je moet geen fouten meer maken. De rest moet perfect zijn.'

Toen, zonder op een antwoord te wachten, ging hij weg en hij heeft nooit meer iets tegen me gezegd.

Om niets werd een man gedood; om niets werd mijn leven gered.

Zwirek was een Pool; ik was een Jodin. Dat is belangrijk.

Hoe is het mogelijk liefde te ontdekken op zo'n plaats? Ik heb het hier niet over seks, hoewel dat er natuurlijk ook was, in de barakken – mensen die onder kleren tastten, zachtjes kreunden in de kooien, ineengestrengeld, zonder acht te slaan op de aanwezigheid van anderen. Nee, niet dat, hoewel ik denk dat ik misschien zelfs toen begreep hoe krachtig seksuele begeerte kan zijn. Maar dat is niet de liefde die ik bedoel. Of, om de waarheid te zeggen, niet alleen dat. Ze is voor mij geheimzinniger, mijn liefde voor Heniek. Ze voelde ouder aan dan wat dan ook, een oude relatie die in een vreselijke tijd ontwaakte, misschien vanwege de gruwelijkheid van die tijd.

Laat me eens even denken: kan ik het begin van mijn liefde aanwijzen? Het was niet toen ik hem voor het eerst zag, voor zover ik weet. Heniek was een charmeur, zoals ik al zei, zwierig en zelfverzekerd als hij de barakken binnenstapte om de vrouwen te controleren. We werden de bewapeningsarbeiders genoemd, maar we waren echt slavinnen, halfdood van de honger, volkomen uitgeput; niemand had meer dan één stel extra kleren. Wanneer had een van ons voor het laatst haar tanden gepoetst? Haar haren gedaan? En toch, als Heniek binnenkwam, in zijn knappe uitrusting met politiepet en gepoetste laarzen, sprak hij tegen ons alsof we vrouwen waren – echte vrouwen en niet de sjofele, schamele wezens die we natuurlijk waren. Zijn hoffelijke vleierijen – ze waren onschuldig, laconiek, maar vooral charmant – ze maakten hem geliefd bij ons. Na verloop van tijd begon ik te beseffen waarom de vrouwen hem kleine gunsten wilden bewijzen, opgemerkt wilden worden door zo'n man, zelfs aantrekkelijk gevonden wilden worden door een goede man – niemand sprak ooit kwaad over Heniek, tijdens de oorlog niet en daarna niet – en gezien wilden worden in de situatie waarin wij ons bevonden.

Maar dat gold niet voor mij. Henieks attenties waren niet voor mij bedoeld; ik was de smarkata. Een kind, een snotneus van vijftien. Ik was zijn aandacht niet waard.

Maar later ... wanneer? Een paar maanden, misschien; beslist nadat Zwirek mijn leven had gered. Ik merk dat mijn hoofd vol van hem is. Heniek komt de barakken binnen om een groep naar de fabriek te begeleiden, een paar kilometer verderop, en de atmosfeer om me heen voelt geladen aan, elektrisch. Het gedweep van een jong meisje met een oudere, aantrekkelijke man – ik moet dat, denk ik, wel toegeven. Ik denk dat het dat gedeeltelijk was. Maar dat is niet alles; het is niet alleen maar dat.

Ik lig in mijn kooi; het is misschien zondag, een dag zonder werk in de fabriek. Er is niets te doen, niets te verwachten. De vrouwen in de barak schuifelen rond; sommigen gaan naar de latrine om hun kleren te spoelen, anderen praten zachtjes. Iedereen heeft honger; iedereen is volkomen uitgeput. Het is een dag van leegte zoals alle andere. Dan, terwijl ik in mijn kooi aan niets denk, naar niets staar, voel ik iets in mij bewegen. Ver voorbij iets wat ik kan aanraken, diep in de put van mijn maag, komt er iets tot leven. Ik sta op, uit mijn kooi, en ga naar het raam. Ik kijk voorbij het vuil op het glas naar de verlaten binnenplaats. Er is daar niemand, alleen het stof op de grond en de barak aan de overkant. Dan komt Heniek opeens in zicht. Mijn hart bonst als ik hem zie.

Maar hoe wist ik het? Hoe wist ik dat Heniek in de buurt was?

Ik houd mijn hart verborgen. Heniek mag niet weten dat dit jonge meisje zich tot hem aangetrokken voelt. Ik begrijp het gevoel niet dat mij heeft overvallen, mij in bezit heeft genomen. Dat ik hem dicht bij me wil. Dat ik het kan voelen als hij dichtbij is. Ik weet niet waar het vandaan kwam.

Toen ik jonger was, twaalf misschien, of dertien, sloop ik wel eens naar de hoek van de binnenplaats van ons flatgebouw aan de Wolnośćstraat om daar met mijn vrienden te zitten, meisjes en jongens, en we wisselden speelkaarten uit waarop kleine liefdesbriefjes waren gedrukt. 'Ik vind dat je er leuk uitziet.' 'Ik wil met jou naar school lopen.' 'Ik vind dat je een mooie jurk aanhebt.' We gaven ze giechelend en heimelijk door. Het was onschuldig, gewaagd en ontzettend leuk. Dat wist ik van jongens en meisjes – kaartspelletjes op een binnenplaats. Het was erg opwindend.

Nu, in de fabriek, is het anders. Ik ben net vijftien – amper van mijn vlechten af en volslagen naïef als het gaat om wat mannen en vrouwen doen. Toch droom ik ervan dat Heniek me zoent, me vasthoudt, zijn vingers door mijn vlasdunne haar laat gaan.

Op een dag vangt Heniek mijn blik op als we buiten de barak staan. Ik kijk weg, onzeker over wat ik moet doen. Maar ik zie hem glimlachen.

Op een dag, als Heniek de vrouwen naar de fabriek komt begeleiden, komt hij bij me staan zodat we naast elkaar over de weg lopen. Mijn huid tintelt; diep van binnen danst er iets.

In die situatie pakt Heniek mijn hand. Ik ben nog nooit door een man aangeraakt; ik had gedacht dat als ik een jongen zou aanraken, ik zwanger zou raken. Maar terwijl we buiten de ruw gebouwde barakken van een fabriek voor dwangarbeid staan, met niemand in de buurt, zodat niemand het kan zien, pakt Heniek mijn hand, zachtjes, stevig, en het voelt alsof ik door de bliksem getroffen ben. Ik voel Henieks aanraking langs elke centimeter van mijn lichaam. Ik voel me licht, levend, stralend van verlangen.

Onze verkering duurde een paar maanden. Heniek wachtte tot ik mijn dienst in de fabriek had beëindigd, en ik ving een blik van hem op onder in het trappenhuis, waar hij op me stond te wachten en mij zocht onder alle vrouwen die eindelijk van hun gezwoeg bevrijd waren. Na twaalf verdovende uren metaal boren zag ik Henieks gezicht, opeens vol verlangen en zelfbewust, en opeens was er dat zachte gebons in mij, een subtiele, kloppende warmte die in mijn aderen stroomde. Dat gevoel! De opwinding! Twaalf uur aan de machine en dan Heniek als mijn beloning.

Hij vertelde me hoe mooi ik was, hoe lief mijn ogen; mijn huid, zei hij, was als de blaadjes van een roos – en ik holde 's avonds terug naar de barak om naar mijn spiegelbeeld in het vuile glas van het raam te kijken, in de hoop dat ik zag wat hij zag, in de hoop dat ik die schoonheid, die lieflijkheid voor mezelf ontdekte. Ik dacht dat als ik een glimp kon opvangen van de schoonheid die hij zo bewonderde, ik verzekerd kon zijn van zijn liefde; ik kon dan weten dat er iets blijvends was, iets wat niet kon worden afgepakt.

Op een dag vertelde Heniek me dat hij me mee uit dansen wilde nemen. Ik moest me geen zorgen maken, zei hij; hij zou alles regelen.

Een verfijnde, elegante man vraagt zijn jonge vriendin mee uit – een afspraak in de stad in een klein restaurant, waar ze gepoetst bestek op de tafel hebben en misschien een kaars voor de sfeer. Kelners in kostuum zetten borden op tafel met grote stukken vlees die overgoten zijn met een glanzende saus; de aardappelen smaken naar boter. Helemaal aan het eind van de zaal speelt een man met een vlinderdasje piano en het paar onderbreekt de maaltijd en loopt hand in hand naar het midden van de vloer. De man legt zijn hand onder op de rug van zijn dame – zij is zo broos, hij kan al haar ribben voelen onder haar ruim zittende jurk – en hij drukt haar zachtjes tegen zich aan terwijl de pianist zijn melodie speelt. En de jonge vrouw laat haar hoofd op zijn brede schouder rusten en voelt zijn kracht onder zijn zachte wang.

Heniek nam me mee uit dansen. Het lijkt wel een droom. Ik weet het niet meer – hoe lukte het ons het kamp te verlaten zonder opgemerkt te worden? Hoe slaagden we erin door de straten van Radom te lopen, in een Pools restaurant te eten en er niet uit te zien als de Joden die we waren? Dat weet ik allemaal niet. Maar het lichaam herinnert zich dingen die de geest vergeet. Ik herinner me in mijn lichaam, in mijn botten, het gevoel van mijn avondje uit met Heniek, het dansen met Heniek – zijn hand op mijn rug, mijn wang tegen zijn borst gedrukt, de trilling in mijn benen.

Ik had mijn armband afgedaan. Heniek had zijn politiepet afgezet. Hij zei tegen me dat ik niet bang moest zijn. We dansten alsof het niet onze dood zou betekenen als we betrapt werden.

Ik was verbijsterd.

Ik was verliefd.

Alles wat Heniek en ik deelden was geheim, al onze gezamenlijke tijd was gestolen. Toch had niets legaler of gewoner kunnen aanvoelen.

Ik was verliefd op Heniek Greenspan, en gedurende korte tijd was ik niet alleen.

4

Heniek vroeg of ik met hem naar Argentinië wilde gaan. Ik werkte toen al minstens zes maanden in de keuken. Het was een van de vele geschenken van Heniek dat hij me aan het keukenpersoneel had kunnen toevoegen; ik weet niet hoe hij dat voor elkaar kreeg. Maar Heniek had enig prestige en niet alleen bij de vrouwen. Hij was geliefd; hij had vrienden. Misschien vroeg hij om een gunst; misschien kocht hij iemand om; misschien – misschien – vond iemand dat hij iets voor hem moest terugdoen.

De keuken was de hemel vergeleken met de fabriek. Ik moet dit wel nuanceren: niet de hemel op zich, nee, totaal niet. Ik zat op een kruk tussen twee biervaten en het was mijn taak aardappelen te schillen – tweehonderd kilo – elke dag. Hoeveel aardappelen zijn dat? Ik vraag het me af. Duizend misschien? Duizend aardappelen per dag. De rotte niet meegeteld, is dat misschien een aardappel per minuut, twaalf uur per dag, zes dagen per week, meer dan een jaar lang. Mijn vingers raakten verkrampt van het vastpakken van de knobbelige vormen vol pitten in de ene hand en het dunne heft van een schilmesje in de andere. De krampen kwamen nadat ik 's ochtends misschien een half uur had gewerkt. Tussen elke paar aardappelen rustte ik even, een seconde slechts, om mijn vingers te strekken en zo te proberen de pijn te verlichten die in mijn gewrichten stak, maar hij ging nooit weg, niet echt. Het mes dat ik gebruikte, was waardevoller dan alles wat ik had; ik bewaakte het strenger dan ik mezelf bewaakte. Als ik dat mes kwijtraakte, als iemand het stal, zou ik die aardappelen met mijn nagels moeten schillen. Ik sleet het mes tot het flinterdun was. Ik sliep er elke nacht mee, ik verborg het onder Mama's donzen deken.

Het was dus geen hemel op zich, maar een hemel vergeleken met de fabriek. In de keuken werkte ik alleen overdag. Ik werkte er samen met vier andere vrouwen die hun eigen quotum van geschilde aardappelen moesten leveren, en ik zat met hen rondom een potkachel die de ergste kou van de winter verdreef. Als we alleen in de keuken waren, konden we zachtjes met elkaar kletsen, al heb ik geen idee waarover. Een van de meisjes – ik vind het pijnlijk dat ik me haar naam niet herinner – had een mooie, gevoelige stem, en soms zong ze zachtjes, meestal Joodse liedjes, en we zongen stilletjes mee, zo goed als we konden. Zo nu en dan, als we zeker wisten dat er niemand in de buurt was, schaafden we een dun plakje van een aardappel en drukten het tegen de buitenkant van de kachel, zodat het erop bleef plakken. We lieten het heel even bakken, pelden het er voorzichtig af en aten het op, een illegale verwennerij, een geheime traktatie. Een chip.

Die genoegens, die kleine pleziertjes – de geringste zwemen van een normaal leven – had ik te danken aan Heniek, die ik-weet-niet-wat had gedaan om me daar te krijgen.

Heniek kwam af en toe in de keuken, zoals ik al zei. Op een dag zei hij aan het eind van mijn dienst dat hij iets met mij wilde bespreken en dat we naar buiten moesten gaan.

Het begon donker te worden en hij praatte met me in de schaduwen van het afnemende licht buiten het keukengebouw. Het was moeilijk te begrijpen wat hij zei, wat hij voorstelde. Het was zo'n wilde gedachte, zo ingrijpend, zo wonderlijk, zo angstwekkend.

Heniek vertelde me dat de Duitsers een uitwisseling aan het organiseren waren. Iedereen met het Argentijnse staatsburgerschap die in Polen woonde, zou toestemming krijgen met zijn of haar familie naar Zuid-Amerika terug te keren; in ruil daarvoor zou Argentinië waarschijnlijk Duitse staatsburgers die daar woonden, vrijlaten. Heniek zelf was natuurlijk een Pool, maar zijn zuster was getrouwd met een Argentijnse staatsburger en die man, Henieks zwager, had aangeboden Heniek als zijn broer te laten registreren. Dan zou Heniek met zijn eigen familie naar Zuid-Amerika kunnen ontkomen. Heniek stelde voor dat hij me mee zou nemen. Hij stelde voor dat we zouden trouwen.

In het afnemende licht buiten een barakkeuken, verborgen in de schaduwen opdat niemand ons zal zien, voel ik me zwak naast Heniek, ik word opeens overvallen door een idee dat ik niet helemaal begrijp, door vragen die ik niet goed weet te formuleren. Hieraan te ontsnappen! En met Heniek! Bij hem zijn, naar een veilige plaats gaan, ergens anders dan hier. Een leven leiden, gaan waar we maar willen. Zou er voor mij echt een toekomst zijn, Heniek? Zou er voor ons een toekomst zijn, Heniek?

Maar Argentinië. Waar ligt dat land? Heel ver weg – dat weet ik wel. Aan de overkant van een grote, uitgestrekte zee, een totaal andere wereld. Ik heb in mijn jeugd verhalen gehoord, Heniek. Griezelverhalen over dat land voor het slapengaan. Mannen uit Argentinië komen naar Europa en ze lokken meisjes van de straat om mee te gaan naar Zuid-Amerika, waar ze hoeren van hen maken. Hoe kan ik naar zo'n land gaan? En kan ik mijn familie achterlaten? Mima en Feter, en ook mijn vader – er zijn er zo weinig voor mij overgebleven. Kan ik hen zomaar in de steek laten?

Ik moet nadenken; ik moet een rustplaats zoeken, weg van de duizelig makende wirwar van vragen in mijn hoofd. Ik zou terug naar de binnenplaats moeten gaan, om speelkaarten met mijn vrienden uit te wisselen. Ik zou terug naar de Wolnośćstraat moeten gaan om Mama te helpen bij het vrijdagavonddiner. Ik zou mijn nachten warm naast haar moeten doorbrengen, erop moeten aandringen dat ze een nieuwe jurk maakt. Hoe kan ik zo'n beslissing nemen? Ik ben pas zestien; ik weet niet hoe ik dit moet oplossen.

Ik moet naar het getto gaan, mijn tante en oom en mijn vader opzoeken. Ik moet hun vragen wat ik moet doen.

Ik zit hier nu op die grote afstand, decennia later, en probeer te begrijpen hoe de geest van een jong meisje werkt. Ik probeer haar te vinden, haar te vragen hoe dit plan, dit voorstel voor uitwisseling, verwezenlijkt had kunnen worden. Maar het ging natuurlijk niet alleen om mij; het ging om ons allen – wat we bereid waren te geloven, wat we bereid waren niet te weten.

Eerlijk gezegd was er een precedent geweest, twee zelfs. Ik denk dat het eerlijk is te zeggen dat er twee waren.

Een vrouw uit Radom die voor de oorlog naar het Mandaat Palestina was geëmigreerd, was op een zeker moment met een Brits visum naar Polen teruggekeerd. Ze heette Golda Graucher. Ze had twee zonen bij zich, maar een van hen – Natan Chaim, pas tien jaar – was gestorven toen ze in Polen waren. Enige tijd voordat Heniek mij over de uitwisseling met Argentinië vertelde – het kan zelfs een jaar daarvoor zijn geweest – had mevrouw Graucher van de Duitsers toestemming gekregen naar Palestina terug te keren, en ze had het kunnen regelen dat ze een jongen uit Radom, Eli Gottlieb, op het visum van haar overleden zoon mee kon nemen. Dit was een voorbeeld van hoe de Duitsers iemand, zelfs een Jood, met een buitenlands visum uit het land lieten vertrekken.

Dacht ik toen aan dat verhaal? Die jongen was Eli Gottlieb, niet Natan Chaim Graucher, en toch had hij uit Polen weg kunnen komen. Redeneerde ik dat als ze Eli Gottlieb lieten weggaan, ze ook mij zouden laten weggaan? Eli Gottlieb kon naar Palestina gaan, veranderde zijn naam in Eliyahu Ben-Elissar, behaalde na de oorlog academische graden aan de Universiteit van Parijs en de Universiteit van Genève, en werd uiteindelijk de eerste Israëlische ambassadeur in Egypte. Dat alles omdat hij uit Radom had kunnen ontsnappen door net te doen alsof hij een nationaliteit en een naam had die hij in feite niet bezat.

Dan waren er ook mensen uit Argentinië zelf. Er was een jong meisje dat ik uit het getto kende; ik herinner me dat ze Henia Friedman heette. Later kwam ik er achter dat ze tot de uitgebreide familie van Henieks zwager behoorde, maar dat wist ik toen natuurlijk niet, in het getto. Ik wist dat ze op een boot in Argentijnse wateren was geboren en daarom Argentijns staatsburger was. Ik kan me niet voorstellen dat ik begreep wat dat op officieel niveau betekende, maar ik wist wel dat het staatsburgerschap haar bepaalde privileges in het getto gaf. Ze hoefde niet de armband met de Mageen Davied te dragen, die ons als Joden identificeerde. Ze kon haar leren jas houden – en zelfs dragen. En ze mocht het getto verlaten zonder speciale toestemming te hoeven vragen. Het verbaasde ons dat ze door die gettopoorten in en uit kon gaan, dat ze langs de politie kon lopen die daar op wacht stond, zonder enig probleem. Het leek zelfs alsof ze geen Jodin was, het leek alsof ze vrij was.

Hier zat dus enige logica in. Ik moet wel geloven dat logica een rol speelde in het gemak waarmee we aannamen dat die uitwisseling zou plaatsvinden en dat een bepaald aantal Joden zou mogen weggaan.

Heniek regelde voor mij dat ik op een middag naar het getto mocht terugkeren. Een andere politieagent begeleidde me erheen – ik mocht natuurlijk niet alleen gaan en deze keer gaf ik er de voorkeur aan niet met Heniek te gaan. De politieagent liet me bij de gettopoorten gaan en zei tegen me dat ik daar een paar uur later moest terugkomen. Dat zou ik hebben – twee uur om mijn toekomst te bepalen, twee uur om te besluiten of ik de familie die ik nog overhad, zou achterlaten, de enige plek die ik ooit had gekend zou verlaten en een reis zou maken over wat een eindeloze oceaan leek, naar een land waarvan ik amper had gehoord.

Mijn familie leek, te denken dat er minder te bespreken viel dan ik dacht. Niemand vroeg me of ik van Heniek hield, of ik gelukkig zou zijn als ik zou proberen een leven op te bouwen met die man die me ten huwelijk had gevraagd. Dat was niet belangrijk. Slechts één ding was belangrijk – dat de uitwisseling een uitweg uit Radom was, uit Polen, uit de oorlog.

'Ga', zei Feter. 'Als je een kans hebt om te gaan, moet je gaan.'

Feter had me het jaar daarvoor uit het appartement in het getto gegooid om me te dwingen naar de fabriek terug te keren; nu duwde hij me het land uit.

Ze waren wanhopig, dat zie ik nu in. Sinds vrijwel de hele bevolking van het getto was gedeporteerd, waren er geruchten verspreid over wat deportatie betekende. Er was een Pool betaald om op zijn fiets een trein te volgen om te zien waar de treinen naartoe gingen. Joden werden op vrachtwagens uit Radom opgehaald; vanuit vrachtwagens werden ze op treinen gezet. Maar waar gingen de treinen naartoe? De Pool keerde terug met nieuws over een of ander kamp bij het dorp Treblinka. Hij had gehoord dat daar Joden werden gedood – vergast of doodgeschoten, honderden tegelijk. Hij had gehoord dat er duizenden Joden het kamp binnengingen, maar dat er nooit één uitkwam.

Feter moet aan die Pool hebben gedacht. Mijn oom was onvermurwbaar. Ik moest gaan. Hij moet ten einde raad zijn geweest om me uit Treblinka weg te houden. Misschien dacht hij ook aan zijn eigen dochter; misschien dacht hij aan Chava.

Chava was het jaar daarvoor gedood.

Chava was verlamd van angst in het getto. Ze was zes jaar oud en gesloopt door nachtmerries in die krappe huiskamer aan de Szwarlikowskastraat. Ze werd vaak 's nachts wakker, klampte zich aan haar moeder vast en gilde – echt keihard – 'De Duitsers komen! De Duitsers komen me doodmaken!' Dan nam Mima haar in haar armen, streelde haar haren en probeerde haar zachtjes in slaap te wiegen.

'Stil maar, kind, stil maar. Alles zal goed komen.'

In het bed ernaast gingen Mama en ik weer slapen, op het geluid van Chava's gehuil.

Ik denk dat Feter, meer dan wij, besefte hoe gevaarlijk het getto eigenlijk was. Meer dan wij probeerde hij altijd een uitweg voor de familie te zoeken. In het begin van de oorlog had hij die tocht naar Rusland gemaakt om te proberen een doortocht voor Mima en hun kinderen te regelen. Toen hij zonder resultaat naar Radom terugkeerde, vond hij uiteindelijk een Poolse familie die hij ervoor betaalde om zijn kinderen – Chava en Moishele – voor de duur van de oorlog verborgen te houden. Ze waren allebei te jong om te gaan werken en verkeerden dus allebei in extra groot gevaar. Hij wist hoe bang Chava in het getto was. Chava en Moishele woonden een paar maanden – misschien een half jaar – bij de Poolse familie, maar enkele dagen voor de grote deportaties in de zomer van 1942 kwam de vrouw van dat gezin naar het getto om de kinderen terug te brengen. Ze moest hebben gehoord dat de deportaties ophanden waren, en moest het te gevaarlijk hebben gevonden om Joodse kinderen onderdak te verlenen.

Wanhopig en zonder verdere opties tot zijn beschikking, besloot Feter zijn kinderen te verbergen op de leerlooierij waar hij werkte. Tegen die tijd had Feter mij al uit het appartement weggestuurd om in de fabriek te werken; hij vertelde me pas later, toen het allemaal voorbij was, wat er was gebeurd.

Toen de deportaties op gang kwamen, had Feter de kinderen in de looierij bij zich. Ze hielden zich ergens in zijn buurt schuil, al weet ik niet of hij me precies vertelde waar. Misschien werden ze in een kast verstopt; misschien zaten ze achter een stapel leer verborgen. Toen de Duitsers het gebouw binnenkwamen op zoek naar mensen die daar niet hoorden te zijn – zoals kinderen – besefte Chava opeens dat haar nachtmerries uitkwamen. De Duitsers waren gekomen en ze zouden haar doodmaken. Zes jaar oud en vol doodsangst sprong ze uit haar schuilplaats en begon te rennen.

Ze werd natuurlijk gepakt, nog voordat ze uit het gebouw kon komen. Feter zag hoe zijn dochter door een soldaat werd gegrepen en naar buiten gedragen; ze trappelde met haar benen en schreeuwde naar haar vader om hulp.

Later op die dag kreeg Feter van een vriend te horen wat er was gebeurd. De looierij stond naast een parkje, de Peltze Guten, en daar hadden de Duitsers een grote greppel gegraven – of waarschijnlijker, ze hadden hun arbeiders die laten graven. De soldaat smeet Chava in die greppel en toen gooide hij er een granaat in.

Dacht Feter aan Treblinka toen hij een jaar later tegen me zei dat ik naar Argentinië moest gaan met Heniek, een man die hij nauwelijks kende? Toen hij tegen me zei dat ik zo ver mogelijk van Polen weg moest gaan, dacht hij toen aan Chava?

Mijn twee uren waren voorbij. Er was geen discussie. Feter sprak het uit en Mima en mijn vader waren het ermee eens: ik moest gaan.

Ik keerde naar de barak terug en vond Heniek. Ik was natuurlijk bang, bang voor alles – voor het waagstuk, om mijn familie te verlaten, om op mijn zestiende echtgenote te zijn. Maar ik was ook opgewonden; dat moet ik erkennen – ik was opgewonden omdat dit zomaar mogelijk was, om de vreugde van het 'ja' zeggen.

Ja, Heniek, ja. Ja, ik ga met je trouwen. Ja, ik ga met jou naar Argentinië.

Heniek nam me in zijn armen en keek me aan met zo'n intense vreugde in zijn ogen dat ik echt geloofde dat we aan die plaats konden ontsnappen en ergens in diepe, bevrijde liefde samen konden leven. En toen kuste hij me op mijn lippen – een wonderlijke, langdurige kus. Ik gaf hem mijn woord en hij mij het zijne – dat we altijd van elkaar zouden houden, waar we ook zouden zijn. En ik was gelukkig – het is moeilijk dit te zeggen, nog steeds, zelfs na alles – ik was gelukkig in de armen van mijn Heniek.

We spraken een datum af, slechts een paar dagen later. We gingen trouwen.

Ik keerde nog één keer terug naar het getto om een ring te halen. Mijn familie vond het belangrijk dat ik Heniek iets kon geven. Niet echt een bruidsschat, maar een materieel bewijs van de dankbaarheid van mijn familie voor de ontsnapping die Heniek mij bood. Feter gaf me wat geld en ik ging naar een vriend van mijn familie, een goudsmid, Menashe Friedman, die in het geheim een bedrijfje in zijn getto-appartement draaiende had kunnen houden. Ik vroeg hem een ring voor mij te maken – een ring met Henieks initialen, HG, in ondiep reliëf aan de buitenkant gegraveerd.

Menashe wilde mijn geld niet aannemen; hij leek mij te willen. Hij zei dat hij de ring gratis zou maken, maar, zei hij, ik moest niet naar Argentinië gaan.

'Trouw niet met die man. Ga niet weg uit Radom. Je wilt hem een ring geven; geef hem de ring. Maar ga niet met hem weg uit Radom.'

Dacht hij aan mijn veiligheid? Koesterde hij argwaan jegens de voorgestelde uitwisseling? Later, na de oorlog, had ik contact met zijn zuster en ze vertelde me dat haar moeder altijd over me praatte en zei dat ik een goede partij voor haar zoon, de goudsmid, zou zijn. Maar dat wist ik toen helemaal niet en het zou voor mij toch geen verschil hebben gemaakt. Ik was alleen in

Heniek geïnteresseerd en ik trouwde met hem ondanks het plan naar Argentinië te ontsnappen, niet vanwege dat plan.

Mensen in de barak leken ook te willen dat ik niet ging. Ze wilden mijn plaats innemen; een van de vrouwen bood me een fortuin aan als ik mijn plaats aan haar zou afstaan (ik zei dat ze dat aan Heniek moest vragen; het was niet aan mij om te bepalen wie hij zou nemen). En ze vroegen zich af waarom Heniek *mij* had gekozen. Wat was er zo bijzonder aan mij, dat onder alle vrouwen die in de fabriek werkten – we waren met bijna vijfhonderd – Heniek aan mij had gevraagd met hem mee te gaan?

Wat kon ik daarop zeggen? Ik wist zelf niet wat hij in mij zag. Er waren vrouwen in de barak die ontwikkelder waren dan ik, die uit rijkere families kwamen. Ik was de smarkata geweest en toch had Heniek mij gekozen, mij tussen alle anderen. Misschien omdat ik jong was? Hij was toen 28. Hij vertelde me eens dat een vriend grapte dat hij de wieg leegroofde door met mij te trouwen, dat ik te jong was om iets te weten, en hij grapte terug dat zijn vriend zich geen zorgen moest maken – hij zou me goed opvoeden. Dus misschien sprak mijn jeugd hem aan, zoals zijn wereldse rijpheid mij aansprak. Wat het ook was, ik was blij met zijn keuze, zelfs trots, als ik dat mag zeggen, dat van alle vrouwen die hem wilden, Heniek mij wilde.

Heniek en ik trouwden een paar dagen later in de enige kamer van Mima en Feter aan de Szwarlikowskastraat. Mijn vader was er ook, maar het was Feter die de zegeningen uitsprak. We dronken samen iets, al weet ik niet wat, en Heniek brak een glas. We hadden geen documenten om te tekenen. We hadden geen ketoeba, en we hadden natuurlijk geen toestemming van de staat om te trouwen.

Ik vind dit nog steeds moeilijk te begrijpen: hoe dachten we dat dit kon gaan zoals we dachten? Heniek had niet dezelfde achternaam als zijn zwager; ik bezat geen enkel document waarop ik een naam met Heniek deelde. Voordat ik trouwde was ik Mania Drezner en daarna was ik Mania Drezner. Hoe dachten we dus dat we op overtuigende wijze konden beweren dat we tot de familie van Henieks zwager behoorden? Ik begrijp dat niet. Er is iets wat niet klopt in het verhaal van mijn leven; er is een lege plek in mijn geschiedenis, ik kan die plek op geen enkele manier vullen en er is niemand aan wie ik het kan vragen.

Hoe dan ook, we trouwden. Heniek gaf me een eenvoudige gouden ring en ik gaf hem de ring die ik voor hem had laten maken met zijn initialen erin gegraveerd.

Ik heb de ringen nog steeds. Beide ringen, samengebonden met een dun stukje draad.

Enige tijd later lieten we een foto maken. Hoezeer ik ook mijn best doe – en het zit me dwars dat er dingen ergens in mij verborgen blijven, ontoegankelijk voor mijn zoektocht, terwijl ik me andere dingen herinner met een helderheid die me verbaast – ik kan me niet herinneren waar of wanneer of hoe we die foto hebben laten nemen. Maar ik heb hem nog steeds, evenals de ringen. Hij is natuurlijk zwart-wit, en we zien er – dat moet ik helaas zeggen – opgewekt uit, bijna enthousiast. Onze slapen raken elkaar, mijn gezicht is iets lager dan het zijne, en we kijken allebei recht in de camera. Ik glimlach een beetje, zelfs wat schalks. Ik herinner me dat het me niet beviel hoe mijn haar er op de foto uitzag – het is opgestoken, alsof het wordt gesteund door krulspelden, en ik vind nog steeds dat het me niet goed staat. De foto is afgedrukt op dun papier; alle randen zijn gerafeld en in het midden lopen gekartelde vouwen vanwege de manier waarop ik hem in Auschwitz bewaarde. Maar het is toch een leuke foto.

Gedurende mijn hele leven, tijdens de vele decennia die volgden, heb ik die foto bij me gehouden. Jaren na de oorlog plakte Jack hem op een rechthoekig stuk karton om hem wat steviger te maken. Wat lief was dat van Jack, wat onzelfzuchtig, om een foto

van mij met een andere man intact te houden. Maar ik heb de foto weggehaald: hij zit in een oude envelop op een plank achter in mijn kast, verborgen achter mijn kleren. Overal waar ik heb gewoond – na de oorlog in Duitsland, nadat we naar Amerika waren gegaan in diverse appartementen en huizen in New York – heb ik deze foto bewaard, heimelijk dicht bij mijn hart, maar weggestopt.

Onze bijeenkomst was voorbij. We moesten terug naar de fabriek – Heniek naar zijn werk bij de politie, ik naar mijn werk in de keuken. We zouden binnen afzienbare tijd naar Argentinië vertrekken.

Kort daarop vernamen we dat de 'uitwisseling' had plaatsgevonden. Zeventien mensen, die allemaal tot één familie behoorden – Henieks zuster en zwager, het meisje Henia Friedman, al diegenen die waren aangewezen voor de uitwisseling met Duitsers die in Argentinië woonden – waren in het getto verzameld en naar het centrale plein gebracht, zogenaamd voor transport. Maar in plaats van dat ze op vrachtwagens waren gezet, waren ze op een rij gezet en doodgeschoten. We hoorden dat één familielid was ontsnapt: Henieks neef, Amek Bleiweis, die om de een of andere reden geen vertrouwen had in de realiteit van de uitwisseling, liet zich in een openbare latrine zakken en hield zich verborgen in menselijke uitwerpselen totdat de slachting voorbij was. Hij zei dat de stank wekenlang om hem heen had gehangen. Heniek en ik ontsnapten aan het bloedbad, maar om geen enkele andere reden dan dat we niet in het getto woonden of daar op bezoek waren toen het gebeurde.

Dit was de krankzinnige logica van de oorlog. Ik kon toen niet begrijpen, en ik snap het nu nog steeds niet, waarom de Duitsers het nodig vonden deze list te verzinnen. De Duitsers doodden ons routinematig en zonder reden. Mijn broer werd doodgeschoten omdat hij mank liep. Chava was vermoord omdat ze doodsbang wegrende. Rafalowitz en Weinberg en de man die de Duitse officier op Jom Kipoer bij de fabriek liet doodschieten: de Duitsers hadden geen reden nodig; ze moordden omdat ze moordden. Waarom hadden ze dus om mensen te doden een verhaal nodig dat ze naar Argentinië konden gaan? Diende het verhaal om de pijn erger te maken? Om mensen aan de dood over te geven, pas nadat hun de hoop op leven was gegeven?

En waarom waren wij gespaard gebleven? Ik weet dat dit een ander soort vraag is. Maar het was een vraag die me achtervolgde. Slechts een dag of twee voor de slachting had ik nog het getto bezocht. Ik had daar kunnen zijn. Ik had gedood kunnen zijn. Om geen enkele reden. Heniek en ik waren gewoon ergens anders toen de slachting plaatsvond. Dus leefden we nog.

Althans, toen. Althans op dat moment.

Heniek en ik waren echt in gedachten getrouwd, meer dan in werkelijkheid. We konden natuurlijk niet samenleven en we konden nauwelijks tijd met elkaar doorbrengen. Heniek had een kamer in een van de barakken – een houten bed, een dunne matras, een staande lamp zonder kap. Ik weet niet of het zijn kamer was of dat hij toestemming had gekregen om die van een ander telkens voor een uur of twee te gebruiken. We gingen daar niet vaak heen; dat was tegen de regels en ik moest in het donker in mijn eentje terug naar mijn barak lopen. En ik was altijd bang, er was altijd het gevaar dat ik betrapt werd.

Heniek was twaalf jaar ouder dan ik; hij wist hoe hij zich in de wereld kon redden, hij had ervaring met vrouwen en behoorlijk veel macht over de Joden die onder zijn leiding stonden. Ik was jong en kwetsbaar en absoluut onwetend van wat dan ook. Ik gaf mezelf aan Heniek en hij had met mij kunnen doen wat hij wilde. Maar Heniek vond het prettig galant te zijn. Heniek vrijde geduldig en teder met me, en hij leidde me zachtjes met zijn kussen om mijn diepste genot te ervaren.

Uiteindelijk zijn we maar heel kort getrouwd geweest. Misschien slechts enkele maanden, al weet ik het echt niet. Ik weet niet eens wanneer we precies getrouwd zijn, en de datum is niet officieel vastgelegd. Misschien trouwden we in de zomer van 1943; misschien was het in de herfst. Ik kan niet zeggen hoe lang Heniek Greenspan mijn echtgenoot is geweest; ik weet alleen dat het niet lang genoeg was.

In de winter van 1943-1944 werd het terrein van de barakken aan de Skolznastraat een *Konzentrationslager*, een concentratiekamp. Een paar maanden daarvoor, in november 1943, was het getto van Radom eindelijk leeggehaald en mijn tante en oom kwamen naar de fabriek met hun zoon, Moishele. Hij was nog te jong om te werken, maar ze deden hun uiterste best om hem ouder te laten lijken, en hij wist nog bijna een jaar te overleven, totdat we naar Auschwitz werden gestuurd.

Toen de barakken eenmaal een *KL* werden, verdween elk gevoel dat het werk in de fabriek ons zou beschermen. Er werd een dubbele rij prikkeldraad rondom de barakken aangebracht; de draden werden onder stroom gezet, zodat iedereen die ze zou aanraken zou sterven. We kregen uniformen aan, de gestreepte pakken die je op foto's ziet – vale grijze en blauwe strepen en van een stof die zo ruw was dat hij bij de minste aanraking je huid schuurde. We mochten alle kleren houden die we nog uit het getto hadden, maar we moesten de uniformen elke dag dragen. En er waren nieuwe regels. Ze zeiden tegen ons: 'Probeer niet te ontsnappen. Als er iemand ontsnapt, worden er twintig mensen in zijn plaats gedood.'

De Duitsers hielden zich aan hun woord. Er waren mensen die wisten te ontsnappen. In hun plaats werden er mensen gedood. En Heniek en ik zaten vast in deze complete verschrikking. Een andere Joodse politieagent, Duvid Norembursky, was een van degenen die ontsnapten; hij was verantwoordelijk voor de dood van mijn Heniek.

5

Nu begint alles heel snel te gebeuren. De gebeurtenissen van de winter van 1943-1944 vonden zo snel achter elkaar plaats dat ze in mijn herinnering als verstrengelde draden van één verhaal zijn. Maar het is voor mij helemaal niet duidelijk hoe de draden verstrengeld zijn – hoe ze precies verband houden met elkaar, in tijd en in causaliteit. Ik ken ze alleen zoals ik ze voel: draden van verdriet en angst die diep in mijn leven zijn geweven.

In de weken vlak voor en na de oprichting van het Konzentrationslager in de barakken aan de Skolznastraat was het duidelijk dat het leven in het getto nog gevaarlijker werd. Ik was niet de enige die dacht dat de fabrieksbarakken veiliger waren dan de straten in het getto. Zelfs ondanks zijn eigen soort gruwelen boden de barakken een zekere bescherming. Er waren minder razzia's; er werd ten minste elke dag eten gedistribueerd – hoewel het slechts bestond uit hard brood en waterige soep met flintertjes vlees erin. We werden getroost door wat we onszelf dwongen te geloven: dat de Duitsers ons nodig hadden voor het werk; dat ze ons niet zouden doden als we werkten.

In het getto verlangden mensen ernaar in de fabriek te werken. Door de liquidaties woonden er bijna geen mensen meer in het getto; degenen die er nog waren, bedachten wanhopig manieren om eruit te komen en voor de oorlog te werken. Duvid Norembursky, een lid van de gettopolitie, behoorde tot degenen die een uitweg vonden.

Ik heb veel over Duvid Norembursky te vertellen; hij is de schurk van mijn verhaal. Maar ik moet toegeven dat ik niet objectief over de man kan zijn: ik weet niet wat er in zijn hart omging; ik weet niet wat eigenlijk de serie gebeurtenissen verbond die ik ga beschrijven. Wat ik wel met zekerheid kan zeggen, is dat wij in de fabriek deze gebeurtenissen op die manier hebben opgevat; op die manier hebben wij – niet alleen ik – ze samengevoegd tot een samenhangend verhaal, hoe gruwelijk het ook was.

Er was een metaalgieterij, een *kuznia*, aan de munitiefabriek verbonden, een oord van vuur en rook en gloeiendhete metalen. Het werk daar was een van de meest gevreesde taken op het terrein. Mensen moesten twaalf uur per dag lucht vol roet inademen, die hun longen zwart maakte en van binnenuit liet sterven. Ik weet echt niet wat ze daar precies deden – onderdelen van geweren maken, machines repareren. Maar niemand wilde daar ooit werken, vooral de meisjes niet.

De kuznia stond onder leiding van een Duitse officier, commandant Miller. Er werkten natuurlijk honderden mannen en vrouwen in de kuznia, maar Miller koos ook jonge meisjes om in het bijzonder voor hem te werken. Er waren er, denk ik, vijftig uit Radom die hij had gekozen. Hij zocht een speciaal soort meisjes – gezond, jong, stevig. De meisjes waren doodsbenauwd gekozen te worden. Ik kende een meisje dat twee van haar vingers afsneed om onder Millers gezag vandaan te komen. Ze beweerde dat het een ongeluk was, dat haar vingers per ongeluk afgehakt waren toen ze aan een van de machines in de kuznia werkte, maar we wisten allemaal dat ze zichzelf met opzet had verminkt om zich onaantrekkelijk voor deze man te maken.

Hoe vreselijk moet een situatie voor iemand zijn, dat ze haar vingers in de bewegende delen van een machine stopt om eraan te ontsnappen?

Ik huiver bij de gedachte aan hoe het er in de kuznia aan toe ging, aan wat Miller uitspookte als de meisjes niet bij het vuur werkten. Wat wist ik van zulke dingen?

Op een dag kwam een vriendin van mij huilend onze barak binnen. Ik weet hoe dat meisje heette – ik weet zelfs waar ze nu in New York begraven ligt – maar ik zal haar naam hier niet noemen. Ik weet niet of ze haar familie ooit heeft verteld wat er in de kuznia gebeurde, en stel dat haar kinderen niets weten van dit deel van de geschiedenis van hun moeder? Het is niet aan mij om het naar buiten te brengen. Ik respecteer haar nagedachtenis en zal haar naam voor me houden.

Toen ze huilend de barak binnenkwam, kon ze nauwelijks praten. Ze trok me mee naar een hoek, pakte mijn armen en probeerde haar ademhaling onder controle te krijgen. Het kostte haar moeite de woorden uit te spreken. Ze begon me te vertellen wat Miller de meisjes liet doen, wat hij met hen deed. Zo moeilijk als het voor haar was om te praten, zo moeilijk was het voor mij om te luisteren. Ik begreep echt niet waarover ze het had. Het was niet alleen dat ik zelf geen ervaring met die dingen had; ik wist niet eens dat ze bestonden. Ik wist niet dat er zulke perversiteit in de wereld was. In een bepaald opzicht was dit de oorlog voor ons – een voortdurende confrontatie met een werkelijkheid die we ons nooit hadden verbeeld, waarvan we zelfs niet wisten dat hij mogelijk was.

Miller liet dit meisje al haar kleren voor hem uittrekken en zich over een stoel uitstrekken. Hij haalde een gummistok tevoorschijn, de knuppel waarmee hij mensen tot onderdanigheid sloeg, en duwde hem in haar keel om haar stil te houden. En terwijl hij de knuppel op zijn plaats hield, met zijn ruwe hand over haar mond, en het arme meisje in het ding stikte en hoestte om lucht te krijgen, trok hij zijn eigen kleren uit, spreidde haar benen en ging met geweld bij haar naar binnen. We wisten geen van beiden hoe dit heette. Snap je dat? Ik wist niet wat verkrachting was; ik wist niet dat er zoiets in de wereld bestond. Toch kon ik voelen wat mijn vriendin me probeerde te vertellen, dat gruwelijke, onuitspreekbare. Mijn vriendin vertelde me een verhaal waarvoor ze geen woorden had, een mooi, onschuldig meisje, gebroken door een beestachtige man, en er was niets wat ik kon doen om haar te helpen, om haar ellende op te heffen.

Ik bezoek haar graf soms en denk dan aan dat verhaal dat ik nog nooit aan iemand heb verteld, en ik hoop diep in mijn hart dat ze ergens rust heeft gevonden.

Ze moeten hebben geweten wat Miller deed. De gettopolitie. Ze moeten hebben gemerkt dat Miller de meisjes seksueel misbruikte. Dat mocht hij niet, niet omdat verkrachting verboden was – natuurlijk niet – maar omdat hij daarmee *Rassenschande* bedreef; dat woord, 'rassenschande', werd gebruikt voor seksuele relaties tussen een Duitser en een Jodin. Miller mengde Arisch bloed met Joods bloed, waarmee hij de zuiverheid van het superieure ras in gevaar bracht.

Duvid Norembursky wist op de een of andere manier van Millers wandaden.

Bracht de politieagent zijn dagen met intriges door? Zat hij bij de andere leden van de gettopolitie met veel plezier zijn verhaal te vertellen, een verhaal dat hem, naar hij hoopte, in de gunst zou doen komen bij Millers superieuren en zodoende hem en zijn familie tot voordeel zou strekken? Maakte het hem wat uit dat zijn intriges vermoedelijk ook anderen naar hun ondergang zouden leiden? Uit wat hij deed nadat Heniek was meegenomen, werd in ieder geval duidelijk dat Norembursky een harteloze man was, dat hij alleen op zijn eigen veiligheid uit was, en de rest kon naar de hel. Naar de hel met Heniek, naar de hel met de twaalf andere leden van de fabriekspolitie die vanwege hem werden meegenomen, naar de hel ook met de familie van zijn vrouw. Duvid Norembursky was verantwoordelijk voor de dood van al die mensen.

Miller was dan misschien wel almachtig in de kuznia, maar zelfs hij kon niet ongestraft rassenschande bedrijven. Het was streng verboden je te amuseren met het onzuivere Joodse ras. Althans, dat moet Norembursky hebben gedacht. Dus ging hij naar Millers superieuren bij de SD, de Sicherheitsdienst, en gaf Miller aan. Het is belangrijk te begrijpen dat niets wat Norembursky toen of later deed, erop wijst dat hij probeerde de meisjes te beschermen; hij probeerde zichzelf bij de Duitsers in een goed daglicht te stellen. Een Jood die namens de Duitsers handelde: een Joodse politieagent die de zuiverheid van het Duitse ras bewaakte. Voor die grote daad werd Norembursky in feite beloond. Hij en zijn familie werden, samen met twaalf andere politieagenten in zijn groep uit het getto, samen met hun families, allemaal naar het Konzentrationslager overgebracht. Als beloning voor de aangifte van deze misdaad mocht deze groep agenten in het KL gaan werken, wat precies het doel lijkt dat ze wilden bereiken.

Maar hun veiligheid betekende de dood van anderen. In de fabriek kon slechts een bepaald aantal politieagenten werken. Voor de dertien die uit het getto kwamen, werden dertien politieagenten van de fabriek afgevoerd. Heniek was een van hen.

Hij moet hebben geweten wat er ging gebeuren.

Er was competitie onder de diverse facties van de politie. Heniek werkte in de fabriek onder een bepaalde opzichter; de politie die in het getto werkte, stond onder een andere opzichter. Miller had zijn eigen politie. Elke commandant regeerde binnen zijn eigen gebied, iedereen probeerde te beschermen wat hij kon. Tannenbaum, die ook voor de SD werkte, kreeg een appartementje in de barakken voor zichzelf, zijn vrouw, hun tweeling en hun dienstmeid. Daarom vond Tannenbaum dat hij anders dan alle anderen was; hij werd beschermd, dacht hij, door de Duitse commandant voor wie hij werkte.

Maar niet Heniek. Heniek werd niet beschermd. Of niet voldoende.

Op een dag kwam hij bij mij in de keuken. Hij nam me mee naar een hoek en stond met zijn rug naar de anderen in het vertrek. Ik was natuurlijk blij hem te zien; dat was ik altijd. Maar het maakte me wel nerveus dat ik op die manier van mijn werk werd gehaald. Ik wist niet wat hij wilde. En wat zou er gebeuren als iemand het zag?

Hij tastte in zijn zak en haalde iets tevoorschijn dat hij me aanreikte. Het was een pakje bankbiljetten. Hij zei dat hij wilde dat ik dat aannam. Maar waarom kon hij willen dat ik dat geld aannam? Waarom hield hij het niet zelf? Waarom dacht hij dat het bij mij veiliger zou zijn?

'Nee', zei ik. 'Ik wil dat geld niet bewaren; houd jij het maar.'

'Je moet het niet bewaren, Maniusia; je moet het houden. Het geld is voor jou. Het is een geschenk, voor als je het ooit nodig zult hebben.'

Ik bleef me ertegen verzetten, maar hij ging aandringen: 'Je moet dit aannemen, Maniusia. Misschien kan het je helpen.'

Hij hield mijn handen vast, keek me aan vol innige liefde, smeekte me zijn geld aan te nemen, alsof dat voor hem een geruststelling kon zijn dat ik het zou redden, dat dit jonge meisje dat hij had geprobeerd te redden, nog steeds gered kon worden, ook al was hij daar niet toe in staat.

Hij moet een soort voorgevoel hebben gehad. Het geschenk was zijn manier om afscheid te nemen.

Hij deed zijn trouwring af en legde hem in mijn hand.

We zeiden niets tegen elkaar over wat dit allemaal betekende.

Ik nam het geld van Heniek aan en ook zijn ring.

Het geld gebruikte ik niet lang daarna. De ringen – zowel die van Heniek als de mijne – bond ik met wat draad aan elkaar en later op die avond stopte ik ze weg in een zakje dat mijn moeder in mijn stoffen slipje had genaaid. Daar bewaarde ik ze, in mijn slipje, tot de dag waarop ik in Auschwitz aankwam.

Een paar dagen later kwam de SD om Heniek en de rest van de fabriekspolitie mee te nemen. Ook hun families. Ik stond misschien een meter of zeven van Heniek toen ze hem op het terrein van het KL oppakten, maar ik kon niet naar hem toe gaan. Ik kon hem niet benaderen; ik kon geen afscheid nemen. Ik stond op zeven meter afstand van mijn man en zag hoe de SD hem en de andere politieagenten uit de poorten van het Konzentrationslager leidden.

Het was winter en het was erg koud.

Norembursky stond daar ook, hij keek toe met wat me een tevreden blik leek toen de agenten werden afgevoerd. Toen hij langs hem liep, draaide Heniek zich om, keek Norembursky met een hard gezicht aan en sprak. Ik hoorde precies wat hij zei; ik kan zijn woorden herhalen: 'Duvid', zei hij, 'ik weet dat dit door jou komt. Ik weet dat dit vanwege jou is.' Norembursky stond daar maar, onaangedaan, roerloos. Hij had zijn zin gekregen, ongeacht de prijs.

Wat kan Norembursky op dat moment hebben gevoeld? Wat ging er door hem heen toen Heniek hem zo beschuldigde? Ze hadden bij elkaar op school gezeten. Ze kenden elkaar al jaren. Raakte het Norembursky ook maar enigszins dat Heniek op die manier doodging? Ging er in hem ook iets dood, al was het maar een klein beetje? Een deel van zijn menselijkheid, een deel van zijn ziel? Of was het gewoon een overwinning voor hem dat hij iemands plaats had ingenomen? Was er alleen maar een gevoel van triomf in zijn hart dat hij wist te overleven?

Ik heb Heniek nooit meer gezien en ik heb nooit kunnen achterhalen wat er met hem is gebeurd, waar de Duitsers hem naartoe hebben gebracht toen ze het terrein verlieten. Hebben ze hem ter plekke doodgeschoten, op straat buiten het KL-terrein? Werd hij naar een kamp gestuurd om zich dood te werken? Naar Auschwitz misschien, of naar Treblinka? Misschien is hij gestorven van de honger. Misschien is hij vergast.

Hebben ze hem geslagen?

Heeft hij geleden? Heeft mijn Heniek geleden?

Heniek was mijn eerste liefde. Zestig jaar lang ben ik met Jack getrouwd geweest en ik hield van hem. Jack was alles voor mij – mijn kracht, mijn doel, mijn levenspartner. Maar Heniek was mijn eerste liefde. Onze liefde had niets normaals – we maakten elkaar het hof onder de ogen van onze vijanden; we trouwden als middel om te ontsnappen. We waren slechts enkele maanden man en vrouw; we hebben nooit een huis gehad, nooit van een gezin gedroomd. Niets normaals, maar misschien juist daarom niets gewoons. Ik was zestien en verliefd op een mooie, charmante man, een man die me uit honderden vrouwen had gekozen, een man die me midden in de oorlog een levendig gevoel had gegeven. Ik was alleen en bang op een gevaarlijke plek en Heniek kwam in mijn leven om me te beschermen en van me te houden en me de vervulling van genot te leren. Hij was het middelpunt van mijn leven. Zijn liefde wekte me 's ochtends, ondersteunde me tijdens de uren van lege arbeid en liet me 's avonds in slaap vallen. Hij zorgde voor me en voorzag in mijn behoeften. Hij regelde dat ik in de keuken kon werken, waar ik tijdens mijn diensten kon zitten, waar ik niet de hele dag naar het gesnerp van de boormachines hoefde te luisteren, waar ik af en toe heimelijk een schijfje aardappel kon eten. Hij praatte tegen me met de zelfbewuste kalmte van een volwassen man, een man die ik zonder reserves kon bewonderen. Heniek hield van me met een innige, zelfverzekerde warmte die ik nog nooit had gekend, en met alle intensiteit van een jong meisje dat op de rand van de volwassenheid staat, hield ik op mijn beurt van hem. Ik hield van hem. Dat deed ik.

Ik hield van Heniek Greenspan. En Duvid Norembursky nam hem mij af.

Ik wil even stilstaan bij het gewicht van oordelen. Over wie het verdient beoordeeld te worden, over wie het recht heeft als rechter op te treden. Ik heb het hier niet over openbare processen, over de rechtbank van de publieke opinie, ook niet over de oordelen van de geschiedenis. Ik denk aan de oordelen die in je eigen hart heersen, die nederigheid of haat oproepen, die je dankbaar voor een vriendelijke daad maken of je 's nachts doen hunkeren naar wraak.

Ik neem de vrijheid de Duitsers te beoordelen om wat ze tijdens de oorlog hebben gedaan. En ik merk dat het me zelfs enige voldoening geeft dat ik hen van hun misdaden kan beschuldigen.

In 1995, op de vijftigste verjaardag van het einde van de oorlog, werd ik uitgenodigd naar Lippstadt te komen; daar had ik een paar maanden in een andere munitiefabriek doorgebracht, waar we vanuit Auschwitz naartoe waren gestuurd. Ergens in de tachtiger jaren, denk ik, was er in Gütersloh, de naburige stad, een middelbare school opgericht voor de beste leerlingen van de stad. Hij heette de Anne Frank Schule. De leerlingen hadden een liefdadigheidsproject gedaan – het schoonmaken van een oude vervallen Joodse begraafplaats in Lippstadt – en toen ze het onkruid wiedden en de overwoekering terugdrongen, hadden ze een grafsteen gezien die ze niet begrepen. De steen stond op het graf van een kind dat in 1945 was overleden. Dat vonden ze vreemd, want de leerlingen hadden geleerd dat de laatste Joden in 1938 uit de stad waren verdreven; vanaf 1938 waren er geen Joden meer in Lippstadt. Hij was *judenrein.* Waar was dat kind dan vandaan gekomen?

De leerlingen begonnen de geschiedenis van de stad in de oorlogstijd te onderzoeken en ontdekten uiteindelijk dat er Joden en Russische krijgsgevangenen te werk waren gesteld in een munitiefabriek die daar had gestaan. De steen stond op het graf van de baby van een Joods paar, die in 1945 was overleden, vlak voordat het paar naar Palestina emigreerde. Niemand – hun ouders niet, hun grootouders niet – had die leerlingen van de Anne Frank Schule ooit verteld wat er tijdens de oorlog in Lippstadt was gebeurd; hoe gevangenen als slaven werden gebruikt om wapens voor de oorlog te maken. Dat was uit de geschiedenis geschrapt. Totdat de grafsteen van een Joodse baby die geschiedenis aan het licht bracht.

De school besloot een poging te doen mensen op te zoeken die in de fabriek hadden gewerkt. Het kostte enige moeite, maar het lukte hun mij en zes of zeven anderen te vinden. Toen ze mij vanuit Lippstadt opbelden om me uit te nodigen een lezing voor de leerlingen te houden tijdens de vijftigjarige herdenking, had de schooldirectie niet vriendelijker kunnen zijn. Wilde ik mijn familie meenemen? Natuurlijk, dat betalen wij. Uw zoon komt mee en eet alleen koosjer voedsel? We zullen een privékok voor hem regelen die klaarmaakt wat hij maar wil. Denk er alstublieft wel aan dat het hier erg koud en regenachtig is; vergeet niet galosches mee te nemen. Galosches! Kunt u zich dat voorstellen? Een Duitser die bezorgd is dat ik het te koud kan krijgen of natte voeten in de regen kan krijgen. Ik was met stomheid geslagen.

Ze waren echt heel vriendelijk, heel bezorgd.

Toen ik op die school sprak, wilde ik vooral duidelijk maken dat ik hen – de leerlingen en leraren – niet beschuldigde. De leerlingen waren nog kinderen, misschien vijftien of zestien jaar oud; de leraren waren misschien dertig of veertig. Ze waren natuurlijk allemaal na de oorlog geboren. Maar ik wilde wel dat ze aan hun ouders en hun grootouders dachten: ik wilde dat ze aan hun familie vroegen wat zij hadden gedaan.

'Kijk', zei ik, 'ik ben hier niet gekomen om jullie van wat dan ook te beschuldigen. Jullie zijn allemaal jong en ik zal jullie niet beoordelen. Maar als je de waarheid wilt horen en niet alleen wilt vernemen wat er in de geschiedenisboeken over deze stad staat, vraag het dan rechtstreeks aan je ouders. Stel je vader en grootvader de vraag: Wat deden jullie toen? Elke Duitser zegt graag dat hij tegen de Russen vocht, dat hij hier niet bij betrokken was, dat hij geen rol speelde in wat de Joden werd aangedaan. Maar hoe was dat mogelijk? Sommigen van jullie grootouders waren moordenaars. En niet alleen jullie grootvaders – ook jullie grootmoeders. De vrouwen konden het wreedst van allen zijn. Zeg tegen je grootouders dat je het wilt weten, dat je geïnteresseerd bent in een antwoord op de vraag: wat deden ze en wat wisten ze tijdens de oorlog? Misschien vertellen ze jullie die dingen niet, maar je hoort het te vragen, want je hoort te weten wie je grootouders zijn.'

Dat was voor mij zo bevredigend, die dingen rechtstreeks tegen deze jonge mensen te zeggen. Het was zo goed uit te spreken wat ik op mijn hart had, het niet verborgen te houden, niet tegen hen te veinzen, zelfs niet ondanks hun overweldigende edelmoedigheid jegens mij en mijn familie. Het was een soort reiniging. Het klinkt misschien vreemd, maar de jonge Duitse leerlingen en leraren tot wie ik sprak, schenen helemaal open te staan voor wat ik te zeggen had, ze hoorden zelfs graag hoe een overlevende getuigenis aflegde van de geschiedenis van hun stad, een geschiedenis die de stad zelf eerst had willen uitwissen. Dat maakte diepe indruk op me en dat doet het nog steeds.

Maar hoe zit het met de Joden? Kan ik mijn eigen volk op dezelfde manier beoordelen? Joden waren de slachtoffers, niet de misdadigers. Jack zei altijd dat als de geschiedenis over een paar honderd jaar terugkijkt op deze tijd, het duidelijk zal zijn dat de

Joden – als geheel, als volk – op de juiste manier handelden en over het algemeen eervol. Dat zou heel goed kunnen. Maar er waren er onder ons die onuitspreekbare dingen deden om zichzelf te redden, om hun families te redden – of dat probeerden. Valt dat te rechtvaardigen? Ik denk hier niet aan de geschiedenis, maar aan mijn eigen leven: moet ik iemand vergeven die anderen te gronde richt om zichzelf te redden?

Ik heb sommigen vergeven; in mijn hart heb ik dat gedaan. Ik voel geen haat jegens mijn achterneef Elkanah Morgan, over wie ik het nog zal hebben, of jegens Chiel Friedman, die een vriend van mijn oom was geweest. Wat deze twee mannen mij in het KL aandeden, had gemakkelijk tot mijn dood kunnen leiden, maar ik merk dat er toch geen haatgevoel in mij opkomt als ik hun namen noem. Maar met Duvid Norembursky is dat anders. Hij was een Jood en dus in zekere zin ook een slachtoffer, maar kan ik daarom niet mijn vuist opheffen tegen zijn egoïstische wreedheid? Kan ik het niet uitschreeuwen om de verschrikking van wat hij deed? Van wat hij Heniek en de anderen aandeed? Van wat hij mij heeft afgenomen?

Enkele jaren na de oorlog, toen Jack en ik in Amerika waren gaan wonen, probeerde ik alsnog enige gerechtigheid te laten geschieden, zelfs enige wraak tegen Norembursky en zijn vrouw uit te oefenen. Hij verdiende het leven niet dat hij leidde. Hij had Heniek gedood om het te krijgen. Of, beter misschien, eerlijker: hij was er de oorzaak van dat Heniek was gedood. Kon dat zonder gevolg blijven? Was dat moord zonder geluid? Kon die moord stilletjes in dezelfde afgrond verdwijnen als elke andere moord? Het voelt zo machteloos een klap te krijgen en niet terug te kunnen slaan. Het voelt als een verstikking, alsof de natuurlijke in- en uitademing er opeens niet meer is. Het voelt als niets.

Heniek was verdwenen en ik kon hem niet laten terugkeren. Wie zou er nu van mij houden? Wie zou mij beschermen?

En er zou nog meer gebeuren.

De volgende dag werd ook ik gearresteerd.

6

Ik was weer in de keuken aan het werk, zoals ik dat moest doen. Hoe kon ik dat doen, vraag ik me af. Hoe kon ik weer op mijn krukje gaan zitten en mijn dagelijkse portie aardappelen schillen nadat Heniek was meegenomen? Ik moest mijn werk doen alsof Heniek nog steeds bij me was, alsof hij de keuken binnen kon lopen om te kijken hoe ik het maakte, alsof hij me nog steeds na mijn dienst kon ontmoeten voor enkele momenten samen. Hij zou geen van die dingen meer doen, maar ik moest mijn werk evengoed blijven doen. De fabriek, de keuken – het was niet anders dan het getto. Er gebeurden vreselijke dingen en niemand kon stilstaan om erover te treuren. Mijn leven was voorbij en toch ging mijn leven door. Ik weet niet hoe dat mogelijk was.

Ik was in de keuken en mijn achterneef, Elkanah Morgan, kwam binnen. We noemden hem Kunah. Hij was lid van de gettopolitie geweest en hij was met Norembursky en de anderen uit het getto gekomen toen ze een paar dagen daarvoor de fabriekspolitie hadden vervangen. Ik kende Kunah natuurlijk al jaren. Hij woonde niet ver van ons huis en toen ik jong was, voor de oorlog, kreeg ik soms toestemming naar het appartement van zijn familie te gaan, niet zozeer om hem te bezoeken, maar om enige tijd door te brengen met het wonderlijke apparaat dat hij had gebouwd – een radio met een oortelefoon. Dat was iets bijzonders in die tijd. Niet iedereen had een radio – wij zeker niet – en de oortelefoon maakte de uitvinding nog wonderlijker. Niet vaak, maar af en toe, als ik kon, ging ik daarheen en luisterde met mijn neven naar Poolse liedjes die op Kunah's radio te horen waren.

Dus toen ik Kunah die dag de keuken zag binnenkomen, was ik helemaal niet bang. Hij was mijn neef; hij zou nooit iets doen om mij te benadelen, om mij in gevaar te brengen. Maar toen kwam hij naar me toe en zei: 'kom met me mee.' Heel eenvoudig. Zo zei hij dat. 'Kom met me mee. Ik moet je meenemen omdat jij Greenspan heet.'

Greenspan was Henieks achternaam, maar de mijne was Drezner. Mijn naam kon niet legaal worden veranderd toen ik trouwde. Dus hoewel ik met Heniek getrouwd was, heette ik nog steeds Mania Drezner, niet Greenspan. Dat wist Kunah. Maar er was een meisje dat Greenspan heette – geen familie van Heniek – een van de meisjes die Miller had gekozen om voor hem in de kuznia te werken. Ze was een paar jaar ouder dan ik en ik wist dat Miller haar op een dag had betrapt toen ze haar vriend zoende. Ik weet niet of Miller haar daarvoor had gestraft. Maar nadat Noremburssky Miller had aangegeven voor het plegen van rassenschande, moest de politie alle meisjes arresteren die erbij betrokken waren geweest, tientallen. En Greenspan was er een van, en ze werd gearresteerd. Maar waarom mij ook arresteren? Ik heette niet Greenspan en ik had – godzijdank – niet in de kuznia gewerkt.

Misschien wilde Kunah, zoals zoveel mensen bij de politie, meer voor de Duitsers doen dan hem was gevraagd. Hij had op zijn lijst met mensen die hij moest arresteren, een meisje staan dat Greenspan heette. Maar hij zou de lijst overtreffen: hij zou er twee meenemen. Hij zou niet naar mij luisteren.

'Ik heet niet Greenspan. Dat weet je, Kunah. Ik heet Drezner en dat is altijd zo geweest. Ik heb hier niets mee te maken. Zeg tegen hen dat je weet dat ik niet in de kuznia heb gewerkt. Ik heb niets met hen te maken.'

Maar hij was onverbiddelijk. Er viel niet met hem te praten. 'Kom', zei hij, 'je moet mee.'

En dat deed ik. Ik deed altijd wat me werd gezegd. Mijn neef nam me dus mee de keuken uit en leidde me naar de poorten van het KL-terrein, waar ongeveer twintig mannen en vier of vijf vrouwen zenuwachtig stonden te wachten. Kunah liet me bij die mensen achter, we zwegen allemaal, doodsbang en wiebelend in de kou. Hij liep weg zonder iets tegen me te zeggen – geen verklaring, geen verontschuldiging. Er waren daar ook een paar politieagenten. Ze zeiden dat we moesten gaan lopen, en leidden ons na misschien tien of vijftien minuten een gebouw binnen waar we geen van allen ooit waren geweest – het hoofdbureau van de SS. Daar was de Sicherheitsdienst gevestigd; daar martelde en executeerde de SD verdachte vijanden van het naziregime; daar had Duvid Norembursky vermoedelijk aangifte gedaan van Millers misdaden. Mensen die naar dat gebouw werden gebracht, keerden niet terug. Het was een gebouw waarin mensen werden gedood.

De officieren van de SD droegen zwarte uniformen en iedereen was doodsbang voor hen.

We werden over de begane grond van het gebouw geleid en liepen toen een trap af. Het was donker in het trappenhuis en de treden waren moeilijk te zien. Het begon erop te lijken dat we helemaal niet meer in het gebouw waren, maar onder de grond liepen. Het rook naar aarde – een muffe geur van vocht en zand – een geur die bij dieren past.

Onder aan de trap, voorbij een kleine helling, was een vertrek, hoewel 'vertrek' niet echt het juiste woord voor die ruimte was. Het was net een kerker die in de grond was uitgegraven. De vloer was van aangestampte aarde; er waren geen ramen. Aan het plafond hing een zwak peertje. Het was de gevangenis van de SD.

We waren misschien met 25 mensen in dit vertrek, deze kerker. Acht of tien van ons waren opgepakt in Millers rassenschande-zaak. Het meisje Greenspan was er, die was betrapt bij het kussen van haar vriend, degene om wie Kunah had besloten mij te arresteren.

Echt, ik was daar vanwege haar. Ik weet dat dit niet helemaal een eerlijke weergave van de feiten is. Ze had niets gedaan wat tot mijn arrestatie had geleid – ik was om geen enkele fout van haar gearresteerd – maar ik was daar omdat mijn neef mij had opgepakt omdat ik dezelfde naam had als zij. Als zij niet door Miller was gekozen, zou Kunah mij nooit hebben meegenomen. Maar in het hoofd van dit meisje Greenspan, in haar angst, in haar wanhoop om wat er beslist zou gaan gebeuren, was de hele situatie precies andersom.

'Ik ben hier vanwege jou', schreeuwde ze. 'Jij bent degene die me hier hebt gekregen! Jij hebt me laten arresteren!'

Dat was natuurlijk waanzin.

'Niemand kent me als Greenspan. Er zijn geen papieren, geen documenten. Ik ben Mania Drezner, en dat ben ik altijd geweest. Ik heb hier niets mee te maken', bleef ik protesteren. Maar ze liet het niet los; ze was niet voor rede vatbaar. Ze kwelde me met haar beschuldigingen, ongefundeerd, onredelijk, onophoudelijk.

We brachten uren in die kerker door. Het voelde aan als jaren. Terwijl we in de duisternis stonden, konden we het geschreeuw van boven horen. Geschreeuw dat pijn deed tot in je botten. Geschreeuw dat als er een God was, God het zou horen; als er een God was, zou God het geschreeuw laten ophouden.

Geen licht. Geen eten. Geen water. Geen redding. Geen God.

De uren sleepten zich eindeloos voort.

Ze kwamen binnen, de SS, de SD – ik weet niet wie het waren. Ze kwamen binnen en namen ons mee, één tegelijk. Eén voor één. En tussen hun bezoeken aan onze kerker door alleen maar geschreeuw.

Geen licht. Geen eten. Geen water.

Geen toiletten.

Mensen hadden aandrang. Mensen moesten urineren. Maar je kon nergens heen in die aarden kerker en we wisten dat je kon worden doodgeschoten als je de vloer bevuilde. We waren doodsbang dat ons afval zodanig zou stinken dat het onze dood betekende.

Een absurde angst die bij een absurde plek past: we zouden hier toch worden gedood, of we nu onze behoefte deden of niet. Maar het werd nu onze obsessie hoe we konden voorkomen dat we in de gevangenis urineerden, het werd de dwingende focus van onze kwellingen en bange voorgevoelens.

Wat die mannen deden! Ik wilde niet kijken; ik wilde hun wanhoop niet zien. De mannen bonden hun penis af. Ze scheurden repen stof van hun hemd, trokken stukken draad uit hun zakken, om een tourniquet om hun penis te binden zodat er geen urine uitkwam. Ze kreunden van tweevoudige pijn, elke man in zijn eigen ellende, in een poging het op te houden.

Toen kreeg ik ook aandrang. Eerst een lichte druk, bijna een tinteling, in mijn onderbuik. Daar was ik aan gewend – dat waren we allemaal. Tijdens onze diensten in de celownik mochten we niet zomaar naar het toilet. Aan het eind van de eerste dienst van zes uur kregen we vijftien minuten rust. Als we naar het toilet moesten, mocht dat in dat kwartier. Maar als we eerder moesten, moesten we het gewoon ophouden – we moesten wachten tot het eind van onze dienst.

Het lichaam raakt gewend aan die omstandigheid. Ik leerde het op te houden, zoals we allemaal deden. De aandrang kwam, trok mijn aandacht en zakte weg. Althans voor een tijdje. Als hij terugkeerde, was hij hardnekkiger, bijna een gloeiende plek, een kloppende zenuwknoop diep in mijn onderbuik. Maar in de fabriek leerde ik het op te houden in het besef dat mijn zes uren op een gegeven moment voorbij zouden zijn.

In de gevangenis was het anders. Het geschreeuw boven, het gegil van mensen die ik kende, van mensen die vlak daarvoor nog bij mij in die bedompte ruimte hadden gestaan. Ik. Ik ben de volgende die ze meenemen; dit is het moment dat ik ga sterven. En de mensen die naast me kreunen, in hun eigen diepten van lichamelijk en geestelijk lijden, heimelijk, ellendig.

Ik dacht dat ik zou barsten. Niet figuurlijk; dit is niet bij wijze van spreken: ik dacht dat mijn blaas in mij zou scheuren.

En toen kwam Zosia naar me toe. Zosia – een engel – de eerste van de twee die me die dag bezochten.

Zosia Smuzik was een mooie vrouw. Lang en sterk, met zuiver wit haar en hoge jukbeenderen. Ze zag er niet uit als een Jodin; ze leek bijna Arisch – en ze sprak onberispelijk Duits. Ik kende haar enigszins van de keuken en we sliepen in dezelfde barak. Ik herinner me dat ik haar zo elegant vond, en zelfverzekerd, zelfs in onze extreme omstandigheden. Soms – waar haalde ze de moed vandaan? – kwam ze in opstand tegen de Duitsers. Een keer hoorde ik haar tegen een Duitse officier zeggen: 'Willen jullie dat de Joden werken? Dan moeten jullie hun te eten geven! Ze kunnen niet werken als ze zwak zijn van de honger!' Waarom werd ze niet gedood vanwege die kleine daden van verzet? Misschien vonden de Duitsers haar eerder een Joodse sympathisante dan een Jodin. Misschien kwam ze daarom in dezelfde gevangenis als wij terecht; ik weet het niet. Ze was beslist niet bij de rassenschande-affaire betrokken; ze was al van middelbare leeftijd, misschien vijftig of ouder. Vonden de Duitsers haar gewoon amusant? Vanwege haar absurde geloof dat haar eis enig verschil zou uitmaken?

Ik weet het niet. Misschien doet het niet ter zake wat ze voor de Duitsers was; ik weet wel wat ze voor ons was, voor mij.

Zosia zag dat ik leed, dat ik worstelde om te doen wat fysiek onmogelijk was – voorkomen dat ik zou urineren. Ze kwam naar me toe, trok de trui uit die ze onder haar gestreepte uniform droeg, rolde hem op tot een strakke bal en reikte hem me aan. Ze fluisterde: 'Trek uit wat je daaronder aanhebt, en gebruik dit.' Het duurde even voordat ik begreep wat ze voorstelde, wat ze aanbood. Het was niet zo dat ze truien over had, dat ze deze kon weggooien om hem te laten bevuilen met mijn urine en dan gewoon een andere kon aantrekken om warm te blijven. Wie wist hoe lang we in deze gevangenis moesten blijven? Wie wist hoe lang we in het donker moesten rillen van de kou? Zij wist het niet; het leek alsof het haar niet kon schelen. Ze zag mijn worsteling; en ze wilde mijn toestand verlichten; ze wilde me haar trui geven.

Ik nam hem aan. Ik trok mijn ondergoed uit. Ik urineerde in de warme bal van wol.

Toen riep ze ons allemaal naar zich toe. 'Kom', zei ze. 'Kom, kinderen; kom bij mij. Ik wil jullie een verhaal vertellen.' Als een moeder die haar kinderen verzamelt en klaarmaakt om naar bed te gaan, riep Zosia ons bij zich. Ik kon niet als een kind geroepen worden – ik was toen zestien en al getrouwd – en iedereen in die gevangenis was ouder dan ik. Maar Zosia vroeg ons te komen; ze nodigde ons uit in de omhelzing van haar wijsheid en we kwamen naar haar toe als naar de warmte en het licht van een kachel in een woonkamer.

'Kinderen', zei ze, 'we gaan hier sterven. Dat is waar. Maar als we in dit vreselijke oord worden doodgeschoten, gaan we recht omhoog naar de hemel. En je zult zien, als je daarboven komt, zul je zien dat de engelen daar op ons staan te wachten.'

Ze praatte tegen volwassen mensen, tegen mannen en vrouwen die in geen tientallen jaren verhaaltjes voor het slapengaan hadden gehoord, tegen mannen en vrouwen die zich niet bezighielden met fantasieën over hemel en engelen. En toch. En toch. We luisterden, hongerig, hunkerend naar haar woorden.

'Kinderen, jullie zullen zien dat er lange tafels staan met witte tafelkleden. En alle tafels zullen boordevol eten zijn, alle soorten voedsel die je je kunt voorstellen – sinaasappelen en ananassen en vlees en kaas en brood dat nog warm is van de oven. En de engelen zullen blij voor ons zijn, blij ons bij hen te zien, en ze zullen om ons heen dansen en onze komst in hun midden toejuichen.'

Dit was verrukkelijk; dit was subliem – onszelf gedurende enkele momenten, enkele minuten, verliezen middenin dat afschuwelijke oord. We luisterden naar haar woorden en gedurende die minuten was ik niet meer in die gevangenis, niet langer in de greep van angst. Wat een geschenk gaf ze ons! Wat een buitenkansje. Het maakte me niet uit of het onzin was wat ze zei; op dat moment was het echt voor mij en ik wilde dat haar woorden echter, meer waar waren dan de vernietigende waarheid die ik om me heen zag. Haar visioen bood me licht en hoop en vrijheid, en ik was meer dan bereid om mij haar visioen eigen te maken. Ik ben nooit het gevoel vergeten van die paar momenten van verlichting. Het was een voorproefje van de hemel, hoe die hemel ook mocht zijn.

Zosia overleefde de SD-gevangenis, een van de zeer weinigen die dat deden. Ze overleefde ook de oorlog. We hebben elkaar jaren

Zosia en ik in de zestiger jaren

later gevonden. Ze woonde in Israël, in het stadje Pardes Hannah. Ze was natuurlijk ouder geworden sinds de laatste keer dat ik haar gezien had, maar ze had nog steeds die kordate elegantie die ik zo bewonderde. Jack en ik bezochten haar altijd als we naar Israël gingen, en we namen altijd pakketjes voedsel mee met blikjes tonijn, koffie en verschillende soorten jam – alles waarvan we dachten dat het in die tijd in Israël moeilijk te krijgen zou zijn. Ik wilde Zosia altijd iets geven – zelfs kleine dingen. Ze had me zoveel gegeven.

Tijdens een bezoek vroeg ik eens wat haar die dag in de gevangenis had bezield, wat haar op het idee had gebracht ons dat verhaal te vertellen over de hemel en engelen en een feestmaal dat we waarschijnlijk niet konden genieten. Toen vertelde ze me over een film die ze had gezien, ik meen een Poolse film waarin een man vanwege een zware misdaad in de gevangenis belandde en op zijn executie wachtte. De man leed zwaar onder zijn angst en wachtte zijn einde af. Zijn cipier zag zijn doodsstrijd, kreeg medelijden met hem en zocht iemand die hem wilde bezoeken om met hem te praten en zijn noodlottige gevoel wilde verlichten. Maar hoe hij ook zocht, de cipier kon niemand vinden die deze misdadiger wilde bezoeken, totdat hij een prostituee vond, een vrouw die al te schande was gemaakt, al was afgewezen door de wereld, en zichzelf niet hoger kon aanslaan dan een veroordeelde. Die vrouw kwam naar de gevangenis en zat een tijdje bij de man. Ze vertelde hem een verhaal, over de hemel en engelen en tafels vol met voedsel. En hij zat naar haar te luisteren, meegesleept door haar fantasieën, en heel even werd zijn hart verlicht en nam zijn angst af. Zosia had aan die film gedacht toen we in de gevangenis bij elkaar zaten. Hoewel we geen misdadigers waren, hoewel ze geen prostituee was, waren we allemaal afgewezen door de wereld, met niemand die ons troost gaf in wat we wisten dat onze laatste uren waren – wat het voor velen ook echt waren. Dus bedacht Zosia dat ze ons zou troosten met het verhaal van een film die ze had gezien, en haar plannetje werkte. Ik kan zeggen dat het voor mij werkte.

Maar hoe lang kon het eigenlijk echt werken? Alsof ik uit een droom ontwaakte, alsof ik mijn ogen weer opende vanuit de zachte warmte van een diepe slaap in de lucht van een kille kamer in de winter, verrezen we uit Zosia's droombeeld en keerden we terug naar de ellende van onze gevangenis. We waren nog steeds onder in het hoofdbureau van de SD. We zaten nog steeds eindeloos te wachten op een soldaat die zou komen en onze namen zou roepen, nog steeds het geschreeuw, nog steeds de wanhoop.

En nog steeds treiterde Greenspan me. 'Wat doe ik hier? Wat doe je me aan? Dit komt door jou. Ik ben hier vanwege jou.'

Het was ondraaglijk. Ik dacht dat ik het niet meer kon uithouden.

Toen hoorde ik dat iemand mij riep in het schemerige licht. 'Mania, ik weet wie jij bent. Ik weet dat jij niet Greenspan heet.'

Een kleine man – hij heette Katz. Ik wist niet wie hij was, maar hij kende me blijkbaar. Hij was een spion, vernam ik later, en hij was gearresteerd en naar de gevangenis gebracht omdat de Duitsers hun spionnen niet vertrouwden. De Duitsers gebruikten hen, gaven hun enige tijd bescherming en executeerden hen dan, samen met alle anderen.

Katz zei tegen me: 'Ik wil je iets beloven. Als ze mij eerst halen, zal ik hun vertellen wie je bent. Ik zal hun vertellen dat jij niet Greenspan heet en dat je nooit in de kuznia hebt gewerkt. Ik zal hun vertellen dat jij hier alleen bent vanwege een naamassociatie. Als ze mij als eerste halen, beloof ik je dat ik dat tegen hen zal zeggen.'

Waarom dat geschenk? Waarom dat vriendelijke gebaar uit het niets? Ik had daar geen verklaring voor, evenmin als voor Zosia's gunst of Greenspans krankzinnige beschuldiging of Kunah's onwrikbare eis dat ik met hem mee moest gaan. Misschien wilde Katz zijn eigen zonden uitwissen voordat hij stierf. Had hij Joden aangegeven? Vrienden van hem? Had hij mensen de dood in gestuurd? Ik weet niet wat hem ertoe bracht mij dit geschenk aan te bieden, zonder enige hoop dat hij er iets voor terug zou krijgen. En ik heb het hem nooit kunnen vragen omdat er al gauw soldaten kwamen die zijn naam riepen. Ze namen hem mee. We hoorden het geschreeuw. Ik heb hem nooit meer gezien.

Misschien een kwartier later kwamen ze voor mij. Ik had niet de illusie dat Katz' inspanningen enig effect hadden gehad. Wat stond me nu te wachten? Een afstraffing? Een schot in mijn hoofd? Zouden de gevangenen nu bij elkaar kruipen en naar mijn geschreeuw luisteren terwijl ik door de SD werd ondervraagd? Wat kon ik hun vertellen? Ik had niets te zeggen. Ik wist niets. Ik was zo ontzettend bang te worden geslagen.

Ik werd door twee soldaten meegenomen, die me ieder stevig bij een arm vasthielden. Ik kan niet uitleggen wat ik voelde toen ik die trap op ging en door de gang naar de ondervragingskamer liep. Ik kon niet duidelijk zien waar ik naartoe ging. Ik was stom; ik kon nauwelijks ademen. Ik had geen sprankje hoop.

De soldaten brachten me in een kamertje. Het rook er stoffig, maar ook scherp, alsof er onlangs metaal was gepolijst. Er waren een tafel en een stoel en twee Duitse officiers, de ene bij de tafel, de andere bij de deur. Ik stond stil, probeerde overeind te blijven, probeerde niet te laten merken dat ik op het punt stond in elkaar te zakken. De man bij de tafel keek me even aan, liep toen rustig naar me toe; hij opende zijn gehandschoende hand en sloeg me zonder een woord hard in mijn gezicht. Pats. Toen nog eens en nog eens, het harde gladde leer striemde op mijn wangen.

Ik was nog nooit geslagen. De pijn was scherp, net als de geur in de kamer, bijna fel – de stekende pijn zat in mijn gezicht, maar straalde ook door mijn lichaam. Ik was geschokt. Ik kan niet zeggen dat ik erdoor werd verrast, want ik wist dat de klap kwam, maar ik was geschokt door de pijn zelf, de eerste flits. Toen het brandende gebonk, een geklop in mijn lichaam in het ritme van mijn razende hart.

Ik deed mijn uiterste best niet te gaan huilen. Ik stond daar, probeerde mijn ademhaling onder controle te krijgen, probeerde gewoon voor me uit te kijken, naar niets te staren.

De officier hield zijn gezicht vlak bij het mijne. Ik kon zijn adem tegen mijn wang voelen. 'Je vertelt niemand over dit gebouw. Je bent hier nooit geweest en hebt nooit iets gezien en nooit iets gehoord. Begrijp je dat? Begrijp je het?'

Terwijl ik voor me uit bleef kijken, weg van hem, knikte ik, ja, ja, ik begrijp het.

'Je kunt terug naar de keuken gaan', zei hij, 'maar je zegt niets. Als je dat wel doet, komen wij dat te weten. We hebben mensen die dat zullen weten, en zij zullen het ons vertellen. Als we horen dat je over dit gebouw hebt gepraat, brengen we je hier terug en dan kom je er nooit meer uit.'

Toen knikte hij tegen de man bij de deur, en er kwamen twee soldaten naar binnen die me meenamen. Ze leidden me door de gang, door de voordeur naar buiten en toen naar de poort van het terrein, waar ik werd opgewacht door twee agenten van de Joodse politie.

Daarmee was ik op onverklaarbare wijze teruggekeerd van de doden.

Van de pakweg twintig mensen in die onderaardse gevangenis brachten slechts drie of vier het er levend af. Dat waren ik en Zosia en nog enkele anderen, vernam ik later. De rest werd gedood. Katz werd gedood nadat hij mijn leven had gered. Het meisje Greenspan, dat naar men zei op dat moment zwanger was, werd zo zwaar mishandeld dat al haar tanden eruit werden geslagen, voordat ook zij werd gedood.

Toen ik op het fabrieksterrein terugkeerde, zag ik tientallen mensen achter het prikkeldraad staan wachten op mijn terugkeer. Ze moesten hebben gehoord dat er iemand werd vrijgelaten uit het gebouw waar niemand ooit uit terugkeerde. Er zou een wonder gebeuren en dat wilden mensen zien. Daar stonden ze dus, vele tientallen, mensen die ik kende en mensen die ik niet kende, ze stonden bij de poort en keken uit naar mij.

Ik wilde niemand zien. Ik wist dat ik met niemand mocht praten. Ik liep het terrein op en ging zwijgend naar mijn barak. Mima was daar, ze begroette me kalm en met liefde. Ze stelde vragen, maar ik zou niets zeggen over wat er was gebeurd – toen niet en jarenlang niet. De Duitsers hadden me ontzettend bang gemaakt, hadden me gezegd dat ik er niet over mocht praten. Dat bevel zat zo diep in me dat ik er niet over praatte – ik kon het echt niet. Uiteindelijk heb ik het Jack verteld, lang nadat de oorlog voorbij was, maar slechts heel in het kort, alleen de grote lijnen.

Dit was de tweede keer dat mijn leven door een vreemde was gered. Spontaan, zonder beloning, hadden eerst Zwirek en nu Katz ware goedheid betoond, menselijke, onbaatzuchtige edelmoedigheid, om mij een gunst te doen. Maar ik kan niet zeggen dat die twee hetzelfde voor mij waren. Ik leefde, maar wat dan nog? Ik leefde, maar Heniek moest wel dood zijn. Ik leefde, maar waarom? Om wat voor toekomst op te bouwen? Met wie?

Ja, ik was opgelucht dat ik was gered. Ik wil het belang daarvan niet bagatelliseren. Maar ik was ook gebroken.

7

Op de een of andere manier had Duvid Norembursky Poolse papieren kunnen bemachtigen – papieren die hem en zijn familie tot Polen bestempelden, geen Joden. Hij bewaarde ze als een soort verzekeringspolis, die hij achter de hand hield voor het geval zijn status als lid van de Joodse politie hem op een dag geen bescherming meer bood. Toen kort na zijn aankomst in het Konzentrationslager Millers twee politieagenten uit de kuznia kwamen om hem te zoeken, besefte Norembursky dat het zijn beurt was. Miller bleek nog steeds in functie te zijn; de meisjes die hij in de kuznia had misbruikt waren gestraft – de meesten waren gedood – maar Miller had zijn eigen straf kunnen ontlopen. Nu scheen hij uit te zijn op wraak; hij zocht degene die hem had aangegeven voor het plegen van rassenschande. Norembursky had gedacht dat hij zichzelf kon beschermen door op het fabrieksterrein aangesteld te worden. Opeens zag hij de grond onder zijn voeten wegzakken; hij was daar helemaal niet veilig.

De papieren die hij had verborgen, waren voor zichzelf, zijn vrouw, zijn tante en oom en hun dochter, zijn nicht, die misschien acht of negen jaar was. Hij had gehoopt niet alleen zichzelf, maar ook anderen te redden. Ik moet dit vermelden, want het helpt me mij te herinneren dat er ooit enige menselijkheid in die man is geweest. Hij begon niet harteloos.

Ik weet niet of dat de zaak beter of slechter maakt.

Toen hij hoorde dat de politie uit de kuznia was gekomen om hem te zoeken, wist Norembursky dat hij uit het KL moest zien weg te komen. Om zichzelf te redden was hij bereid alles op te geven – zijn familie en ook zijn menselijkheid. Voor iedereen die ontsnapt, worden er twintig gedood, dat wist Norembursky; we wisten het allemaal.

Hij haalde zijn vrouw en maakte dat hij wegkwam.

De andere drie voor wie hij papieren had, van wie het de bedoeling was dat ze met hem mee zouden gaan – de tante, de oom en hun kind – ook zij probeerden te vluchten, maar pas nadat Norembursky en zijn vrouw al verdwenen waren, en toen was het te laat.

Norembursky en zijn vrouw ontsnapten. Ik weet de details niet: hoe ze uit het KL wisten te ontsnappen, waar ze zich verborgen hielden – als ze dat al deden – of dat ze gemakkelijk voor Polen door konden gaan. Ik weet dat ze uiteindelijk naar Amerika hebben kunnen gaan, en ik weet dat ze daar onder andere namen een gezin hebben gesticht. Ik weet niets van eventuele gevaren die ze op hun reis hebben ontmoet. Ik weet niet of ze ooit bang zijn geweest. Ik weet niet of ze ooit onder nachtmerries hebben geleden om wat ze hebben gedaan. Ik weet alleen dat ze wisten te ontsnappen. Ik weet wat er daarna is gebeurd.

Ze ontsnapten. Vervloekt! Ze ontsnapten.

De politie vond Norembursky's tante, oom en nichtje, en ze werden de volgende dag naar het KL teruggebracht.

Toen begon het moorden.

We werden naar de binnenplaats gebracht – ik had toen dienst in de keuken. We werden in de buitenlucht gebracht, tegen elkaar gedrukt vanwege het onvermijdelijke van wat er zou gebeuren. We moesten toekijken.

De soldaten hadden de drie bij zich die gepakt waren, en zetten hen tegen een muur. Het kleine meisje hield de hand van haar moeder vast. De Duitsers richtten hun geweren; iemand schreeuwde een bevel; ze vuurden. Drie lichamen vielen op de grond – een man, een vrouw, een kind.

Maar de Duitsers hadden er meer nodig. Iemand moest hun hebben verteld over de familie van Norembursky's vrouw; die waren ook in het KL. Norembursky's schoonmoeder, zwager en neef, een kleine jongen van wie ik me herinner dat hij om de een of andere reden op krukken liep – ze werden gevonden en naar de binnenplaats gebracht. De Duitsers voegden er nog zeventien aan toe, mensen die ze uit de barakken oppikten om geen enkele voor ons begrijpelijke reden; voor zover we wisten mensen die niets met Norembursky of zijn vrouw te maken hadden. Gewoon mensen, gewoon Joden. Maar nu waren het er twintig; naast de drie die waren gedood omdat ze hadden geprobeerd te ontsnappen, werden er nu twintig op de binnenplaats verzameld om te worden geëxecuteerd vanwege Norembursky en zijn vrouw.

Al die jaren heb ik geprobeerd de keuzes van Norembursky en zijn vrouw te begrijpen. Ze wisten dat anderen gedood zouden worden als ze erin slaagden te ontkomen. (En volgens het dreigement van de Duitsers hadden het er eigenlijk veertig moeten zijn, geen twintig.) Vonden ze dat niet belangrijk? Toen Norembursky voor zijn eigen leven vreesde, toen hij vernam dat Miller hem zocht en dat zijn positie als politieagent hem geen bescherming zou bieden, dacht hij toen eigenlijk wel na, in het vuur van dat moment? Redeneerde hij als een mens, overwoog hij wat zijn ontsnapping zou betekenen? Of handelde hij toen alleen maar op grond van een oudere, lagere natuur?

Als je op het moment dat het erop aankomt als een dier handelt, is het dan mogelijk ooit weer een mens te worden? Maar dan nog, ik denk niet dat zelfs dieren dit ooit doen – hun moeder verraden om hun eigen huid te redden.

Ik heb eens een verhaal gehoord, een vreselijk verhaal uit Warschau. Een Joodse politieagent kreeg het bevel een aantal Joden bij elkaar te drijven. Hij deed wat hem was opgedragen, maar toen hij ze had verzameld bleek hij één man te kort te komen. Hij moest het aantal volmaken, anders zou hij zelf worden gedood. Dus ging hij naar zijn vader en vroeg of hij wilde gaan. Zou hij, de vader, zijn zoon toestaan hem mee naar de Duitsers te nemen zodat zijn eigen leven – het leven van de zoon – gered kon worden?

Ik probeer me dit voor te stellen. Ik probeer het tafereel voor mijn ogen te zien:

'Pa, ik ben gekomen om je iets te vragen.'

'Ja, jongen. Waarmee kan ik je helpen?'

'Pa, ik heb nog één man nodig om aan de Duitsers te geven. Als ik niet nog een man bij hen breng, zullen ze me doden. Jij bent oud, pa, en ik ben jong. Daarom vraag ik je, pa, wil je voor mij gaan?'

Hoe vormt de mond deze vraag? Kijkt de man zijn vader aan als hij dit vraagt? Of wendt hij zijn hoofd af, verscheurd tussen afgrijselijk verlangen en gruwelijke schaamte? En wat gaat er door de vader heen als hij antwoordt? Wat voelt de vader in zijn hart als hij ja zegt, als hij ermee instemt te gaan, als hij zich aan de dood overgeeft opdat zijn zoon in leven kan blijven?

Hoe kan iemand dit aan een ander mens vragen? Hoe vraag je dit aan je vader?

Natuurlijk vroeg Norembursky dit niet eens. Hij maakte dat hij wegkwam met zijn vrouw, in de wetenschap dat anderen voor hun vrijheid zouden betalen.

Hoe konden ze daarna ooit vrij zijn?

Degenen die vanwege Norembursky stierven, stelden geen daad als stille martelaars. Niemand hier ging vrijwillig zijn dood tegemoet.

De soldaat sleepte Norembursky's schoonmoeder uit de barak. Krankzinnig van angst huilde ze hysterisch en ze gilde door haar tranen heen. Ze riep naar ons, die bijeengedreven waren om naar haar executie te kijken.

'Als een van jullie overleeft', schreeuwde ze, 'als een van jullie hier levend uitkomt, moet je mijn dochter opzoeken en zeggen dat ze nooit alleen zal zijn. De zielen van haar moeder en haar familie zullen haar altijd achtervolgen; ze zullen om haar heen draaien en haar nooit met rust laten. Dat is mijn vervloeking!'

Zo stierf ze, haar dochter vervloekend en ons smekend als we haar ooit zouden vinden tegen haar te zeggen dat haar moeder was gestorven met die vloek op haar lippen.

Die woorden zijn me precies – woord voor woord – bijgebleven; ik kan ze nu reciteren zoals ik ze heb gehoord, tientallen jaren geleden.

Jack zei altijd dat we niet kunnen veroordelen wat de Joden tijdens de oorlog hebben gedaan. De angst om te sterven was zo groot, hoe kunnen we oordelen?

Ik weet het niet. Ik weet het niet.

Ik denk aan mijn eigen moeder.

Ik miste mijn moeder ontzettend toen ik in de fabriek was. Ik wist niet of ik haar ooit nog zou zien, en verlangde hevig naar haar liefde. Een dochter heeft de liefde van haar moeder nodig. Heeft een moeder niet ook de liefde van haar dochter nodig? De toewijding van een dochter? Zijn we onze moeders niet iets verplicht, een leven in bewuste dankbaarheid voor het leven dat zij ons hebben gegeven? Onze moeders hebben ons gemaakt. Hoe kan een dochter willens en wetens haar moeder pijn doen?

Kort nadat we bevrijd waren en in de stad Kaunitz waren gekomen, zag een Amerikaanse soldaat dat ik honger had en alleen de gerafelde jurk en jas aanhad die me waren gegeven toen we Auschwitz verlieten. Hij nam me mee naar een huisje waar ik kon zoeken wat ik nodig had, waar ik kon pakken wat ik aan eten en kleren wilde hebben. De Duitsers hadden de oorlog verloren; de

Amerikanen hadden gewonnen en nu konden de overwinnaars pakken wat ze wilden. De Amerikaan probeerde iets vriendelijks voor mij te doen. Hij was er niet op uit iemand te terroriseren; hij was er niet op uit iemand pijn te doen. Hij vond gewoon dat ik kleren nodig had. Maar toen we dat huis binnengingen, werd de vrouw die daar woonde overvallen door angst – haar handen trilden, haar ogen stonden wijdopen; ze bleef achteruit stappen om verder weg te komen van die vreemde man in legeruniform.

Ik had alles uit dat huis kunnen pakken wat ik wilde: eten, kleren, schoenen – wat ik maar nodig had of wenste had ik kunnen meenemen. Maar toen ik die Duitse vrouw zo bang zag terugdeinzen, kon ik alleen maar mijn moeder zien, een visioen van mijn moeder terwijl de Duitsers haar kamertje in het getto binnendrongen om haar naar Treblinka te sturen, mijn moeder, die trilde en wanhopig en ellendig was, in het besef dat ze verslagen was, in het besef dat ze hulpeloos in de handen van haar vijanden was. Ik zag mijn moeder in de angst van deze Duitse vrouw en holde weg. Ik kon niets van haar afnemen; ik kon niet de oorzaak van haar angst zijn.

Had Norembursky's vrouw geen voorgevoel van de angst die ze bij haar moeder veroorzaakte? Ontsnapte ze terwijl ze de wanhoop van haar moeder voor ogen had?

O, mijn dochter! Wat heb je me aangedaan?

Toen Norembursky en zijn vrouw vluchtten, dachten ze toen eigenlijk wel aan hun families? Zijn ze die eerste nacht ontwaakt uit nachtmerries, van geweerschoten? Norembursky en zijn vrouw ontsnapten en met hun ontsnapping stuurden ze twintig anderen de dood in. Ze kochten hun leven – eerst door naar de fabriek te komen en toen door eruit te ontsnappen – ze kochten hun leven met het leven van anderen. Ze betaalden voor hun overleving in een munteenheid die zij niet tot hun beschikking hadden. Heniek en twaalf anderen werden samen met hun families opgepakt zodat Norembursky en zijn verwanten naar de fabriek konden gaan; nu werden er twintig anderen geëxecuteerd omdat Norembursky en zijn vrouw ontsnapten.

Al die levens, al dat bloed, ten koste van hen.

Norembursky en zijn vrouw overleefden de oorlog en ik vond hen enkele jaren later, nadat we allemaal naar Amerika waren geëmigreerd. Jack en ik woonden, in feite als krakers, in een vrijwel leegstaand gebouw aan Lewis Street, op de Lower East Side in New York. Mijn vader had werk gevonden in het Garment District en op een dag kwam hij bij ons langs en zei dat hij Norembursky's vrouw had gezien. Ze werkte ook in het Garment District, maar ze had een andere naam aangenomen. Dat maakte me zeer verbolgen – niet alleen dat Norembursky had kunnen overleven, maar ook dat zij en zijn vrouw een nieuwe identiteit in New York woonden. Norembursky leefde alsof hij zijn verleden en alles waarvoor hij verantwoordelijk was, kon uitwissen. In een wereld van oneindige onrechtvaardigheid vond ik dat ondraaglijk.

Er was geen verklaring voor wie had overleefd en wie was omgekomen – dat wist ik toen al, zoals ik het nu weet. Ik overleefde door geluk en toeval en enkele malen door de spontane vriendelijkheid van vreemden. Zwirek had mijn leven gered; Katz had mijn leven gered. Waarom liet de SD mij vrij uit die gevangenis? Wat had het hun kunnen schelen, ook al wisten ze, ook al waren ze ervan overtuigd dat ik niet de Greenspan was die ze zochten? Wat gaf dat? De Duitsers doodden zonder enig onderscheid; ze wachtten nooit op een goede reden om een moord te plegen. Dus waarom lieten ze mij dan gaan?

Ik kan geen reden voor mijn overleving bedenken. Ik was onschuldig; ik overleefde. Dat zijn twee waarheden, maar het zijn verschillende waarheden; ze zijn niet verbonden door een logische gedachteketen. Je kunt geen lijn trekken van de manier waarop je hebt geleefd naar de vraag of je bent gestorven of niet. Enkele onschuldigen zijn in leven gebleven; vele onschuldigen – honderden, duizenden ... miljoenen onschuldigen – zijn gestorven. En de schuldigen ook. Het is voor hen niet anders. Sommigen werden gedood, ja – zelfs door Joden – zoals Tannenbaum door Joden werd doodgeslagen toen hij met de rest van ons naar Auschwitz werd gestuurd. Maar schuldig zijn betekende niet dat je zou sterven. Dat wist ik toen; ik weet het nu. En toch. Desondanks was ik er verbolgen over dat Duvid Norembursky nog leefde en een andere naam had aangenomen. In een wereld van oneindige onrechtvaardigheid – echt, ik begreep dat ik geen gerechtigheid zou kunnen vinden voor wat er was gebeurd – kon ik dit niet accepteren.

Ik ging naar het Office of Immigration. Ik was toen net negentien. Ik sprak bijna geen Engels; ik wist niet hoe ik met mensen in kantoren moest praten, mensen die met een autoritaire houding achter bureaus zaten. Ik was niet iemand die dingen eiste, die mensen in de ogen keek. Toch ging ik naar het Office of Immigration om te protesteren, om hen te laten weten dat er iemand in New York onder een valse identiteit woonde, iemand die misdaden had begaan en nu ter verantwoording moest worden geroepen. 'Zijn echte naam is Duvid Noremburski', zei ik, 'en hij is verantwoordelijk voor de dood van vele Joden. Hij hoort hier niet; hij heeft geen recht om hier te wonen. Hij doet alsof hij iemand is die hij niet is.'

Wat voor bewijs had ik? wilden ze weten. Hoe kon ik aantonen dat hij niet was wie hij beweerde te zijn? Tegen misdaden die in Polen of Duitsland waren begaan, konden ze niets doen; ze hadden geen jurisdictie over dingen die in andere landen gebeurden. Maar ze konden wel de valse identiteit aan de kaak stellen als ik kon bewijzen dat deze man niet was wie hij zei dat hij was.

Hoe kon ik dat doen? Niet dat ik dat niet wilde, maar wat voor bewijs had ik? Ik wist wie hij was; ik wist wat hij had gedaan. Maar ik kon het op geen enkele manier bewijzen, hoe graag ik dat ook wilde.

Toch moet het hun ter ore zijn gekomen dat ik eraan werkte dat ze gevonden werden in de hoop dat ze werden uitgezet, want op een dag kwam Norembursky's vrouw bij mij aan de deur in Lewis Street. Ze smeekte me hen met rust te laten, hen hun nieuwe leven in Amerika te laten leiden. De oorlog is voorbij, zei ze; het is allemaal het verleden. Laat ons gewoon met rust. Alsjeblieft, alsjeblieft – je moet ons met rust laten.

Ik wist dat het me niet zou lukken hen bij de autoriteiten in de problemen te brengen. Maar één ding kon ik wel doen: ik kon tegen Norembursky's vrouw zeggen wat haar moeder had gezegd toen ze haar dood tegemoet ging. En dat deed ik. Ik vertelde het haar. Je moeder stierf terwijl ze jou vervloekte, je naam in doodsstrijd uitspuwde. Ik zal je nooit met rust laten, zei ze, mijn ziel zal je achtervolgen, om je heen draaien en je nooit met rust laten.

Dat vertelde ik haar en – laat me het zeggen, want hoe vreselijk, hoe wreed ook, het is waar – ik was blij dat ik het deed; ik was blij dat ik haar die pijn gaf. Het gaf me enige voldoening te weten dat ze nu het volle gewicht moest dragen van wat ze had gedaan. Ze zou leven in het volle besef dat ze in feite haar eigen moeder had vermoord, dat haar moeder dat wist, en dat haar moeder haar daarom had vervloekt. En – ik probeer hier eerlijk te zijn; ik probeer eerlijk te zeggen wat ik voel – ik betreur het niet dat ik het deed, nog steeds niet, na al die jaren niet. De wereld is er nog steeds een van oneindige onrechtvaardigheid – Heniek is nog steeds dood, de moeder is nog steeds dood, de broer, de neef en alle anderen ook – maar ik kon in ieder geval iets zeggen opdat die doden niet zonder gevolg waren, niet zonder een geluid.

De gruwel die je veroorzaakt, zal voor jou een gruwel worden.

8

Het ergste waren de ratten. Ik was ontzettend bang dat ze aan mijn ogen zouden vreten.

Enkele dagen na de ontsnapping van de Norembursky's kwam er een man die ik kende de barak binnen om me wat nieuws te vertellen. Hij heette Szlamek Horowitz en hij werkte als *Schreiber* – een soort secretaris – op het administratiekantoor van het konzentrationslager. Ik kende hem niet goed, maar we praatten soms even als hij in de barak kwam om te zien hoe het met zijn moeder ging. Toen hij die dag naar me toe kwam, dacht ik dat hij misschien alleen even gedag kwam zeggen. Maar nee, het was iets anders.

Kort daarvoor, al gauw nadat het KL was ingesteld, werd onze fabriek, die munitie maakte, samengevoegd met een fabriek ernaast, waar manden werden gemaakt. De twee fabrieken hadden daarvoor als afzonderlijke eenheden gewerkt, met separate administraties, separate barakken en separate keukens, maar nu stonden ze op hetzelfde terrein, achter hetzelfde prikkeldraad. Szlamek zei tegen me dat de Duitsers hadden besloten dat de twee keukens werden samengevoegd en dat al degenen die in mijn keuken werkten – de slagers, de groentebereiders, en de twee of drie mannen die de zaak daar regelden – nu als overbodig werden beschouwd. De volgende ochtend zou er een oblava zijn: we zouden allemaal bijeen worden gedreven en afgevoerd.

Een oblava. En ik zou daar deel van uitmaken. Deze keer zou er geen verwarring over mijn naam zijn. Ze wisten wie er in de keuken werkten. Ze kenden mij vooral omdat Heniek speciale regelingen had kunnen treffen om mij daar te krijgen. Ik zou worden afgevoerd. Weg van de keuken, de barak, van Mima en Feter, van alles wat ik had gekend. En waarheen? Ik zou weer alleen zijn, kwetsbaar, onbeschermd. Een mager, tenger meisje, geteisterd door winden.

Is het mogelijk ooit te wennen aan de dagelijkse dreiging van de dood? Het was slechts enkele dagen geleden – misschien twee, misschien drie, zeker niet zes of zeven – dat ik mee genomen was naar de gevangenis. Alles tegelijk – al dat verraad en de dood en vreselijke angst. Hoe kan een mens dat verwerken? Ik was nog zo jong en alles om me heen was naar verhouding zo groot. Ik was getrouwd en toen was mijn man van me afgenomen; ik stond op het punt te sterven in een helse gevangenis en toen werd ik gered; en nu – voor mijn gevoel slechts enkele minuten later – nog voordat ik weer kon leren ademen, werd ik weer naar de drempel van de dood gesleept. Weer. Hoe is het mogelijk dat een leven kan bestaan uit crisis op crisis, zonder ruimte ertussen? Hoe is het mogelijk evenwichtig te blijven in zo'n duizelig makende wereld?

Szlamek zei tegen me: 'Kijk hier: jouw naam staat op deze lijst van arbeiders die geliquideerd zullen worden. Ik zal doen wat ik kan om jouw naam te schrappen, maar je moet niet op me rekenen. Ik weet niet wat ik kan doen. Het is misschien niet genoeg. Je moet proberen iets voor jezelf te doen. Trek die jurk uit; doe iets aan wat je nog van thuis hebt. Misschien kun je ontsnappen.'

Wat? Ontsnappen? Hoe? Waarheen? Waar kon ik naartoe? Ik zou nooit kunnen ontsnappen, vooral niet na wat er met Norembursky was gebeurd. Wat kon ik doen? We moesten allemaal elke ochtend naar onze vaste werkplekken gaan; niemand mocht in de barakken achterblijven. Maar als ik naar de keuken ging, zei Szlamek, zou ik met alle anderen worden meegenomen.

Ik ging snel op zoek naar Mima en Feter. Wat moest ik doen? Szlamek Horowitz, de Schreiber van het kantoor – jullie kennen hem, nietwaar? Hij zei dat hij het zou proberen, maar ik moet niet op hem rekenen, zei hij; ik moet zelf iets bedenken.

Die nacht was een grote leegte voor me. Sliep ik? Ik vraag het me af. Bad ik? Misschien sloop ik naar Mima's kooi en begroef ik mezelf in haar armen; misschien probeerde ze me te troosten, me te verzekeren dat ik het zou redden. Ik weet niet hoe ze die woorden kan hebben gemompeld; ik kan me niet voorstellen dat ik haar zou hebben geloofd.

De volgende ochtend bleef ik in de barak achter toen alle anderen naar hun werk gingen. Ik zou een probleem hebben als ik niet op het ochtendappel verscheen, maar ik wist dat het nog erger zou zijn als ik wel naar de keuken ging. Ik kon niet blijven waar ik was, maar ik kon nergens heen.

Mima en Feter kwamen de barak binnen.

Ik kon horen dat de Duitsers op de binnenplaats de namen van de arbeiders in de keuken begonnen te roepen.

Feter zei tegen me: 'Je moet je verbergen. We moeten je verbergen.'

De barakken waarin we moesten slapen, waren behoorlijk gammel, gebouwd door dwangarbeiders om de paar duizend mensen te huisvesten die in en voor de fabriek werkten. De muren hadden geen fundering en geen cementen of betonnen vloer. Er waren houten planken op de grond gelegd, naast elkaar op de aangestampte aarde en slordig aan elkaar gespijkerd.

Feter liep naar de zijwand van de barak en met één krachtige ruk trok hij de vloerplank onder een van de kooien vandaan. 'Hier', zei hij. 'Gauw. Kruip erin. Kom gauw.'

Hij hield de plank omhoog en gebaarde naar me dat ik erin moest kruipen.

Ik deed wat me gezegd werd. Ik liep naar de plek waar hij stond; hij pakte me en duwde me in de krappe ruimte onder de opgetrokken vloerplank. Ik paste nauwelijks in die ruimte – dertig centimeter, misschien, tussen de aangestampte aarde onder het gebouw en de houten vloer erop. Ik schoof erin en gebruikte mijn handen om mijn lichaam in de ruimte te wringen. Ik lag plat op de koude grond en keek op naar mijn oom, die de plank boven me vasthield.

'Maniusia', zei hij. 'Je mag niet bewegen. Je mag geen enkel geluid maken.'

Ik was doodsbang. Het lag niet in mijn aard om mezelf zo te verbergen, iets te doen wat tegen de regels was. Ik was niet dapper; ik was niet iemand die risico's neemt. Ik deed wat me gezegd werd, probeerde nooit mezelf op te dringen, bedacht nooit een strategie hoe ik mijn kans om te overleven kon vergroten. Niet dat ik niet wilde overleven; ik was niet geschikt om risico's te nemen, mezelf een weg naar voren te banen. Ik verborg mezelf altijd, denk ik, op de een of andere manier – ik verborg mezelf in de menigte om niet opgemerkt te worden. Maar mezelf op deze manier verbergen – onder een gebouw terwijl ik werd geacht te verschijnen voor mijn werk in de keuken – dat was niets voor mij. Ik zou nooit mezelf op eigen initiatief hebben verborgen; ik zou zelfs nooit op het idee zijn gekomen, laat staan dat ik had geweten waar.

Feter liet de vloerplank boven mijn hoofd zakken. Ik hoorde hoe hij hem met zijn voet op zijn plaats duwde en toen wegliep.

Ik was alleen.

Het was pikdonker en het rook er muf, bedompt en vochtig. Ik moest stil zijn; ik moest rustig zijn, maar ik was doodsbang en ik kon mijn hart in mijn borst voelen bonzen.

En toen hoorde ik het gescharrel. Kleine krabbelende geluidjes overal om me heen. Pootjes, kleine pootjes die over de grond renden. Heel veel. Ratten. Ratten die overal om me heen dribbelden – naast me, langs mijn benen, over mijn romp. Ze klommen op mijn gezicht. Ik zag ze in mijn ogen kijken, hun trillende neuzen, hun snorharen tegen mijn wangen, hun staarten die tegen mijn hals heen en weer gingen. Mijn God! Het was vreselijk, echt angstaanjagend.

Ik kneep mijn ogen stijf dicht; ik wilde mijn gezicht met mijn handen beschermen, maar ik zat te strak ingeklemd – ik kon mijn handen niet van mijn zij weghalen. Ik wilde mijn ogen afschermen zodat de ratten daar niet bij konden komen. Ik dacht dat ze aan mijn ogen wilden vreten.

Ik was verborgen voor de Duitsers, maar overgeleverd aan de ratten. Ik probeerde mezelf zo compact mogelijk samen te drukken: benen tegen elkaar gekneld, armen strak tegen mijn zij, handen tot harde vuisten geklemd. Ik drukte mijn lippen op elkaar, kneep mijn ogen dicht. Ik was een stijf wezen, een plank die stram onder de planken lag. Ik deed mijn uiterste best om niet te bewegen; ik probeerde nauwelijks te ademen. Toch bleven ze komen – over mijn gezicht, over mijn ogen, in mijn haar.

Ik lag daar voor eeuwig, bood weerstand tegen elke drang om van me af te meppen. Het kan twee uur hebben geduurd, maar ook tien minuten – een eeuwigheid.

Toen kwam er een geluid van buiten. Iemand was de barak binnengekomen. Ik hoorde het harde gebons van iemand die vastberaden liep, die gespannen en kwaad was. Een paar stappen, toen stil, toen weer een paar stappen.

'Waar ben je? Ik weet dat je hier bent!'

Het was Chiel Friedman, de Joodse politieagent die de leiding over het KL had. Ik had nooit met hem persoonlijk te maken, maar ik had hem vaak zijn bevelen tegen ons horen blaffen – hierheen gaan of daar op een rij gaan staan of voortmaken. Zijn ruwe, schorre stem was onmiskenbaar – als schuurpapier over steen – en ik kon me niet vergissen. Hij wist dat ik tot het keukenpersoneel behoorde, want Heniek had via hem moeten regelen dat ik van de celownik naar de keuken werd overgeplaatst. Hij was naar de barak gekomen omdat hij wist dat ik daar moest zijn – ik kon nergens anders zijn.

'Kom uit je schuilplaats! Je weet dat ik je zal vinden!'

Zijn stem was schor, maar gedreven, een mes dat in de stilte sneed waarin ik lag. De ratten verstarden door zijn ruwe stem en leken hun gescharrel even te staken.

Niet bewegen; niet bewegen, zei ik tegen mezelf, en ik perste mezelf nog meer in elkaar, trok mezelf naar binnen, mijn lichaam gespannen en trillend tegen zijn eigen druk.

Ik hoorde zijn voetstappen, het doffe gekraak van de houten planken terwijl hij rondliep.

O God! O God! Alsjeblieft, vind me niet. Zoek me hier alsjeblieft niet.

De ratten krioelden weer, ze kropen over me heen alsof ik bij de grond hoorde, alsof ik een deel van de aarde was. Ik dwong mezelf niet te bewegen.

Hij marcheerde nu door de paden van de barak. Hij begon te schreeuwen, laaiend dat hij me niet had gevonden. 'Hoer! Ik weet dat je in deze barak bent! Ik zal je vinden, hoertje van Heniek!'

Was het niet genoeg dat hij naar me zocht? Moest hij me ook nog vernederen? Zo smerig als ik was, met de stank van zijn laster? Ik wilde tegen hem schreeuwen: 'Henieks vrouw, rund dat je bent! Niet zijn hoer, zijn vrouw!'

Het was een of ander gif in Friedman, een of ander venijn in zijn bloed dat hij over me uitspuwde. Ik wilde het van me af hebben. Zoals ik de ratten van me af wilde hebben, wilde ik dat woord van me af hebben. Het was een belediging die ik niet verdiende.

Friedman zocht me overal, maar hij kwam niet op het idee te kijken op de plek waar ik lag. Hij keek niet onder de vloerplanken, waar een jong meisje lag te trillen van angst en woede onder een deken van ratten.

Hij liep met grote stappen het gebouw uit.

Feter moet buiten hebben gewacht, want hij kwam vrijwel meteen de barak binnen, holde naar me toe en tilde de plank boven mijn hoofd op. De ratten vluchtten voor het plotselinge licht en ik hees mezelf omhoog. De oblava was voorbij.

Het scheen de Duitsers niets uit te maken. Nu de arbeiders uit de andere keuken het werk in de onze hadden overgenomen, kreeg ik weer een baan in de munitiefabriek; ik moest lange, zware stalen staven optillen en snijden. Het werk was te zwaar voor me – ik was te klein om de staven goed te kunnen hanteren – en op de een of andere manier, ik weet niet meer hoe, kon ik het geld, dat Heniek me had gegeven, gebruiken om naar een ander deel van de fabriek – de *montage* – te worden overgeplaatst. Daar zette ik enkele onderdelen voor revolvers in elkaar. Het scheen de Duitsers niets te kunnen schelen dat ik aan de oblava was ontsnapt. Na die dag stuurden ze niemand meer om mij te zoeken.

Maar Chiel Friedman kon het wel wat schelen. Hij koesterde wrok, het zat hem dwars dat ik hem te slim af had kunnen zijn. Ik denk dat hij aan de Duitsers wilde laten zien hoe goed hij zijn werk als politieagent deed, dat hij het jonge meisje te pakken kon krijgen dat aan hem probeerde te ontkomen. Het maakte hem dus kwaad dat hij dat niet had kunnen doen, dat een meisje het van hem had gewonnen. Hij zei er nooit iets over, maar altijd als ik hem sindsdien op het KL-terrein tegenkwam, staarde hij me aan met een blik die me bang maakte, een wreedheid die zei: 'Ik weet wie je bent.' Ik keek dan de andere kant op, deed alsof ik hem niet had gezien, niet de dreiging in zijn ogen had opgemerkt.

Friedman was degene die mijn oom had geslagen en had gezegd dat hij 'commandant' genoemd moest worden, om zichzelf van alle anderen te onderscheiden. Hij was degene tegen wie mijn oom zei toen ze samen uit Dachau waren bevrijd: 'Voor mij is de oorlog voorbij, maar voor jou is hij net begonnen.'

Dat ging voor Friedman beslist op. Niemand wilde na de oorlog iets met hem te maken hebben. Hij ging samen met de vele andere Radomers naar Garmisch-Partenkirchen, maar ze wilden hem niet kennen. Ze hadden zoveel dingen tegen hem dat hij zelfs bang was om zijn huis uit te komen.

Uiteindelijk – en met tegenzin – trouwde hij met een vrouw die hij beneden zijn stand achtte. Zoals de meesten van de Joodse politie had Friedman zijn matura. Hij was intelligent, goed opgeleid; hij kwam uit een familie die rijk genoeg was om hem naar school te laten gaan. Voor de oorlog zou hij als een goede partij zijn beschouwd. Maar zijn vrouw was *prost* – volks, ordinair; ze was van lage komaf, nauwelijks meer dan boeren. Ze was stevig gebouwd en potig, als iemand die voor zwaar lichamelijk werk gebouwd was. Mensen zeiden dat ze op een koe leek. Voor de oorlog zou ze in Polen zijn dienstmeid zijn geweest.

Friedman trouwde met haar – ze heette Chava – maar alleen omdat hij besefte dat hij verloren was, dat hij in Duitsland geen perspectief had. Ik denk dat hij geloofde dat de Joden hem zelfs zouden kunnen vermoorden. Chava had familie in Canada en ze stelde voor dat als hij met haar trouwde, ze samen naar Canada zouden gaan om een nieuw leven te beginnen, ver van de Radomers, die hem bespotten. Hij wilde het eigenlijk niet, maar hij was ten einde raad: Chava bood hem een uitweg.

Nu volgt er iets verbazingwekkends. Toen hij met Chava trouwde, de vrouw van wie hij niet hield, de vrouw die hij beneden zijn stand achtte, nodigde hij Jack en mij uit op de bruiloft. Jack bleek een neef van hem te zijn en Friedman had verder geen familie die hij kon uitnodigen.

Was Friedman vergeten wat hij mij had aangedaan? Hoe hij naar me had gezocht en me had vervloekt terwijl de ratten over mijn gezicht liepen?

We sloegen de uitnodiging af.

Jaren later kwam hij bij ons langs. Dat was waarschijnlijk in de zeventiger jaren. Jack en ik waren bevriend geraakt met zijn zuster, Luba, en toen ze een keer vanuit Israël bij ons langskwam, vroeg ze of haar broer haar bij ons thuis in New York kon ontmoeten. Luba had hem sinds de oorlog nooit meer gezien. Ze praatte nooit met ons over hem en wij vroegen haar nooit wat ze wist van de dingen die hij had gedaan. Ik denk dat ze vroeg of ze hem bij ons thuis kon ontmoeten omdat ze hem ergens wilde zien waar hun conversatie op de vlakte werd gehouden door andere aanwezigen. Chiel (zoals we hem toen noemden) kwam met het vliegtuig uit Toronto en we boden aan hem van het vliegveld op te halen en hem voor een paar uur thuis te ontvangen, zodat hij en Luba met elkaar konden praten. Mima en Feter woonden toen naast ons in Jackson Heights en ik vertelde hun niet dat Chiel bij ons op bezoek kwam – Feter zou dat nooit hebben toegestaan; hij zou nooit hebben goedgekeurd dat Chiel mijn huis betrad.

Ik moet zeggen dat ik, zelfs na alles wat er gebeurd was, medelijden met hem had. Hij leed enorm – onder angst, misschien, of onder schuldgevoelens, ik weet het niet. Toen Jack en ik hem op de luchthaven ontmoetten, kon ik zien dat hij om zich heen keek, zijn hele omgeving controleerde om te zien of er iemand was die hem te pakken wilde nemen. Hij was in New York, een miljoenenstad, en toch was hij bang dat ergens op Idlewild Airport een paar Radomers hem om een hoek konden opwachten om hem te grazen te nemen.

Hij ging mee naar mijn huis, zat in de woonkamer en klaagde twee uur achter elkaar. Dat hij zo slecht werd behandeld door de Radomers, dat mensen de dingen die hij had gedaan erger maakten dan ze waren en leugens over zijn verleden vertelden. Wat had hij ooit voor slechts gedaan? Dat hij zo'n behandeling verdiende? En wie had na de oorlog zoveel voor een ander gedaan, wilde hij weten.

Dat laatste was waar. Chiel was voor de oorlog getrouwd geweest – zijn vrouw en zoon kwamen beiden in Auschwitz om – en die vrouw, Chiels eerste echtgenote, had een broer die een Poolse familie had betaald om tijdens de oorlog zijn dochtertje op te nemen. Maar de vader, Chiels zwager, overleefde de oorlog niet en toen Chiel naar Canada was gegaan spande hij zich enorm in om dat meisje in Polen op te sporen – en dat kostte hem ook veel geld, dat weet ik zeker. Eerst wilde het meisje niet met hem meegaan – ze was katholiek opgevoed door mensen die ze als haar ouders beschouwde – maar uiteindelijk stemde ze er wel mee in, op voorwaarde dat Chiel beloofde voor haar Poolse familie te zorgen. Hij stuurde een naaimachine naar de 'zuster' van het meisje en stuurde elke maand pakketten naar haar 'ouders'.

Chiel nam de dochter van zijn zwager in zijn gezin op en voedde haar als zijn eigen kind op. Ja, dat is waar. Maar waarom deed hij dat? Hij beweerde dat het een bewijs van zijn goedheid was, dat alleen een goed mens zich zo inspande voor een kind dat niet van hem was. Maar ik denk dat hij het voor zichzelf deed, om zichzelf een beter gevoel te geven over wat hij tijdens de oorlog had gedaan. Ik denk niet dat hij het als een vorm van boetedoening beschouwde, want dat zou hebben betekend dat hij zich met zijn verleden wilde verzoenen; dat zou een soort innerlijke afrekening hebben gevergd, een erkenning dat hij in de oorlog verkeerd had gehandeld. Ik denk niet dat Chiel ooit in staat was tot dat soort zelfreflectie of zelfinzicht. Het was zijn gewoonte excuses voor zichzelf te maken. Hij had gevreesd voor zijn leven; hij had zijn vrouw en zijn zoon willen beschermen. Natuurlijk zei hij zulke dingen nooit – niet tegen mij, niet tegen Jack. Ik denk niet dat hij ze ooit tegen iemand heeft gezegd. Maar ik geloof dat hij ze tegen zichzelf zei, 's nachts misschien, als hij moeilijk in slaap kon komen. Dan herinnerde hij zichzelf er misschien telkens weer aan dat hij zijn nicht als zijn eigen kind had opgevoed, beslist een bewijs dat hij uiteindelijk toch een goed mens was. Hij omgaf zichzelf met halve waarheden, probeerde zichzelf te troosten in zijn stille uren, 's nachts zijn geweten tot rust te brengen.

Ik denk dat we allemaal zelf verhalen over ons leven vertellen, verhalen die het gemakkelijker maken met onszelf te leven en met de keuzen die we hebben gemaakt. Als je jezelf lang genoeg en vaak genoeg een verhaal vertelt, kun je er zelf in gaan geloven: 'Ik had geen keus. Ik probeerde alleen maar mijn familie te beschermen. En kijk, ik heb dit kind grootgebracht.' Je zou zelfs de echtere, maar bedrieglijkere versie van jezelf kunnen vervangen door de goede versie van jezelf. Maar ik geloof niet dat die vervanging ooit volledig kan zijn in een gezonde geest, in een gezond mens; een deel van je zal altijd de wreedheid in je binnenste kennen. En dat moet een hel zijn.

Hoewel ik nooit milder tegen Chiel heb kunnen worden, denk ik wel dat ik hem uiteindelijk heb vergeven. Het was volkomen duidelijk voor me dat hij na de oorlog in een gevangenis leefde. Die gevangenis was gebouwd door de Radomers, maar al zijn zelfrechtvaardigingen, alle verhalen die hij vertelde – die waren ook een deel van zijn gevangenis. Hij wilde de waarheid van zijn verleden de rug toekeren om voor zichzelf in het heden enige rust te vinden. Ik denk dat hij die rust niet heeft gevonden, tot op de dag dat hij stierf.

9

Ik herinner me bijna niets van mijn laatste vijf of zes maanden in het KL in Radom. Wat was er nog over na de rampzalige winter, de aardbevingen en de naschokken? Duisternis misschien; een gevoel van leegte. Mijn leven was in het tumult van die dagen geëxplodeerd, al zou ik hier eigenlijk geen begrippen uit de wereld van de natuur moeten gebruiken om ze te beschrijven. Het waren geen natuurrampen, zelfs geen natuurlijke gebeurtenissen in de verbijsterende loop van de geschiedenis der mensheid. Die paar weken in de winter van 1943-1944 waren, voor mij althans, het ergste soort uitbarsting waartoe de mensheid in staat was; ze trokken uit mij elk idee dat ik kan hebben gehad dat het leven iets was om te beleven, dat het leven overvloed en belofte en plezier te bieden had. Omdat ik Heniek verloren had – en door toedoen van een Jood, ook dat nog – had ik het gevoel dat ik alles kwijt was. Het voelde bijna als een kwelling te leven, een leegte die moest worden verdragen.

Toch moet ik me Zosia herinneren; ik moet me Katz herinneren. En ook Szlamek, en Feter, die tegen me zei waar ik me moest verbergen. Ik moet me hun eenvoudige goedheid herinneren toen mijn eigen leven in gevaar was, want hun goedheid was ook echt, een opflakkering in het duister.

In het late voorjaar en de zomer van 1944 begonnen er geruchten rond te gaan dat de Russen vanuit het oosten oprukten. Een man die bij ons in de fabriek werkte, maar contacten met de buitenwereld had – misschien kende hij een Pool die nog een betrekkelijk normaal leven in Radom leidde – gaf ons informatie. Hij zei dat de Amerikanen in Frankrijk waren geland en dat ze volgens hem beslist door de Duitse linies in West-Europa zouden breken. De Russen, vertelde hij, waren al in Polen, op slechts dertig kilometer van Radom.

We durfden geen hoop te koesteren, maar dit was heerlijk nieuws. We dachten dat de Russen onze redders zouden zijn. We baden voor hun opmars, voor hun ophanden zijnde komst, opdat ze ons zouden bevrijden. De Duitsers waren bang; ze wilden weg.

Ze besloten het kamp leeg te halen.

Het was eind juli, bijna twee jaar nadat ik in de fabriek was begonnen te werken. Tweeduizend mannen en bijna vijfhonderd vrouwen moesten nu allemaal worden verzameld, klaar om te vertrekken, klaar om weg te gaan ... maar waarheen? We wisten het niet. We wisten alleen dat we Radom moesten verlaten. We zouden moeten lopen.

Szlamek zocht me op en raadde me opnieuw aan mijn burgerkleren onder mijn gestreepte uniform aan te trekken. Hij moet nog steeds aan ontsnappen hebben gedacht; hij moet hebben gedacht dat de mars – waarheen we ook zouden gaan – kansen zou bieden om weg te rennen.

Ik trok aan wat ik had – ik herinner me een trui, misschien een blouse. We raapten bij elkaar wat we nog steeds uit het getto hadden en heimelijk konden dragen. Szlameks moeder droeg een ceintuur met zakjes onder haar jurk; ik wist toen niet wat daarin zat. Voordat ze naar de fabriek kwam, had Mima een holte in de hak van een van haar schoenen opengemaakt; ze had er toen een ringetje in gestopt. Ik had het zakje dat in mijn slipje was genaaid; bij de twee gouden trouwringen stopte ik nu mijn enige andere schat – de foto van mij en Heniek.

Toen vertrokken we. Alle Joden die nog in Radom woonden – de fabrieksarbeiders, degenen die in de winkels hadden gewerkt die door de Duitsers waren overgenomen, de spionnen, de politie – alle Joden werden bijeengedreven om te beginnen aan een mars naar we-wisten-niet-waarheen.

In mijn hele leven was ik maar één keer buiten Radom geweest, toen Mama me meenam naar een kuuroord in Busko-Zdrój, waar ze voor reumatiek werd behandeld. Buiten dat – en mijn reisje naar Jedlińsk – was al het andere Radom, al generaties lang de stad van mijn familie. Ik herinner me dat ik in het getto mijn grootvader zag huilen uit angst voor een deportatie die voor hem een gepaste Joodse begrafenis in Radom onmogelijk zou maken. Ik denk dat hij, meer nog dan te sterven, bang was dat zijn botten niet op de Joodse begraafplaats in Radom zouden komen te rusten.

Ook de fabriek en het hele complex van het KL – ze waren bekend, het waren toen ook vertrouwde werelden. Zelfs de gevaren waren bekend – de machinerie in de fabriek, de bewakers met hun geweren, de razzia's, en de honger en de ziekten en de hele rest. Ik werkte daar al twee jaar; ik kende de wereld waarin ik moest leven. Maar nu moesten we vertrekken. We moesten lopen. We wisten niet hoe lang of met welk doel. We liepen het onbekende in.

Het was 26 juli 1944 en het was ontzettend heet. Het licht trilde in zichtbare, zware golven; de lucht was dik, vochtig en dicht, ging op je huid zitten en plakte eraan als natte wol.

Ik droeg mijn blouse en trui onder mijn kampuniform.

We kregen niets mee voor onderweg – geen voedsel, geen water. Er was alleen een lange colonne van mensen; mannen en vrouwen en ook een klein aantal jongens, die dicht op elkaar liepen, te dicht, denk ik, gezien de hitte, om zich heen kijkend, naar beneden kijkend, allemaal bang, allemaal uitgeput al voordat we vertrokken, langs de poorten met prikkeldraad, de weg op. Ik herinner me dat ik eerst bij Mima en Feter liep; misschien was mijn vader ook bij ons. Ik herinner me niet dat er iemand iets zei, of gesprekken van welke aard ook.

De Duitse soldaten liepen aan weerskanten van de weg. Ze droegen geweren en hadden honden aan een lijn.

Drie dagen lang liepen we in de moordende zomerhitte. Misschien liepen we vier dagen; ik weet het niet. Je verliest het gevoel voor tijd als de hele wereld zich vernauwt tot die ene onderneming van weer een stap zetten, stap na stap, kilometers achtereen. En de hitte overal om ons heen, de hitte die vanuit de hemel op ons brandde en in golven van onder de weg opkwam. De hele wereld veranderde in een oven, een vreselijke vuurhaard, en wij zaten er allemaal in, brandden in de buik, en niemand bood ons enige verlichting.

We sleepten onszelf voort in die hitte. Op het laatst trokken mensen alle kleren uit die ze onder hun kampuniform droegen. Het was te heet voor extra kleren, te heet om te lopen, elke stap op het harde oppervlak was een nieuwe kwelling voor je benen. Ik weet dat we bijna honderd kilometer hebben gelopen, vanuit Radom in oostelijke en iets noordelijke richting, naar Tomaszów Mazowiecki. 's Nachts lagen we in de korenvelden langs de weg en de scherpe stekels van de geoogste halmen prikten in onze huid terwijl we in een droomloze slaap wegzakten.

Op de tweede dag van de mars, of misschien de derde – dat herinner ik me niet, alleen dat ik aan één stuk door in de onophoudelijke razernij van die hitte heb gelopen – kwamen we bij een dorpje met vervallen huizen met erfjes eromheen en hekken van spinthout. Er hing een merkwaardige stilte in het plaatsje – geen karren op de weg die opzij gingen voor de duizenden mensen die langs marcheerden, niemand die op een dak aan het timmeren was, geen kinderen die op een erf speelden. Iedereen was binnen, beschermd, veilig weggeborgen – met uitzondering van één vrouw die ik op de drempel van haar huis zag staan, ze keek ons uitdrukkingsloos aan terwijl we ons voortsleepten in de hitte.

Zou niemand ons enige hulp bieden? Reikte niemand ons een beker water aan? Een druppel barmhartigheid voor de Joden die langskwamen?

Toen kwam er een beangstigende gedachte bij me op – dat ik volkomen alleen was, zelfs te midden van de vele honderden mensen die met me meeliepen, alleen en zonder enige betekenis in de wereld. Dat niemand mij zou willen beschermen. Dat er nergens meer veiligheid was. Ik was alleen en onbeschut op de openbare weg.

Was dit het moment waarop het begon? Een nauwelijks bewuste gedachte, een onrijpe vraag, die in mijn bloed sluimerde: Waarom nog doorgaan?

Er liep een jonge jongen een stukje voor me. Ik kende hem niet; ik herinnerde me niet dat ik hem ooit op het terrein van de barakken had gezien; maar ik herinner me wel dat het me opviel dat hij alleen liep, geen moeder met een arm om hem heen die zijn tempo ondersteunde, geen vader die zijn hand vasthield. Toen ik hem zag, dacht ik aan een andere moederloze jongen die ik kende, die we Shulem Szpitalnik noemden; met een paar anderen had ik hem in de barakken verzorgd. Ik zag Shulem Szpitalnik helemaal niet tijdens de mars en ik zou hem pas weer zien toen we in Auschwitz aankwamen.

Maar hier liep een andere jongen voor me. Hij knielde bij een modderpoel langs de weg. Waar kwam die vandaan, vroeg ik me af. Het had helemaal niet geregend. Misschien had iemand een emmer afvalwater uit een huis leeggegooid. Misschien was er wat water uit een emmer geklotst toen iemand van een waterput in de buurt naar huis terugkeerde. Een poel van afvalwater – een miniatuuroase in de zomerse hitte. De jongen knielde en boog zijn hoofd naar de grond om een slokje te nemen. Om een druppel water op te likken. Maar dat was niet toegestaan; we mochten niet treuzelen tijdens onze mars, nog geen moment. Wist hij dat? Ik vroeg het me af. Kende hij de prijs van zijn begeerte naar verlichting?

De jongen knielde en boog zijn lichaam naar de grond. Er kwam een Duitse bewaker naar hem toe, hij ging naast hem staan en keek onbewogen toe hoe hij water oplikte. Hij nam zijn wapen uit zijn holster, hield het voor zich uit en zonder berisping, zonder een woord te zeggen, schoot hij de jongen achter in zijn hoofd. De jongen viel opzij. Niemand zette een stap in zijn richting. Niemand riep iets of snelde toe om zijn lichaam op te pakken. We liepen allemaal gewoon door, onder de gloeiende zon.

Achter in de marscolonne reed een paard-en-wagen. Het was een heel eenvoudig ding, gewoon een paard dat met zijn tuig aan een houten kar was vastgebonden. Op een plank boven op de kar zat een soldaat die het paard mende. Er liepen wat mensen naast. Deze wagen, werd ons verteld, was bedoeld voor ons comfort. Als iemand zich moe voelde, als we voelden dat we niet langer konden lopen, mochten we naar het achterste deel van de colonne zakken en op de kar rijden.

Meneer Goldberg was de eerste die erop klom. Het was een oudere man, misschien zestig of ouder. Mijn familie kende hem enigszins van Radom. Voor de oorlog was hij rijk en ook edelmoedig. Ik weet dat hij in het KL geld bij zich had; ik hoorde dat hij brood van de Polen kon kopen en dat hij het met anderen in zijn barak deelde.

Je brood delen als je zelf bijna sterft van de honger – dat is iets bijzonders. Het is belangrijk hierbij stil te staan.

Meneer Goldberg klom op de wagen. Hij was oud, hij was uitgeput en kon de hitte niet meer verdragen. Hij had een pauze nodig, een onderbreking. Dus klom hij op de wagen.

De soldaat trok aan de teugels en liet het paard van de weg af gaan. Ik zag de wagen de bossen in rijden; ik herinner me dat ik me afvroeg waarom ze een omweg gingen maken. Toen hoorde ik een knal. Even later keerde de wagen terug, leeg.

Ik probeer dit te begrijpen, te zien of er enige logica in zit. Natuurlijk kwam zoiets toen niet in me op, maar nu, in mijn reflectie, nu ik dit verhaal vertel, vraag ik me onwillekeurig af wat de logica van die wagen was. Wat voor idee ligt er ten grondslag aan het bevel dat soldaten iedereen ter plekke moeten doodschieten die zich voorover buigt om een slokje vuil water van de weg op te likken, terwijl ook een ingewikkelde schijnvertoning wordt bedacht van aangeboden hulp, van een gratis rit op een wagen, uitsluitend om daar een voertuig van de dood van te maken? De Duitsers waren zo accuraat in dingen. Ze hielden van alles verslagen bij. Er is een boek waarin de details van de deportaties uit Radom genoteerd staan; ze berekenden precies hoeveel calorieën de Joodse arbeiders in de fabriek per dag zouden verbruiken. In wat voor accuraat plan speelde die wagen een rol? Hoezeer ze ons ook wilden uitroeien, hoezeer ze tegen die tijd ook hun Endlösung in werking hadden gezet, ze hadden nog steeds arbeiders nodig. Zelfs in Auschwitz stonden we bekend als de 'munitiewerkers' en af en toe werd een aantal van ons geselecteerd en naar een wapenfabriek in Duitsland gebracht om daar te werken, zoals uiteindelijk met mij gebeurde, in de winter van 1944-1945. Ze wilden ons allemaal doodmaken, veronderstel ik, maar hielden precies genoeg Joden voor zichzelf over als dwangarbeiders die ze nodig hadden om de oorlogsmachine draaiende te houden.

Ze waren er dus niet op uit ons allemaal op die mars te vermoorden; ze vonden het genoeg diegenen te laten sterven die van uitputting uitvielen; ze vonden het genoeg ter plekke diegenen te doden die de beproeving niet langer konden dragen. Maar dan nog, waarom die wagen? Waarom ons verleiden met het aanbod van comfort, alleen om dat aanbod te veranderen in een moordwerktuig? Nog steeds kan ik de reden voor die wagen niet bevatten.

Ik weet dat er meer waren die net als Goldberg op de wagen klommen. Nojich Tannenbaum, bijvoorbeeld. Hoewel het met hem anders was, want hij ging niet zelf op de wagen; hij zette zijn kinderen erop.

Tannenbaum was de spion, degene die pochte dat hij en zijn familie de oorlog zouden overleven op een eiland van veiligheid als alles om hen heen zou branden. Hij had zoveel vertrouwen, die Tannenbaum; hij was er zo zeker van dat de Duitsers hem zouden beschermen vanwege de diensten die hij hun bewees. Tannenbaum dacht dat hij veilig was voor wat er met alle andere Joden gebeurde. Maar ook hij moest mee op die mars; hij werd net als alle anderen naar Auschwitz gestuurd.

Tannenbaum liep met zijn gezin in de hitte. Zijn dochters, een tweeling, waren toen misschien twee of drie jaar oud, te jong om zelf te lopen. Dus droeg Tannenbaum een van hen op zijn schouders en de dienstmeid droeg de andere. En ik denk dat het voor hem te zwaar werd, zijn kind de hele tijd te dragen. Dus zei hij tegen de dienstmeid – haar achternaam was Helfand, herinner ik me; zij was ook Jodin, een meisje uit onze stad – hij zei tegen haar dat ze het kind dat ze droeg op de wagen moest zetten, en hij zou de andere er ook op zetten. En dat deden ze: ze zetten de twee kleine meisjes op de wagen.

Ik heb niet gezien wat er daarna is gebeurd – of de kleine meisjes huilden toen hun vader hen daar achterliet. Misschien dachten ze dat ze op iets speciaals werden getrakteerd, op een wagen rijden terwijl alle anderen moesten lopen. Wat zei hij toen hij hen erop zette? Wat had hij kunnen zeggen? Ik weet het niet. Ik heb het niet gezien. Ik heb ook niet gezien wat er met zijn vrouw gebeurde, of ze gek werd van angst, of hij haar moest kalmeren of op de een of andere manier moest proberen te rechtvaardigen wat hij had gedaan. Had ze ingestemd met zijn plan? Was ze het ermee eens dat hij hun kinderen op die wagen zette?

Er gebeurden te veel gruwelijke dingen om daaraan te kunnen denken, om na te denken over het belang, de betekenis van die dingen. Van een jongen die vanwege zijn dorst werd doodgeschoten, van een vader die zijn peuters prijsgaf aan de dood. Ik zag een meisje dat ik kende, Luba Lastman, in de hoge tarwevelden wegrennen, in de hoop te kunnen ontsnappen, neem ik aan. Ze was de dochter van de familie die het flatgebouw aan de Wolnośćstraat bezat waarin we woonden. Ze was misschien twintig jaar oud, jong en sterk; ze moet hebben gedacht dat ze harder kon lopen dan de soldaten. Maar de Duitsers gingen haar achterna met hun honden, die snuffelden, blaften, aan hun lijn trokken. Ik hoorde het schot vrij dichtbij.

En we bleven gewoon lopen, ieder in zijn eigen wereld, ieder met zijn eigen problemen, ieder onder de brandende zon.

Bij mij waren het mijn bovenbenen. Lopen in die onmogelijke, verzengende hitte. Ik had mijn blouse en mijn trui al lang uitgetrokken. Ik zou toch niet ontsnappen – niemand kon ontsnappen – dus waar had ik die burgerkleren voor nodig? Maar zelfs met alleen de loshangende jurk aan die ik droeg, was de hitte ondraaglijk. Onder het lopen schuurden mijn bovenbenen tegen elkaar, met het zweet en het vuil. Bij elke stap schuurden ze heen en weer tegen het zweet. Al die stappen, al die kilometers. Al gauw ontstonden er pijnlijke plekken op mijn benen, en die gingen open en begonnen te bloeden. En er was niets aan te doen, niets om de pijn te verlichten. Ik moest gewoon blijven lopen, in die hitte, zonder water, mijn voeten deden pijn, mijn benen bloedden. Mijn lichaam werd naar de aarde getrokken door het gewicht van zijn eigen moeheid.

Wanneer was dit eigenlijk? Misschien nog steeds de tweede dag. Er brak iets in me, het brak af in mijn hoofd en verdween. Een wil, misschien, een vastberadenheid om voort te gaan, naar de volgende plaats te komen, de volgende etappe van de weg die ik bewandelde. Op enig moment bestond dit niet langer voor mij. En in plaats daarvan kwam de vraag: Waarom doorgaan? Waarvoor? Waarnaar? Ik kon niet meer verder; ik kon niet meer lopen met zoveel pijn. De hitte en de dorst en het verschroeiende vuur tussen mijn benen – het was te veel. Ik was uitgeput. Ik gaf het op. Ik was klaar om op de wagen te klimmen.

Waar was mijn familie? Mima en Feter en mijn vader? Ik denk dat ik hen niet zag; in ieder geval was ik mij niet bewust van hen. Ik denk niet dat ze wisten wat ik ging doen; ik moet geloven dat ze zouden hebben geprobeerd me tegen te houden.

Het was heel eenvoudig. Ik draaide me om en begon terug te lopen, tegen de stroom in van de honderden mensen die achter me liepen. Niemand hield me staande, niemand vroeg waarom ik in de verkeerde richting liep. Ze beseften het, ze beseften het niet – wie weet het? Iedereen werd door zijn eigen ellende in beslag genomen, zoals ik door de mijne.

Ik bereikte de wagen. Het was een opluchting voor me, die wagen. Een plaats om te rusten, een plaats om een einde aan de marteling langs mijn benen te zoeken. Geen dodenplaats, nee, juist het tegenovergestelde. De wagen was respijt, een eind aan het loodzware lopen. Daar zou de pijn ophouden, daar zou het felle schrijnen langs mijn benen ophouden. Ik verlangde naar die wagen meer dan naar wat dan ook in mijn leven. Het was mijn enige focus, het concentratiepunt van al mijn energie, om op die wagen te klimmen en rust te vinden.

Ik legde mijn handen op de houten planken, zette een of twee stappen in het tempo van de wagen zodat ik mezelf kon ophijsen. Geen denken nu, geen reflectie. In het tempo van de wielen lopen, van het geklepper van de paardenhoeven, synchroon met de wagen en op het punt erop te klimmen.

En toen kwamen er onder mijn armen andere armen die me tegenhielden. Handen in mijn oksels die me stevig vasthielden en terugtrokken, die me van de wagen wegsleepten.

De wagen reed door; ik zag hem wazig gaan.

Twee mensen hielden me van de dood af; ik had geen idee wie het waren.

Viel ik toen flauw? Gaf ik me helemaal over aan de ondersteuning van degenen die me overeind hielden? Ik herinner me twee jongemannen aan weerskanten van me; ik herinner me dat ze me vasthielden, me naar voren trokken, terug in die massa mensen die op een eindeloze weg voortsjokten.

Wat volgde, is vaag voor mij, een herinnering die is omfloerst door een leegte die niet wegging. Ik was van de rand teruggebracht, maar ik heb nog steeds niet het gevoel dat ik dankbaar was voor de moeite die ze hadden gedaan. Ik had het opgegeven en zelfs na mijn terugkeer bleef ik zoals ik was, zonder enige kracht, uitgeput, afgemat, op.

Ik herinner me dat Mima tegen me uitvoer, maar het was als roepen in een leegte, een stem zonder resonantie, zonder enig effect. We hadden slechts meer van hetzelfde voor ons – nog meer hitte, meer dorst, meer van de mars. Er viel niets anders te doen dan samen met alle anderen doorlopen.

Na honderd kilometer bereikten we de stad Tomaszów. De Duitsers scheidden de mannen van de vrouwen – de mannen werden meegenomen naar een gebouw dat er uitzag als een vervallen fabriek; de vrouwen werden in een verlaten pakhuis geduwd.

We hadden geruchten over het gas gehoord. Niets was zeker, maar we hadden gehoord dat er plaatsen als Treblinka waren, waar de Duitsers Joden naartoe stuurden om te worden vergast. Dus toen de vrouwen zagen hoe hun mannen in die fabriek werden samengedreven, dachten ze dat hun echtgenoten en broers, hun vaders en hun zonen daar zouden sterven. De mannen zouden in dat gebouw worden geduwd en het gas zou worden aangezet en ze zouden gedwongen worden de giftige lucht op te zuigen. Het was gewoon een verlaten gebouw, maar dat wisten de vrouwen toen niet.

Dus begonnen ze te schreeuwen.

Uitgeputte vrouwen, vrouwen die op het punt stonden in te storten, werden opeens getransformeerd, barstten van een energie die enkele momenten daarvoor nog volkomen afwezig was. Ze schreeuwden, gilden: 'Waar nemen jullie ze mee naartoe? Wat gaat er met mijn man gebeuren?' Ze slaakten kreten, met een wilde blik in hun ogen, terwijl we in dat pakhuis werden gedreven, een paar honderd vrouwen werden in dat donkere, holle gebouw geduwd. Na de marteling van de mars kwam de nachtmerrie van vrouwen die zagen hoe hun mannen en jongens werden gestuurd naar wat volgens de vrouwen hun dood was.

En overal om ons heen de Duitsers met hun wapens en hun honden.

We werden naar binnen geduwd; toen gingen de Duitsers weg en sloten de deuren achter zich.

Er zaten geen ramen in het pakhuis, het was er donker en het rook er muf. We gingen zitten waar we konden – op de grond, op banken – het gaf niet waar. We hadden dagenlang gemarcheerd; we waren in een bedompte, lege ruimte opgesloten met bewakers buiten de deuren; we wisten niet wat er met ons ging gebeuren of wat er nu met onze mannen gebeurde. Maar we mochten rusten. Dat was in ieder geval een geschenk.

Toen kwamen de luizen. Opeens, uit het niets, een invasie als de plagen van Egypte. Opeens sprong iedereen gillend op en begon zich als een razende te krabben. De luizen waren overal op ons, ze krioelden op ons hoofd en over ons lichaam. Ik herinner me dat ik wild op en neer sprong, vergeefs probeerde ze van me af te duwen, ze naar beneden en van me af te vegen. Niets hielp. Het gebouw was ervan vergeven en dat waren wij ook al gauw.

We gingen die nacht slapen met lichamen die bewogen van de insecten. De *Entlaussung* – de 'ontluizing' – in Auschwitz was nodig om het ongedierte kwijt te raken.

Toen ik in Radom opgroeide – voor het getto, voor de oorlog – liep ik elke dag naar school met een ander meisje, Mila Rosenbaum. Ik stopte onderweg bij haar appartement en wachtte tot ze haar spullen bij elkaar had, zodat we samen verder konden lopen. Ze was de jongste van een groot gezin. Ze had een iets oudere broer, Heniek; ze had meer broers en zussen, maar ik kende ze niet zo goed omdat ze veel ouder waren dan ik. Ik herinner me Leon, die in de fabriek in Radom werkte.

Mila en Heniek overleefden beiden de oorlog; Mila ging in Israël wonen, Heniek in Toronto. Jack en ik bleven met hen beiden in contact. Vele jaren na de oorlog waren Jack en ik eens bij Heniek in Toronto op bezoek – voor een bar mitzwa, denk ik, of misschien voor een bruiloft. We zaten in zijn woonkamer te praten over van alles en nog wat, niet over iets speciaals, toen een van Henieks broers, Leon, naar me toe kwam en vroeg of ik mij hem herinnerde. Ja, zei ik, natuurlijk. Hij was een van Mila's oudere broers; ik herinnerde me hem van hun appartement als ik op weg naar school op Mila wachtte, en ook van de fabriek, tijdens de oorlog; ik herinnerde me dat hij in de kuznia werkte. Maar daar had hij het niet over. 'Herinner je je niet die keer tijdens de mars naar Tomaszów?', vroeg Leon. 'Die keer dat ik je van de wagen wegtrok?'

Ongelooflijk. Al die jaren had ik nooit geweten wie zijn handen onder mijn armen had gestoken om me van die wagen af te houden. Tijdens al die jaren van vriendschap met Heniek had ik geen idee dat het zijn broer was die me die dag van de dood had afgehouden.

Leon vertelde me toen wie de andere jongen was, maar ik heb zijn naam niet opgeschreven en herinner me hem nu niet meer. Ik wou dat ik hem kon noemen.

Ik dacht nooit veel na over mijn eigen verhalen. Ik denk niet dat het ooit bij Heniek is opgekomen, dat verhaal over de wagen. We waren allemaal overlevenden en iedereen had verhalen; iedereen had zijn eigen gruwelen en was meerdere keren maar net aan de dood ontsnapt. We praatten de hele tijd over de oorlog

– nog steeds praten we er onderling eindeloos over. Maar het is nooit een verhandeling, een gedetailleerde uiteenzetting, zoals: ‘Ik ga je nu een verhaal vertellen over wat mij is overkomen.’

Dus heb ik nooit met Heniek gepraat over wat er tijdens de mars was gebeurd, en ik heb nooit de naam opgeschreven van de andere jongen die me van die wagen heeft weggetrokken. Maar ik weet tenminste van Leon; ik heb tenminste Leon kunnen bedanken voor wat hij heeft gedaan.

10

Op de een of andere manier – misschien klinkt het vreemd – zijn de laarzen het belangrijkst. Misschien is het vanwege die vervloekte klompen die ik in plaats daarvan kreeg, die tegen mijn voeten schuurden tot ze gingen bloeden. Of misschien is het omdat de laarzen van thuis waren, een overblijfsel van Radom dat me werd afgenomen. Misschien. Het enige wat ik weet, is dat toen ik in Auschwitz kwam en me moest uitkleden, ik mijn laarzen moest afgeven – bruine rijglaarzen van zacht leer, die tot hoog op mijn kuiten reikten. Ik moest ze uittrekken en op een enorme hoop schoeisel gooien – schoenen en laarzen, allemaal versleten en afgetrapt, een voortdurend groeiende berg, de oorlogsbuit. Toen ik die grote, groeiende hoop zag, wist ik dat, wat me ook op die plaats zou overkomen, ik mijn laarzen nooit meer zou terugzien; ik zou mijn laarzen nooit meer terugkrijgen. Ik vond het vreselijk, schandalig, van mijn eigen laarzen te worden beroofd.

De schuifdeuren van de metalen goederenwagon gaan open en ik voel heel even opluchting, bijna hoop. Ik heb geruchten over Auschwitz gehoord, vage vermoedens dat het een doodskamp is, dat mensen worden gedwongen gifgas in te ademen, en de paar dagen die ik op de trein van Tomaszów naar Auschwitz heb doorgebracht hebben die geruchten echt doen lijken. Waren het twee dagen? Drie? Geen voedsel of water, de wagon zo propvol gestouwd dat er geen plek was om te hurken, de lucht vol stank van urine en feces die dampen in de drukkende hitte. Het voelde alsof de dood in die trein was; het voelde alsof we in die trein naar de dood reden. Ik bad tot een God in wie ik nauwelijks geloofde, dat ik bij mijn dood geen pijn zou voelen.

Als de deuren openschuiven, stroomt iedereen naar buiten. Honderden, de uitgedroogden samen met de doden, opeens uitgespuwd uit stinkende wagons. Honden blaffen, soldaten schreeuwen bevelen die ik niet begrijp, maar daar, boven de poort, lees ik de woorden die van metaal zijn gesmeed en die de leer van mijn oom bevestigen: *Arbeit macht frei.* Mijn Duits is niet zo goed, maar de zin staat dicht genoeg bij het Jiddisj om de betekenis te begrijpen: Werk maakt je vrij. Dat zegt Feter dagelijks, of althans bijna. Als je werkt, zul je in leven blijven. Daarom ben ik in de eerste plaats naar de fabriek gegaan; daarom heb ik er met tegenzin mee ingestemd ernaar terug te keren toen ik in het getto terugkwam om de donzen deken te halen. Jarenlang zoekt iedereen wanhopig naar werk en nu zijn we hier, de overlevende munitiewerkers uit Radom, we komen in de frisse lucht na ondraaglijke dagen in een dichte goederenwagon, in een nieuw kamp om voor de oorlog te werken.

Maar mijn moment van hoop vervliegt al bijna voordat het is begonnen. Er komen mannen in uniform naar ons toe met harde gummiknuppels, ze steken er mensen mee in hun buik, slaan ermee op onze rug, blaffen bevelen tegen ons om ons te scheiden – mannen hier, vrouwen daar. Opeens is iedereen over z'n toeren, niemand weet wat zich in ons midden afspeelt. Mima en ik zien hoe Feter, Moishele en mijn vader worden voortgeduwd in de menigte mannen die van ons weg wordt gedreven.

Mima roept: 'Szrul! Pas goed op onze zoon!'

Nu zijn alleen de vrouwen er nog. De selectie begint – naar rechts, naar links. Gezinnen worden uit elkaar getrokken. Ik zie een vriendin van mij, Hilda Schwartz, die zich wanhopig vastklampt aan haar moeder. De bewakers trekken haar moeder weg, behandelen haar ruw, slaan beiden met hun knuppels. Hilda wil niet loslaten; ze is razend, huilt, grijpt naar haar moeders jurk, houdt vol als iemand die aan een overhangende rots hangt, wanhopig om haar greep op stevige aarde te houden, wanhopig om niet in de leegte te vallen. En de bewakers, de soldaten – wie het ook zijn, de Duitsers – ze beuken op hen in terwijl Hilda vergeefs probeert vast te houden.

(De hevigheid van die liefde! Hoe hardnekkig, hoe heldhaftig, en niet minder vanwege de vergeefsheid ervan. De ware toewijding van een dochter; ik bewonder dat zeer.)

Hilda's moeder wordt weggesleept.

Het is een en al chaos. Huilende kinderen worden naar verbijsterde vrouwen geduwd die niet hun moeder zijn, om vergeefs te proberen hen te kalmeren, hen tot bedaren te brengen. De Duitsers willen ons doden, zo schijnt het, maar ze willen geen last hebben van ons geschreeuw. Dit overkomt het jongetje Shulem Szpitalnik, hij wordt bij een vrouw gevoegd die hij nog nooit heeft gezien.

Shulem Szpitalnik. Dat was niet zijn echte naam; wij hebben hem die naam gegeven omdat hij nooit heeft gezegd hoe hij heette.

Het was in Radom in het vorige voorjaar en ik keerde met de vrouwen naar de barak terug van mijn dienst in de fabriek. Ik zag een jongen met een bedroefd gezicht doelloos alleen lopen. Hij was misschien vijf of zes jaar oud en leek volkomen in de war terwijl hij daar zo alleen liep. Ik pakte zijn hand en nam hem zachtjes mee in de rij vrouwen die terugliep. Hij liep rustig en vlot mee tussen mij en Mima, kennelijk dankbaar dat hij werd meegenomen.

Toen we bij de barak aankwamen, dromden alle vrouwen om hem heen.

'Hoe heet je, jongetje?' 'Waar is je moeder?'

We wilden weten waar hij vandaan kwam en wat hij helemaal alleen op straat deed. Maar hij gaf geen antwoord; hij zei niets.

Een van ons dacht dat hij misschien doof was; misschien antwoordde hij niet omdat hij onze vragen niet kon horen. Dus gooide ze een schoen hard op de grond om te zien of hij zou reageren. Dat deed hij – hij schrok van het geluid, maar nog steeds zei hij niets. Hij zag er eerder vastberaden uit dan bang, tevreden dat hij binnen was bij een groep vrouwen die om hem heen zwermden, maar vastbesloten niet te praten. Misschien, dachten we, deed hij precies wat zijn moeder hem had geleerd; misschien had zijn moeder hem gezegd dat hij nooit met mensen moest praten die hij niet kende.

In alle maanden dat hij bij ons was, zijn we nooit iets over deze jongen te weten gekomen – zijn naam, zijn leeftijd, waar hij vandaan kwam of hoe hij alleen op straat was beland, niets. Hij heeft nooit een woord tegen een van ons gezegd. Maar we namen hem op en zorgden voor hem, zo goed als we konden, in de tijd die we nog in Radom doorbrachten. We gaven hem van onze stukjes brood en soep, en we gaven hem ook een naam waarop hij op het laatst reageerde. 's Nachts verborg hij zich in de barak die als een soort kliniek diende. In het Jiddisj is het woord voor 'hospitaal' *spitual*, dus noemden we hem Shulem Szpitalnik, de vredige jongen die zich in een hospitaal verborg. De naam was meer dan een middel om hem te roepen; het was een manier om hem in ons hart te houden.

Ik had grote bewondering voor die jongen. Hij klaagde nooit en huilde nooit. En hij was ook slim. Zonder dat het hem werd gezegd, leek hij altijd te weten of het veilig voor hem was en of hij moest verdwijnen. Tijdens de appels, bijvoorbeeld, als we 's avonds na het werk werden geteld, wist hij dat hij niet moest worden gezien. Als het appel voorbij was, verscheen hij opeens weer in de barak en kwam bij ons voor een slokje soep. We hadden voortdurend honger, hadden niet genoeg te eten voor onszelf, maar toch gaven we hem wat omdat hij jong en hulpeloos was, en het moet ons een beetje een menselijk gevoel hebben gegeven om hem een deel van ons voedsel te schenken, hem naar vermogen enige bescherming te bieden.

Hij liep met ons mee op de mars naar Tomaszów – honderd kilometer – en hij gaf niet op. En hij reed met ons mee op de trein naar Auschwitz. Helemaal alleen en zonder een woord met iemand te praten.

Wat was het toch een bijzonder kind. Ik wilde zo graag dat hij bleef leven.

En nu de selectie. We werden ingedeeld. Naar links, naar rechts. Naar het kamp, naar het gas. Shulem Szpitalnik wordt naar een vrouw geduwd die hij niet kent, en ze neemt hem nu aarzelend bij de hand. En ze gaan samen, met z'n tweeën, hand in hand, naar hun dood.

Chaos. Opwinding. Angst.

We krijgen te horen dat we ons moeten uitkleden. Uitkleden? In het openbaar? Waar iedereen bij is? Waarom? Waarom zouden we ons moeten uitkleden? We zijn al eens geteld; we hebben al eerder in een rij gestaan, maar nog nooit zonder kleren, nooit naakt.

We hebben spullen. Niet veel, maar kleine dingetjes, dingetjes die we met ons mee hebben genomen, als herinnering, of voor de veiligheid. We willen die dingen kunnen verbergen.

De moeder van Szlamek Horowitz komt naar me toe. Ze zegt dat ze onder haar jurk een ceintuur van stof draagt waarin ze zakjes heeft gemaakt. In de zakjes heeft ze een paar diamanten gestopt. Misschien zal ze met die edelstenen wat brood kunnen kopen; misschien zal ze daarmee haar leven kunnen kopen. Ze vraagt me of ik die ceintuur voor haar wil verbergen. Wil ik haar diamantjes verbergen? Als ik dat doe, als ik ermee instem, zegt ze, zullen we partners zijn: ze zal de diamanten met mij delen en we zullen allebei wat brood kunnen kopen. Misschien zullen we beiden ons leven kunnen kopen. Ik wil ja zeggen; dat wil ik echt. Maar ik kan het niet. Ik ben bang. Ik weet dat ik niets voor de Duitsers verborgen kan houden; ze zullen er beslist achter komen en in plaats van mijn leven te redden zullen de diamanten juist mijn leven beëindigen. Ik zal worden geslagen; ik zal worden gedood. Ik kan het niet, het spijt me, ik ben te bang.

En waar kunnen we trouwens iets verbergen? We hebben het bevel gekregen ons uit te kleden, helemaal naakt.

Ik heb ook dingen te verbergen – mijn foto, mijn ringen. Maar waar zal ik ze verbergen als ik mijn ondergoed moet afstaan?

Ik hoor een man de naam van een vrouw roepen.

'Jadzia, Jadzia, kom hier!'

De man komt uit Radom, hij is al in Auschwitz geïnterneerd en is naar dit transport van Radomers komen kijken om te zien of hij iemand van zijn familie kan vinden – zijn moeder of een zus, misschien zijn vrouw. Hij vindt niemand van zijn familie, maar hij kent deze vrouw, Jadzia, en hij zegt tegen haar dat hij iets aan haar wil geven. Hij heeft een zakhorloge; hij hoopte het aan iemand van zijn familie te kunnen geven, maar nu denkt hij niet dat hij ooit nog een van hen zal vinden. Dus wil hij het horloge aan Jadzia geven; misschien kan ze het gebruiken. Het is een gouden horloge dat aan beide kanten opengaat. Ik weet zeker dat het veel geld waard is. Jadzia neemt het horloge van hem aan en keert terug naar onze groep. Omringd door vrouwen tilt ze haar jurk aan de onderkant op en tast eronder. Ze duwt het horloge in haar vagina. Diep erin. Helemaal naar binnen.

'Daar zullen ze me niet onderzoeken', zegt ze. 'Het horloge zal daarbinnen veilig zijn.'

Jadzia bleek gelijk te hebben. Toen we later werden geïnspecteerd, keken ze tussen onze vingers, tussen onze tenen, in onze mond. Maar niet in onze vagina. Dat werd ons bespaard, denk ik, niet vanwege de vernedering van een inspectie daar – die dag waren er zo veel vernederingen in Auschwitz – maar vanwege de tijd die het zou kosten om zoveel vrouwen op die manier te inspecteren. Er zaten vele honderden vrouwen bij het transport uit Tomaszów, de Duitse commandanten en hun gevangenen-officieren hadden het erg druk met ons en er was geen tijd voor langdurige inspecties.

Jadzia wist haar zakhorloge te houden, maar later, toen we in de barak waren, kon ze het er niet uit krijgen. Ze ging in de kooi liggen – de zogeheten *prycza*, ruwe houten planken naast elkaar gelegd, in elke prycza lagen 's nachts acht vrouwen tegen elkaar gedrukt – ze ging met haar hand naar binnen om te proberen het tussen haar vingers te krijgen. Toen trok ze, eerst zachtjes, denk ik, maar daarna misschien niet meer zachtjes. Het kwam er niet uit; het zat vast. Ze groef in haar onderbuik, ze rukte aan de ketting, maar het hielp niet. Misschien was ze opgezwollen; misschien was het horloge achter een deel van haar bekken vast gaan zitten. Hoe het ook zat, het wilde er niet uit. En het was vreselijk, ze leed zoveel pijn. Dagenlang viste ze in zichzelf rond. Ze vroeg haar beste vriendin het te proberen, en die deed het ook; andere vrouwen uit de barak gingen ook tussen haar benen en tastten in haar onderbuik naar dat horloge. Niets hielp; niemand kon het eruit krijgen. Ze kreeg een infectie, schreeuwde nachtenlang van de pijn. Ik weet niet hoe ze de dagen is doorgekomen. Ze riep tegen ons dat we haar moesten doden. Ze wilde niet naar het *revier* gaan, de zogenaamde ziekenzaal; ze wist dat niemand daar ooit uitkwam. Ze stierf liever in de barak, met haar vriendinnen om haar heen.

‘Maak me dood’, zei ze. ‘Het maakt me niets meer uit. Ik kan die pijn niet langer verdragen.’

Misschien klinkt het vreemd, maar ik herinner me niet hoe Jadzia het zakhorloge uiteindelijk naar buiten heeft gekregen – of ze dat zelf heeft kunnen doen of dat iemand anders dat heeft gedaan. Wat ik me herinner is haar marteling, de prijs die ze moest betalen om zichzelf enige bescherming te geven.

Jadzia overleefde de oorlog; ik weet niet wat er met het horloge is gebeurd.

De kinderen van Mima en Feter, Chava en Moishele, op de foto die Mima in haar enkellaars verborg

Mima heeft ook een plaats om dingen te verbergen – haar enkellaarzen, die ze om de een of andere reden mag houden. In een hak heeft ze haar gouden ringetje verstopt. Maar ze heeft ook een foto van haar kinderen – van Chava, die al vermoord is, en van Moishele, van wie ze heeft gezien dat hij met Feter is afgevoerd. Boven alles wil Mima die foto bewaren, de gezichten van haar kinderen in zwart-wit. Dus doet ze een van haar schoenen uit en trekt zachtjes aan de binnenvoering, haalt voorzichtig de dunne strook leer van de binnenzool eruit.

Ik zie wat ze doet. Ik heb ook een foto; ik wil die foto ook houden.

'Mima, wil je mijn foto erbij doen? Wil je hem voor mij bewaren?'

'Natuurlijk, Maniusia, natuurlijk.'

Dan neemt ze mijn dierbare foto aan en stopt hem met die van haar onder de binnenzool van haar schoen. En beide foto's – de ene van twee jonge kinderen, de andere van een pasgetrouwd stel – blijven daar, verborgen in Mima's schoen, iets gekreukeld, gedurende de rest van de oorlog.

Mima's foto van Chava en Moishele hangt ingelijst bij mij aan de muur; tot nu toe heb ik mijn eigen foto voor mezelf gehouden.

Maar dan de ringen. Waar kon ik mijn trouwringen laten? Ik wilde deze ook bewaren, vooral die. Ik heb die ringen bewaard in de hoop dat Heniek en ik ze op een dag weer zouden kunnen dragen, in de hoop dat we op een dag weer man en vrouw zouden kunnen zijn. Ik weet, ik veronderstel, dat Heniek dood is, dat ik hem nooit meer zal zien. Maar ik heb nog steeds hoop. Hoe kan ik mijn hoop opgeven als ik mijn verlangen niet kan opgeven? Ik wil de ringen houden zodat ik aan mijn hoop kan blijven vasthouden, zodat ik hem kan blijven vasthouden, mijn man, mijn Heniek.

Wat moet ik doen? Ik kan de ringen niet in de hak van Mima's schoen stoppen – die ruimte is verzegeld toen de schoenen werden gemaakt. Waar kan ik ze dus verbergen?

Er is nog een vrouw onder ons die Jadzia heet. Haar naam is Jadzia Fetman en ze komt uit Warschau, niet uit Radom. Zij en haar zuster Carolla waren een paar maanden geleden naar de fabriek in Radom gekomen en ik ken haar al een tijdje. Ze is sterk en niet bang, zelfs wat nors in haar gedrag, maar ze is ook vriendelijk; dat weet ik. Ik vertel haar over de ringen. Ik zeg dat ik ze wil houden, maar dat ik geen plek heb om ze te verbergen. Ik besef dat ik ervan af moet komen; ik vertel Jadzia dat ik ze in het zand ga gooien. Ik kan ze niet houden, maar in ieder geval zullen de Duitsers ze ook niet hebben.

En dan is er weer een vriendelijk gebaar uit het niets, een onbaatzuchtige, goede, zuivere daad op een bezoedelde plaats.

'Mania. Ik neem die ringen wel. Ik zal ze voor jou verbergen.'

En ze doet het. Jadzia neemt mijn ringen aan, tast onder haar groezelige gestreepte jurk en stopt mijn trouwringen in haar vagina. En ze houdt ze daar gedurende die hele vreselijke dag, mijn dunne gouden ringen, mijn schatten, verborgen in haar warme onderbuik.

Ik herinner me niet wanneer Jadzia de ringen aan mij heeft teruggegeven. Ook herinner ik me niet hoe ik ze gedurende mijn maanden in Auschwitz bij me heb kunnen houden. Mijn herinneringen aan Auschwitz – in feite aan de hele oorlog – bestaan uit brokstukken. Verspreide anekdotes, onderbroken verhalen, stukjes van gesprekken. Ik herinner me dat ik die ringen had en dat ik niet wist hoe ik ze kon bewaren, en ik herinner me de buitengewone vriendelijkheid van Jadzia om iets gevaarlijks en obsceens te doen om me te helpen. Ik weet dat ik de ringen op een bepaald moment heb teruggekregen. Ik heb ze nog steeds.

We staan naakt, honderden vrouwen uit Radom, midden op een enorm terrein. Het wemelt van de naakte vrouwen. Wat gaat er met ons gebeuren, nu we naakt op zo'n openbare plek staan? Zo volkomen kwetsbaar? De Duitsers zijn overal, met hun honden en hun gummiknuppels, waarmee ze willekeurig naar ons meppen. De kampbewakers – ook Joden – zijn niet beter dan hun superieuren.

Toen ik op Beis Yaakov zat, het Joodse voortgezet onderwijs voor meisjes – het lijkt onvoorstelbaar lang geleden; het lijkt een andere wereld (dat is het voor mij ook) – werd me geleerd hoe ik bescheiden moest zijn. Mijn lerares was een mooie, vrome vrouw en als ze in de hoek van het lokaal bad, met haar gezicht naar de muur, haar lichaam zachtjes heen en weer wiegend op het ritme van haar zachte gezang, leek ze zo gefocust, zo toegewijd in haar kalme devotie, dat ik zeker wist dat ze rechtstreeks tot God sprak. Mijn familie deed het natuurlijk ook, maar vooral deze vrouw bracht me bescheidenheid bij – dat ik bedekt moest zijn, jurken tot onder mijn knieën, mouwen tot onder mijn ellebogen, en dat leek me juist – hoewel ik natuurlijk nooit zelf op dat idee zou zijn gekomen. Het leek me juist dat een meisje op die manier bedekt was. Het was een teken van nederigheid en fatsoen om bescheiden gekleed te zijn.

In Auschwitz ben ik volkomen kwetsbaar. Ik weet niet waar ik mijn handen moet laten – er is te veel om met mijn magere handen te bedekken. Mijn borsten, mijn achterwerk; mijn voorkant, mijn rug. Waar moet ik mijn ogen op richten? Ik wil niet naar iemand kijken; ik wil niet dat iemand naar mij kijkt. Ik wil verdampen, in de lucht oplossen.

We worden meegenomen om te worden geschoren. We staan in rijen voor een rij vrouwen, Joodse gevangenen, die tegenover ons staan met scheermessen in hun hand. Als we aan de beurt zijn, staan we voor hen en dan worden we geschoren. Overal. Op ons hoofd, onder onze armen, tussen onze benen.

'Armen omhoog! Spreid je benen!'

Scheermessen schrapen over huid. Scheermessen krabben, snijden in het vlees. Druppels bloed wellen op uit mijn prikkende huid. Ik vraag bedeesd, aarzelend: 'Wilt u alstublieft wat haar op mijn hoofd laten zitten?' Ik heb altijd zulk mooi haar gehad – babyhaar noem ik het. Het is, denk ik, dwaas om je zorgen te maken om zoiets futiels. Nog dwazer is het te denken dat mijn eenvoudige verzoek ooit zal worden gehonoreerd. De vrouw grijpt mijn haar in haar vuist, rukt er hard aan, trekt aan de huid van mijn schedel en mept met haar scheermes over mijn hoofd. Ze hakt mijn haar af; ze snijdt ook een stukje van mijn hoofdhuid af.

In het Auschwitz-museum – ik heb dat in 1987 bezocht – zijn er vertrekken vol met de dingen die de Duitsers van de Joden in beslag hebben genomen: duizenden koffers, een opslagruimte vol brillen, schoenen in elke maat, een berg mensenhaar. Al dat haar, van al die hoofden afgeschoren. En aan de uiteinden van die broze strengen, althans voor enige tijd, stukjes schedel, brokjes Joodse huid.

Uiteindelijk is mijn haar weer aangegroeid, behalve op die ene plek waar mijn huid werd afgesneden. De huid groeide weer aan, maar het haar niet meer.

Vervolgens de *Entlaussung*, de ontluizing.

Weer staan we voor Joodse gevangenen – harde, ruwe vrouwen die bereid zijn zulke wrede dingen te doen.

Weer: 'Armen omhoog! Benen open!'

Ze dompelen vieze lappen in emmers met een vloeistof – een desinfecterend middel om te ontluizen. De vrouw voor me tilt haar lap omhoog, die druipt van het spul. Ik ben niemand voor haar – een naakt lichaam zonder een geschiedenis, zonder een naam. Ik verschil niet van de honderden – ongetwijfeld duizenden – die voor haar hebben gestaan. Vandaag, gisteren, vorige week, vorig jaar. Deze vrouw werkt blind op haar plek zoals ik in de fabriek op de mijne heb gewerkt. Ik ben niets voor haar. Ze mept de lap langs mijn naakte lichaam. Vloeibaar vuur, zuur dat in mijn bloedende huid vreet. Mijn hoofd, mijn onderarmen. Tussen mijn benen – zo persoonlijk, zo gevoelig, bonkend nu, schroeiend. Ik sta in brand. Mijn lichaam staat in brand.

Dit is Auschwitz, deze vernedering, deze marteling. Iedereen weet dit nu. Iedereen weet nu van de nachtmerrie van Auschwitz, van de wandelende skeletten, van de crematoria, van de Endlösung. Tegenwoordig zie je een foto van naakte, geschoren vrouwen die ergens in Auschwitz verbijsterd op een kale binnenplaats staan, en het beeld is uiteraard gruwelijk, maar het is nu ook vertrouwd. Iedereen heeft die foto's gezien; onze kinderen zijn ermee opgegroeid. Maar toen wisten we nergens van. Deze verminkingen van ons lichaam, van onszelf – van ons zelfgevoel – ze verbijsterden ons evenzeer als ze vernederend waren en ons met pijn vervulden. Die eerste dag in Auschwitz was vol dingen die krankzinnig leken: iemand stopte een zakhorloge in haar vagina! Wie doet zoiets? In wat voor wereld wordt iemand ertoe gebracht dat te doen? We maken de oorlog nu al vijf jaar mee. We hebben zoveel doorgemaakt; we hebben allemaal veel doorgemaakt. Maar tot nu toe leefden we in een wereld die we herkenden – een angstaanjagende wereld, een wrede wereld, zeker, maar het was ook een wereld die we konden begrijpen. De werkelijkheid van Auschwitz was onherkenbaar. Deze beledigingen verbijsterden ons, scheurden ons los van alles wat we voor onszelf konden ontcijferen, en lieten ons vallen in de beangstigende krankzinnigheid van deze gruwelijke, angstaanjagende plaats.

En dan de douches. Hoe kan ik die beschrijven? Honderden van ons, verbijsterd en gedesoriënteerd, in een ruimte met cementen muren gedreven.

Er hangen ronde douchekoppen aan het plafond. Dit is een gaskamer; dat weet ik zeker. We zijn in deze ruimte gedreven om te worden vergast. Ik word aanstonds vergast.

Mijn hart bonst, mijn ademhaling is snel en oppervlakkig. Mijn mond is zo droog dat mijn tong aan mijn tanden plakt. Ik verwacht elk moment het einde, het gas, elk moment kan ik gif inademen. Ik kijk omhoog naar de douchekoppen, wacht op het gas. Zal het bij de eerste inademing mijn organen verbranden? Zal het lang duren voordat ik sterf? Dit wachten is het ergste, de verwachting van de fysieke kwelling die gaat komen.

Vrouwen schreeuwen, loeien. Honderden vrouwen die tegen elkaar geperst staan op de rand van een massamoord. Ik klamp me vast aan Mima, haar armen zijn om me heen geslagen. We zullen samen zijn als we sterven. Maar ik wil Mama. Meer dan ooit wil ik bij mijn moeder zijn. Het is gruwelijk – ik kan het niet anders zeggen – het is gruwelijk in die ruimte op het gas te wachten.

De douchekoppen gaan open en sproeien – water. Kokendheet, dan ijskoud, dan heet en weer koud. Maar water, geen gas. Water.

We komen in een andere gedaante uit die kamer. We kunnen elkaar echt amper herkennen; zonder haren zien we eruit als mannen. We staren in elkaars ogen om te zien of we onszelf in de pupillen van een ander kunnen zien. We willen weten hoe we eruit zien – geschoren en gezwollen, verwoest, maar ook dankbaar, want we zijn niet gedood.

We krijgen allemaal een jurk. Je krijgt wat je wordt aangereikt. Lange vrouwen krijgen korte jurken, kleine vrouwen krijgen lange. Geen beha, geen onderbroek. Alleen een jurk. Als schoenen krijg ik een paar houten klompen die van binnen nooit geschuurd zijn of glad zijn gemaakt. Het was een ongekende kwelling, blootsvoets in die klompen te lopen. Ik heb er nog steeds nachtmerries over.

Ik had in Auschwitz geen menstruaties meer en ik zei dat het een zegen was. Wat had ik met een menstruatie moeten beginnen? Hoe had ik dat moeten aanpakken?

11

Ik ben bijna zes maanden in Auschwitz geweest, van juli 1944 tot vlak voor het eind van het jaar. Auschwitz was een dagelijkse ontzetting: we leefden elke dag met de dreiging van de dood, 'geselecteerd' te worden. We zagen de rook van de crematoria; we wisten wat er mogelijk was. Twee keer per dag stonden we op appel; telkens moesten we naakt gaan staan en dan kwam er een SS-officier naar ons kijken, die vrouwen uit de rij selecteerde. Ik stond altijd met gebogen hoofd, ik probeerde mezelf met mijn ogen te bedekken.

Auschwitz wordt nu een vernietigingskamp genoemd, een doodsfabriek. Op één dag werden er tienduizend mensen in Auschwitz gedood – in totaal meer dan een miljoen mensen. Het zag er daar uit als de dood – skeletachtige lichamen, holle ogen, zwarte rook uit de schoorstenen. En de stank, de stank van wat er werd verbrand. Er groeide niets in Auschwitz. Het was er kaler dan een woestijn, alsof de natuur zelf wist dat Auschwitz het rijk van de dood was. Geen boom of struik, geen sprietje gras. Geen vlieg. Niets. Auschwitz was het einde van de wereld, het domein van de dood.

Ik had toen geen beeld van wat er allemaal gebeurde, geen besef van de ingewikkelde structuren, de machtshiërarchieën en systemen van barbaarsheid en gesjacher. Ik kende alleen mijn eigen ervaring; ik had alleen mijn eigen gedeeltelijke, incomplete visie. Mensen moesten overleven; niemand had de middelen om te overleven. Geweld was de norm. Mijn maanden in Auschwitz waren gefocust op het enige wat van belang was: eten, schoenen, onopgemerkt blijven. Ik had mijn tante en ik had aardig wat geluk. Ik kan niet beschrijven hoe Auschwitz was, want het leek totaal niet op wat er ooit had bestaan; ik kan alleen stukjes aanbieden die nog steeds in mij leven.

Ik had de hele tijd honger. Elke ochtend kregen we lauwe bruine vloeistof en een snee hard brood. Na het avondappel kregen we waterige soep. Elke dag hetzelfde; elke dag, niet genoeg om de pijn te verlichten die in mijn ingewanden knaagde. Mijn honger was als een dier dat ik in me droeg, een dier dat geregeld zijn klauwen opende en aan de randen van mijn buik krabde. Het kon een tijdje rustig liggen, misschien als ik met Mima praatte of me op een karweitje richtte. Maar niet vaak, en nooit lang. Dat krabben, dat graven, die pijn in mijn buik – hij ging nooit weg. Hij was er als ik 's avonds ging slapen, en hij begroette me zodra ik 's ochtends wakker werd. In Auschwitz was brood ongelooflijk kostbaar, bijna nog kostbaarder dan liefde.

Maar misschien niet helemaal. Of niet voor iedereen.

Althans niet voor Mima.

Iedereen had in Auschwitz een partner nodig, iemand die op je lette, die je kom en lepel voor je vasthield als je naar de latrine ging. Mima was mijn partner. Ik weet niet of ik tijdens die dagen en maanden in Auschwitz mijn tante enige troost heb kunnen bieden, of mijn leven en haar dagelijkse voornemen om het te beschermen haar enige kracht gaven, een innerlijke vastberadenheid om vol te houden. Ik hoop dat het zo was; ik hoop echt dat

Mima, 1932

haar zorg voor mij goed voor haar was, want ik weet met absolute zekerheid hoe goed het voor mij was. Ik weet wat er zonder haar met mij in Auschwitz zou zijn gebeurd.

Als we 's ochtends onze snee brood hadden gekregen, was het mijn gewoonte slechts twee hapjes te nemen en de rest voor de dag te bewaren, tot de volgende ochtend. Ik wilde het laatste brood eten vlak voordat we onze portie voor de volgende dag kregen. Ik was bang zonder eten te raken, zelfs als het slechts een klein hapje brood was. De anderen voeren tegen me uit: 'Je zult op die manier nooit een vol gevoel hebben. Je moet je hele portie opeten, zodat je niet sterft van de honger.' Maar ik wist nooit wat de volgende dag zou brengen – zou er morgen wel eten zijn? Zouden we weer een stuk brood krijgen? Dus at ik mijn brood liever op deze manier – 's ochtends twee hapjes, een hapje of twee in de loop van de dag, en een stukje voor als ik wakker werd.

Ik moest het brood 's nachts bij me houden. Ik kon het niet gewoon vasthouden, want het kon tijdens mijn slaap uit mijn hand vallen en dan zou iemand anders het oppakken en opeten. Er zaten natuurlijk geen zakken in mijn jurk. Dus mocht ik Mima's schoen gebruiken. Mima en ik hadden dezelfde kooi en 's nachts gebruikten we haar schoenen als hoofdkussens. We moesten er wel op slapen, want anders zouden ze gestolen worden – alles wat je in Auschwitz niet bij je hield, werd onmiddellijk gestolen. Dus sliepen Mima en ik op haar schoenen, ieder met één hand op de schoen onder onze eigen wang, en de andere hand hield de schoen onder de wang van de ander vast; op die manier zouden we het altijd merken als iemand in onze slaap een schoen probeerde te pakken. Door 's nachts op die manier bij elkaar te nestelen beschermden we onze bezittingen: in de hak van de schoen onder Mima's hoofd zat haar ring; in de andere, onder mijn hoofd, zaten twee foto's onder de binnenzool en een korst brood in de teen.

Mima was ook mijn partner op de appels. Hoewel we bekendstonden als de munitiewerkers, hadden we in het kamp niet veel te doen. Op een zeker moment beseften we dat we in reserve werden gehouden voor transport naar fabrieken in Duitsland die dwangarbeiders nodig hadden. Intussen werden onze dagen voornamelijk in beslag genomen door de appels, die elk enkele uren duurden, een keer 's ochtends en een keer 's avonds. We moesten in rijen buiten onze barakken gaan staan en ongeacht het weer stonden we daar te wachten om geteld te worden.

Een vrouw uit onze barak, mevrouw Lax, zakte eens tijdens het appel in elkaar. Het was zomer en moordend heet. Ze was tussen de veertig en vijftig jaar en ze kon niet zo lang in de hitte staan. De bewaker zag dat ze in elkaar zakte, en ze werd gestraft voor haar zwakheid.

Mevrouw Lax moest op de stenige grond knielen en met zijwaarts gestrekte armen in elke hand een baksteen vasthouden. Als ze haar armen naar haar zij liet zakken of van haar bloedende knieën viel om te rusten – zoals een of twee keer gebeurde – sloeg de bewaker haar met een stok en moest ze weer de volle tijd van haar straf doormaken. Hoe lang moest mevrouw Lax op die manier blijven zitten? Na twee minuten staan je armen in brand; na twee uur?

De rest van ons uit de barakken moest in de rij blijven staan om toe te kijken; we probeerden onze kracht te handhaven zodat wij niet ook zouden vallen.

Mima wist dat ik gauw flauwviel. Om te beginnen was ik klein en ik was veel gewicht kwijtgeraakt. Af en toe, soms tijdens een appel, maar ook wel in de loop van de dag, werd de wereld opeens wazig voor me en dan raakte ik bewusteloos. Toen ik een keer was flauwgevallen, zag een vrouw die ik enigszins kende van de fabriek in Radom – ze was deel van een tweeling en Mengele had experimenten op haar gedaan – mij op de grond liggen. Ze kwam naar me toe en bood me een stukje rauwe aardappel aan dat ze had. Het was om me te helpen bij te komen, zei ze. Dit is belangrijk, vind ik – dat zo'n vriendelijke daad mogelijk was, zelfs in Auschwitz. Maar als een bewaker mij tijdens een appel zag flauwvallen, zou ik beslist worden gestraft en als er een selectie zou worden gehouden en iemand de bleekheid van mijn gezicht zag, kon ik worden meegenomen om te worden vergast.

Mima had altijd een rood steentje bij zich. Hoe kreeg ze dat toch voor elkaar, vraag ik me af. Was het al die maanden hetzelfde stuk steen of zocht ze naar stukjes op de grond? Ik weet het niet.

Er is zoveel wat ik niet weet.

Als Mima vond dat ik er te wit uitzag, als ze dacht dat ik op het punt stond flauw te vallen, pakte ze haar stukje steen en wreef er hard mee over mijn wangen. Ze wilde mij rood maken. Ze wilde mijn bleekheid verbergen. Door het wrijven kwam er weer wat kleur op mijn wangen en kregen ze ook de kleur van de steen – hij gaf af op mijn bleke huid. Ruwe rouge in een dodenkamp.

Tijdens de appels werden ook vrouwen gekozen voor transport. Iedereen wilde gaan. We wisten niet waar de geselecteerde vrouwen naartoe werden gebracht – ze zeiden dat ze naar de fabrieken gingen om wapens te maken – maar elke plaats was beter dan deze; voor transport worden meegenomen was een kaartje uit de hel.

Ook hier dacht Mima voortdurend aan mij. Twee keer werd ze voor een transport gekozen; twee keer had ze de kans om weg te gaan. Maar beide keren ging ze achter in de groep staan die zich aan het verzamelen was, en als ze zag dat ik geen deel van het transport uitmaakte, glipte ze weg en bleef achter. Om bij mij te zijn. Om me haar schoen als kussen te lenen. Om mijn wangen rood te maken met een stukje steen. Om voor mij te zorgen.

Mima zorgde ook voor mijn schoenen. Ze wist hoeveel pijn ik had van die houten klompen. Mijn voeten zaten onder de splinters en zweren van het eindeloze schuren van het ruwe hout tegen mijn blote huid. Op een dag reed er een vrachtwagen door ons gedeelte van het kamp. De open laadbak was vol schoenen, de schoenen van meisjes en vrouwen die waren gedood, meisjes en vrouwen die waren vergast. Schoenen van de doden.

Meteen rende Mima naar de zijkant van de vrachtwagen, sprong op en graaide een paar schoenen uit de laadbak. Daarvoor had ze kunnen worden geslagen – gedood zelfs; vele, vele mensen waren om minder gedood. Maar niemand zag het, of niemand kon het wat schelen.

Ze nam de schoenen mee voor mij.

Het waren kinderschoenen, misschien drie maten te klein. Maar dat vond ik niet erg. Het waren echte leren schoenen en hoe klein ze ook waren, ze waren oneindig veel beter dan de klompen. Ik maakte de veters los en duwde mijn voeten erin. Ik moest mijn tenen naar beneden krommen om mijn voeten erin te krijgen. En zo moest ik ook lopen – met mijn tenen eronder gekruld. En ik kreeg krampen van het lopen met omgekrulde tenen. Nog steeds zijn mijn voeten niet in orde – mijn tenen zijn misvormd door het dragen van de schoenen van een jong meisje. Maar het waren schoenen. Echte leren schoenen, die Mima met gevaar voor eigen leven voor mij had gestolen.

Waarom was Mima niet zo bang voor onze overheersers als ik? Ik was de hele tijd ontzettend bang.

De commandant van onze sectie barakken was een Joodse vrouw uit Tsjechoslowakije; ze was niet veel ouder dan ik – begin twintig, zou ik denken – maar ze was gehard en wreed, en ze genoot ervan om ons te vernederen. *Radomske kurwa* – Radomer hoer – noemde ze ieder van ons. Dat was haar begroeting toen ze voor de eerste keer in onze barak kwam, en daarna noemde ze ons uit gewoonte hoeren. We waren al zo vernederd, waarom moest ze die laster nog aan onze schande toevoegen? Toen de winter kwam en de kou in ons beet, zijn vingers diep in onze borst groef, toen we misschien wat traag naar buiten kwamen om op het eindeloze appel te staan, kwam ze onze barak binnen en sloeg ons met haar knuppel, schold ons uit voor hoeren en liet ons opschieten.

Wat een onnodige wreedheid. En dat van een Jodin. Ze had doffe grijsblauwe ogen, herinner ik me, en een plat, open gezicht waarachter niets verborgen zat, als scheen ze helemaal niets te hebben, geen dromen, geen verlangens, niets dan haar gebruikelijke wreedheid. Ze was wreed op een bijna nonchalante manier, alsof haar kwaadaardigheid een gewoonte was en niet iets wat alleen in uitbarstingen naar buiten kwam, in plotselinge reacties op een overtreding, echt of vermeend. Haar wreedheid was haar wezen.

Was deze vrouw haar hele leven zo kwaadaardig? Was Auschwitz alleen een uitlaatklep voor een barbaarsheid die al in haar zat? Of creëerde Auschwitz deze wreedheid in haar?

Doet dit iets ter zake?

Ik was doods- en doodsbang voor die vrouw.

Je zou denken dat vrouwelijke bewakers vriendelijker waren dan mannelijke, aardiger in hun behandeling van andere mensen. Maar dat heb ik niet zo ervaren. De vrouwelijke bewakers, Joden en SS-ers, waren niet minder sadistisch.

Vlak nadat er eens een selectie was gehouden en diegenen van ons die niet werden afgevoerd zich uit de rijen begonnen te verspreiden om terug naar de barakken te gaan, kwam er een groep bewaaksters achter ons aan. Ze gilden tegen ons dat we moesten rennen, uit de weg moesten gaan, naar onze barakken moesten terugkeren. We haastten ons allemaal in verschillende richtingen, volgden hun bevel zo goed mogelijk op. Ik begon ook opeens te rennen, maar ik kon niet hard genoeg lopen. Mijn leren schoenen waren veel te klein voor mij; ik kon daardoor moeilijk rennen. Maar ik probeerde het wel. Ik rende voor mijn leven, probeerde de bewaaksters niet in de weg te lopen. Ze joegen ons op met een soort stok in de hand – een wandelstok, neem ik aan, want er zaten scherpe spijkers op de punt. Ik struikelde en viel. Een van de bewaaksters haalde me in. Ze stond over me gebogen terwijl ik op de grond lag; zwaar ademend hief ze haar stok op en begon me ermee te slaan. Ze sloeg me op mijn hoofd, mijn nek, mijn rug.

De wereld zit verkeerd in elkaar; dat bedoel ik als ik zeg dat Auschwitz zelfs voor ons onherkenbaar was, zelfs toen we het zelf ervoeren. Hoe moest ik begrip hebben voor die vrouw die me sloeg – ik deed wat ze zei; ik holde weg van haar, zoals de bewaaksters hadden bevolen. Maar niemand probeerde toen die dingen te begrijpen – Joden die andere Joden wreed behandelden, SS-bewakers die zonder reden straf oplegden. Niemand probeerde iets te verklaren. Al onze aandacht, al onze energie was gericht op de meest elementaire dingen – hoe we ons brood konden bewaren, hoe we nog een minuut extra konden blijven staan, hoe we nooit de aandacht zouden trekken van iemand die onze kant op keek.

Een keer, heel in het begin, werden we naar een ander deel van het kamp gebracht. Ik weet niet waarom ze ons overplaatsten – dat werd ons niet verteld en we hadden in het nieuwe deel niets meer te doen dan voorheen. In onze nieuwe barak zagen we midden in het vertrek een ton vol gekookte aardappelen. De vrouwen raakten allemaal opgewonden – eten! Een onverwachte meevaller. De aardappelen waren nog warm, alsof ze bedoeld waren voor degenen die hiervoor in deze barak woonden, vrouwen die net moesten zijn afgevoerd. De aardappelen waren het voedsel van de doden, maar dat maakte ons niets uit. Voor ons waren ze gewoon een meevaller. Iedereen holde naar de ton en graaide er een aardappel uit. Maar al na één hapje spuwde iedereen hem uit, hoestend en tandenknarsend. Er was iets niet goed met die aardappelen; ze waren verrot of, hoe dan ook, bedorven.

Er stond nog een ton in de barak – dat moest onze latrine zijn. Ik moest hem gebruiken, maar hij was te hoog voor me. Ik kon mijn achterwerk niet over de rand steken. Dus besloot ik naar buiten te glippen. Het was nacht en ik dacht dat ik op de binnenplaats wel een hoek kon vinden om ongemerkt mijn behoefte te doen. Een ander meisje dacht hetzelfde en we slopen samen naar buiten. Zij rende als eerste en ik holde vlak achter haar. Ze vond een plek in het donker; ik werd helaas betrapt door een bewaakster. De vrouw greep me bij de bovenrand van mijn jurk en wachtte heel even, een seconde slechts, om naar me te kijken. Ik denk niet dat ik ooit zoveel haat had gezien. Ik was walgelijk voor haar, afstotend, volkomen waardeloos. Ze hief haar hand op en sloeg me met haar volle hand hard tegen de zijkant van mijn hoofd. Ik viel op de grond, mijn oor galmde hard en werd verdoofd. Ik denk dat ze mijn trommelvlies scheurde, want maandenlang kon ik met dat oor niet horen.

Ik was alleen maar naar buiten gegaan om te urineren. Wat was daar in godsnaam zo verschrikkelijk aan?

Het leven is bedoeld om begrijpelijk te zijn. Zelfs wreedheid, zelfs als die ongerechtvaardigd is, hoort begrijpelijk te zijn; het moet nog steeds mogelijk zijn haar met een bepaalde redenering te verklaren. Een verklaring is niet hetzelfde als een excuus; ik heb het hier niet over ethiek. Ik heb het over een eenvoudige menselijke verklaring voor menselijke daden. Maar in Auschwitz was niets begrijpelijk.

In Auschwitz raakte ik het laatste beetje van mijn geloof kwijt.

Toen ik opgroeide, was mijn geloof eenvoudig, maar puur. Als kind had ik mijn juf op Beis Yaakov elke dag in de hoek zien bidden en ik had vertrouwen in haar vroomheid; ik geloofde dat er een God was die naar haar gebeden luisterde. Door mijn grootouders, door mijn onderwijs, door mijn leven in Radom groeide ik op met geloof in de God van onze liturgie en onze rituelen. Een God die de hemel en de aarde had geschapen en zag dat Zijn schepping goed was, een God die het gejammer van de Israëlieten in Egypte hoorde en de Rode Zee uiteen liet gaan om Zijn volk uit de slavernij te bevrijden, een God die een klein beetje olie op wonderlijke wijze acht dagen liet branden. Dat was mijn God, de God waarin ik geloofde – een God die van Zijn volk, Israël, hield en wonderen voor hen verrichtte.

Maar hoe zat het hier? Waarom niet hier? In Auschwitz waren geen wonderen.

De dag dat het voor mij eindigde, de dag dat ik duidelijk kan zeggen dat mijn geloof stierf, was Jom Kipoer 1944. Twee jaar daarvoor had ik op die dag de Duitse commandant van de munitiefabriek in Radom de heiligste dag van het Joodse jaar zien bespotten; hij bracht wat hij noemde een offer door een goede, vriendelijke man dood te laten schieten, waarmee hij ons bang en gedwee maakte. Nu was het weer Jom Kipoer en in de tussenliggende maanden waren er meer mensen gedood dan ik kon tellen.

Ik ging de barak uit zodra we van het ochtendappel waren teruggekeerd. De hemel was zwart van de rook, er hing een ranzige, zure stank. Toen ik omhoog keek naar die zwarte lucht, wist ik opeens dat er voor mij geen ontsnapping mogelijk was. Anderen onder ons waren al gekozen voor transport naar fabrieken elders in Duitsland. Maar ik was niet gekozen. Voor mij was er geen uitweg van hier, behalve door die schoorstenen. Ik wist dat zeker: het was geen voorspelling of angst of voorgevoel. Het was weten – standvastig, onwrikbaar: ik zou de volgende zijn, mijn vlees zou in rook veranderen, mijn lichaam zou de lucht zwart maken.

Ik wendde me tot iemand in de buurt om te vragen hoe het kwam dat de lucht zo smerig stonk. Ze vertelde me wat ze had gehoord, wat mensen in het kamp zeiden. Ze vertelde het me nuchter. Waarom is de lucht zo zwart? Waarom hangt er zo'n stank? Omdat de Duitsers de lichamen van de Joden verbranden en ze het vet opvangen dat van het vlees druipt, om daar zeep van te maken.

Dat werd me verteld.

Zeep.

Ik had in Auschwitz een keer zeep gekregen, een rechthoekig stuk van inferieure kwaliteit, met de initialen RJF erin gedrukt. Ik wist toen niet waar de letters voor stonden, maar op die Jom Kipoer vertelde iemand het me. Op Jom Kipoer, de dag waarop Joden zich tot hun God wenden en verzoening voor hun zonden vragen, de dag waarop ze bidden dat God Zijn volk vergeeft en hen in liefde en vergeving nadert, op die dag vernam ik de betekenis van RJF: *Rein Juden Fett*, Zuiver Joods Vet. Ze hadden ons een reiniging aangeboden met de lijken van onze mede-Joden.

Ik was zeventien. Ik was weduwe en, voor zover ik wist, ook wees. Ik keek naar de aanzwellende zwartheid van die donkere, verlaten hemel; ik ademde de verrotte, misselijkmakende stank van brandend menselijk vlees in en ik wist dat alles wat ik had geleerd, alles waarop ik had vertrouwd, alles wat ik had geloofd, leeg was, verkeerd, een droevige leugen.

'Waar is God? Waar is God', riep ik. 'Als er een God is, waarom grijpt Hij dan niet in? Dit is het moment voor wonderen.'

Maar er waren geen wonderen.

Ik heb mensen benijd om hun geloof. Ik ken er die de oorlog hebben overleefd en hun geloof in God hebben behouden, een God van gerechtigheid en wijsheid en barmhartigheid. Mijn zonen geloven en daar ben ik blij om. Ze hebben het jodendom, zijn tradities en teksten goed bestudeerd, en ze zetten zich in voor een leven op basis van geloof. Ik vind het wonderlijk om te zien en ik ben trots als ik hun kennis en vroomheid zie.

Maar voor mij is dit niet weggelegd. Ik kan het geloof niet meer opbrengen. Ik wou dat ik het kon; echt, ik wou dat ik het kon. Volgens mij is het gemakkelijker met geloof te leven, te geloven dat er op de een of andere manier, misschien op een manier die ons verstand te boven gaat, gerechtigheid bestaat, te geloven dat er een God is die over ons waakt en die, zoals onze liturgie smeekt, onze stemmen in gebed hoort. Maar ik geloof dat niet. Ik kan dat niet.

Jaren later luisterde ik eens naar een rabbijn die het over God had. Hij praatte over Gods alomtegenwoordigheid en zei dat God altijd overal is – overal en zich op elk moment bewust van de gebeurtenissen in de wereld. Om zijn stelling te onderbouwen zei hij dat God ook daar was – in de kampen, zelfs in de vernietigingskampen in Polen en Duitsland. Hoe kon hij dat zeggen? Wie was hij dat hij dat kon zeggen, dat God alles wist, dat God daar was? Een God die wist en toch niets deed – dat was voor mij geen God. Ik liep weg. Ik kon niet naar zoiets luisteren.

Het enige intelligente wat ik ooit een rabbijn over de Holocaust heb horen zeggen, is dit: er is geen antwoord; er is geen antwoord op een tragedie.

12

Tegen het eind van 1944 werden Mima en ik in een verzegelde goederenwagon op transport gezet naar Lippstadt, Duitsland, een afstand van duizend kilometer, om weer in een munitiefabriek te werken. We hadden mijn vader of Feter of mijn neef Moishele niet meer gezien sinds de dag dat we in Auschwitz aankwamen, zes maanden geleden. We hadden geen idee wat er met hen was gebeurd. Mima en ik behoorden tot de laatsten van ons oorspronkelijke transport van vrouwen uit Radom die Auschwitz verlieten; we werden met ongeveer tweehonderd andere vrouwen met de trein naar Duitsland gebracht. Op de dag dat we zouden vertrekken, kregen we een paar dingen: sokken – ik kreeg een rode en een grijze – een overjas met een grote gele X op de rug geschilderd, zodat iedereen kon zien dat we Joden waren als we zouden proberen te ontsnappen, en in een laatste gebaar van complete waanzin, een eetlepel suiker in onze handpalmen. Het is ongelooflijk, maar ze zeiden dat dit ter ere van Hitlers verjaardag was.

Suiker!

Mensen likten het op. Ik scheurde een reep stof van mijn gerafelde jurk en liet de suikerkorrels er voorzichtig op stromen; ik vouwde de stof op tot een keurig pakje en stopte het weg, een kleine voorraad voor de toekomst. Ik heb mijn beetje suiker maandenlang bewaard. Als ik me zwak voelde, als ik voelde dat ik op het punt stond flauw te vallen, vouwde ik de reep stof open en drukte het puntje van mijn tong tegen het hoopje suiker, om een paar korrels zoetigheid te proeven. Toen we drie maanden later werden bevrijd, had ik nog steeds een klein beetje van die suiker bij me.

Van Kerstmis 1944 tot mijn bevrijding op 1 april 1945 werkte ik in Lippstadt. Ik wist dat het kerst was, want de Hongaarse commandant van de vrouwen in de fabriek wist een klein kersttafereel in de barak in elkaar te zetten: een kale tak als boom en een misvormde kaars ernaast. Het was hartverscheurend, echt; ik hoop dat het haar wat troost heeft gegeven.

Toen we daar aankwamen, werden alle vrouwen die in onze goederenwagon hadden gereisd, in quarantaine gedaan. De Duitsers hadden een van ons hard horen hoesten en concludeerden dat ze tyfus moest hebben. Het was een vriendin van me, Ruska Richtman, en we wisten allemaal dat ze hoestte omdat ze in Radom in de kuznia had gewerkt en dat de roetige lucht van de metaalgieterij haar longen had verbrand. We probeerden de bewaaksters uit te leggen dat het geen tyfus was, dat haar longen in de kuznia waren verwoest, maar ze waren niet in onze uitleg geïnteresseerd. Dus moesten vijftig vrouwen drie weken lang in een verzegelde barak wonen om te zien of we allemaal ziek zouden worden.

Die weken duurden eindeloos. Mima was in een andere goederenwagon van de trein naar Lippstadt gestopt, dus zat ze niet bij mij in quarantaine. Ik was mijn partner kwijt; ik had niemand om mee te praten. Er was niets te doen. We konden niet naar buiten, we konden ons niet douchen of op wat voor manier dan ook wassen. Eén keer per dag deed een bewaakster de deur van de barak open en gaf ons iets te eten.

We zaten. We lagen in onze kooi. We liepen van kamer naar kamer.

Er was niets te doen.

Ik kreeg steenpuisten. Grote pusbulten zwollen op in de plooien van mijn lichaam, onder mijn armen en in de huidplooien om mijn liezen. Ik kon niet rechtop zitten van de pijn – mijn dijen drukten tegen de puisten in mijn kruis. Als de steenpuisten openbraken en de pus eruit liep, kon ik alleen maar stukjes van mijn jurk afscheuren en het geïnfecteerde vuil met de vieze stof opdeppen.

Ik vond mijn lichaam weerzinwekkend. Ik walgde van mezelf.

Af en toe hadden de vrouwen ruzie. Ik herinner me een grote ruzie over de seksuele status van een van de vrouwen. Enkele vrouwen zeiden dat ze niet echt een vrouw was, dat ze niet goed was gebouwd, dat de moeder van een van hen iemand kende die had gehoord dat die vrouw naar Warschau was gegaan om zich 'daar beneden' te laten opereren.

'Nee! Dat is niet waar! Ik ben zelfs getrouwd.' Ze smeekte de vrouwen op te houden, haar met rust te laten. Maar ze deden minachtend tegen haar, pestten haar, dreven de spot met haar zwakke protesten. IJdele vrouwen, die bang waren voor hun eigen leven, hun angsten onderdrukten, en op een kwaadaardige manier hun verveling verdreven.

Anderen wisselden recepten uit – ander onderwerp, even absurd – hoeveel eieren ze in een babke deden, hoe heet je de oven moest stoken om de beste korst op een challe te krijgen.

Ik begreep dat niet, het geroddel over schandalige dingen, het geklets over eten. Dachten die vrouwen dat we zouden blijven leven? Dat er een tijd zou komen dat we een leven zouden leiden waarin een vraag over het aantal eieren in een babke zinvol was? Het leek me toen zo vreemd dat er misschien ergens een wereld bestond waarin roddels en zinloos geklets over eten ter zake deed.

Voor mij was er alleen maar eenzaamheid, en verdriet, en dood. In die drie weken gaf ik alle strijdlust op die ik nog in me had. Ik werd verteerd door mijn verlies van Heniek. Ik huilde om Heniek, en ook om mezelf. Eerlijk gezegd huilde ik om Heniek meer dan om Mama. Ik besefte toen dat ze niet te vergelijken waren, en het deed me pijn, want ik hield ontzettend veel van Mama. Maar mijn gedachten waren helemaal bij Heniek en bij de liefde en hartstocht die we hadden gedeeld. In die paar maanden met hem had ik het geluk gevonden. Ik had mezelf laten geloven in de toekomst en in beloften en mogelijkheden. Zelfs midden in de oorlog, de liquidaties en executies en onvoorstelbare wreedheden, had ik mezelf laten geloven dat niet alles duisternis en dood was. Heniek had me in het leven laten geloven.

Nu, gedurende drie weken waarin niets te doen was, alleen, zonder partner om mee te praten, keerde mijn geest zich naar binnen. Wel duizend keer per dag zag ik hoe Heniek uit het konzentrationslager werd weggevoerd, hij liep van me weg, beschuldigde Norembursky van zijn misdaad. Mijn geest keerde zich helemaal naar de dood, naar het eind van alles: Henieks dood, mijn dood. Hoe zal ik sterven? Hoeveel pijn zal het doen? Die gedachten waren mijn metgezellen in de quarantaine.

Toen we na drie weken eindelijk werden vrijgelaten – Ruska had natuurlijk geen tyfus, en ze overleefde de oorlog, zij het ternauwernood – werden we meegenomen naar de fabriek in Lippstadt, waar ik de volgende tien weken weer munitie voor de Duitsers maakte. Er staat me niet veel van deze tijd bij. Ik herinner me niet de precieze aard van mijn werk, al weet ik wel dat ik aan een machine moest zitten en dat Mima en ik in verschillende ploegen zaten; zij werkte 's nachts en ik overdag. Ik denk niet dat ik Mima ook maar één keer heb gezien.

Wat ik mij het duidelijkst herinner van mijn tijd in Lippstadt, is de opmerkelijke vriendelijkheid van een Duitser, wiens naam ik nooit heb geweten, wiens gezicht ik nooit heb gezien – een man die behoorde tot het volk dat mij probeerde te vernietigen, maar die, in weerwil van zijn volk, edelmoedigheid en troost bood.

Hij gaf me een stuk van zijn dubbele boterham.

Ik ging altijd even rusten als we pauze tussen twee diensten hadden. Slechts twee of drie minuten om mijn hoofd neer te leggen en mijn ogen te sluiten nadat ik mijn kleine portie soep had gekregen. Dat was voor mij beter dan te proberen extra soep te krijgen. Als de vrouwen zich haastten om met elkaar te vechten om de *repeta* – tweede portie – als die werd aangeboden, ging ik juist rusten, legde mijn hoofd neer en sliep, al was het maar even.

Op een avond, toen ik mijn hoofd ophief, zag ik een pakje van bruin papier naast me liggen. Ik keek ernaar, maar ik raakte het niet aan, want ik was bang dat iemand me op de proef stelde, er probeerde achter te komen of ik het zou pakken, alleen om me van diefstal te beschuldigen. Dus negeerde ik het en keerde terug naar mijn werk. De volgende avond gebeurde hetzelfde – er werd een pakje achtergelaten en ik weigerde het aan te raken. Toen ik op de derde avond weer lag te rusten, voelde ik opeens een eeltige hand op mijn mond; een andere hand bedekte mijn ogen. Een man zei rustig, maar nadrukkelijk tegen me: 'Niet gillen. Niet gillen. Ik ben degene die dat pakje voor jou neerlegt. Ik laat dat pakje voor jou achter.'

Hij sprak in eenvoudig Duits tegen me, eenvoudig genoeg voor mij om het te begrijpen. Hij zei: 'Ik wil je alleen een paar vragen stellen.'

Ik bewoog niet, doodsbang voor wat deze Duitser van mij wilde.

'Is het waar wat ik in het verzet hoor? Is het waar dat ze Joden vermoorden? Dat ze in Auschwitz Joden vergassen tot ze dood zijn?'

Wie was deze man die me aanrandde met zijn handen op mijn gezicht? Waarom vroeg hij wat de Duitsers met de Joden deden?

Ik vertrouwde zijn stem niet; ik weet niet wat ik van de klank van ongeloof in zijn stem moest vinden. Het was een Duitser; hij was mijn vijand. Toch was zijn stem vol afschuw toen hij zijn vragen stelde. En hij had iets voor me achtergelaten, althans, dat zei hij; hij had een soort geschenk achtergelaten.

Hij nam zijn handen van mijn gezicht. Ik zat doodstil, bang voor wat er ook zou gebeuren. Ik wilde het pakje openmaken, maar ik kon me er niet toe brengen. Ik kon niet naar hem kijken; in al die oorlogsjaren – en jaren daarna, decennia lang – heb ik nooit een Duitser aangekeken.

Hij probeerde me te kalmeren; hij kon zien dat ik doodsbang was. Hij sprak nu vriendelijk, nog steeds rustig, meer klagend dan vasthoudend, en probeerde me ervan te overtuigen dat hij aan mijn kant stond. Hij zei: 'Je kunt me gewoon antwoorden. Ik werk net als jij hier in deze fabriek. Ik ben niet voor Hitler aan het vechten. Ik ben tegen Hitler. Wees niet bang voor mij. Ik heb naar je gekeken en ik zie dat jij nooit een tweede portie haalt. Ik meende dat jij dit misschien meer nodig hebt dan de anderen. Hier, kijk, ik heb dit voor jou overgehouden van mijn boterham.'

En hij maakte het pakje zelf open en liet zien wat erin zat: een derde van een dubbele boterham, misschien. Een stukje salami tussen sneden bruinbrood. Dat was een feest – vlees en brood om in te bijten en op te kauwen, vlees en brood om over mijn tong te laten rollen, het zout en het vet ervan. Twee happen, drie happen – het was een feestmaal.

Ik denk niet dat ik hem veel te vertellen had. Ik bevestigde met neergeslagen ogen en met lippen die nauwelijks bewogen, ja, ze vergassen mensen in Auschwitz. Maar wat had ik hem nog meer te zeggen?

Hij kwam elke avond en gaf me een portie van zijn sandwich. En hij kwam ook met nieuws: dat de oorlog gauw voorbij zou zijn, dat de Amerikanen en de Engelsen onderweg waren en dat de Russen er van de andere kant aankwamen.

Ik geloofde hem, want we konden al een paar weken bommen niet ver weg horen vallen. We meenden dat de geallieerden wisten dat er dwangarbeiders in de fabriek waren, want de bommen vielen overal rondom, maar nooit op, het fabriekscomplex. De Duitse burgers moeten het ook hebben geweten, want tijdens de bombardementen kwamen mensen uit de stad naar de fabriek om zich in de schuilkelders te verbergen. De Joden en de Russische gevangenen moesten dan natuurlijk in de fabriek blijven. Ik zei tegen mijn vriendin Fela dat het me niets zou kunnen schelen om bij een bomexplosie om het leven te komen; het zou in ieder geval snel gaan en ik vermoedde dat het niet erg veel pijn zou doen.

Elke avond pakte ik het stuk sandwich en deelde het met Fela; zij was het meisje dat mij een paar maanden later zou afraden tijd met Jack door te brengen toen we in Garmisch-Partenkirchen waren. Fela had een gouden ringetje en vroeg me of ik dat aan de Duitser wilde aanbieden; ze wilde hem iets geven als dank voor het stuk sandwich dat hij mij gaf. Toen ik het hem aanbood, legde ik uit dat ik het met mijn vriendin deelde; zij en ik waren partners en we deelden alles wat we hadden. Ik voelde dat hij hiervan onder de indruk was – dat ik het kleine beetje dat hij mij kon geven, deelde. Ik weet dat hij meer eten voor ons had willen meenemen, maar hij zei dat hij niet nog meer brood naar de fabriek kon meenemen; hij werd elke ochtend door de bewakers gecontroleerd. Hij kon de ring niet aannemen. Hij zei dat we hem moesten houden voor het geval we hem in de toekomst nodig zouden hebben.

Toen ik de volgende avond het pakje opende, zag ik dat de man mij een hele helft van zijn dubbele boterham had gegeven, zodat ik meer had om te delen. Hij hield nu minder voor zichzelf – hij gaf zelfs meer weg – zodat ik zijn geschenk met een andere Jodin kon delen.

Dit was voor mij iets verbazingwekkends, de vriendelijkheid van deze Duitser, de goedhartigheid van deze man, die zijn uiterste best wilde doen om twee Joden aan eten te helpen. Ik heb in de loop der jaren heel vaak aan deze man gedacht. Het spijt me dat ik te bang was om naar zijn gezicht te kijken; het spijt me dat ik nooit heb gevraagd hoe hij heette. Deze man riskeerde zijn eigen welzijn voor mij – hij zou beslist zijn gestraft als hij erop was betrapt dat hij eten aan een Jodin gaf. Zwirek had die goedheid twee jaar daarvoor getoond; Katz had het ook gedaan. Nu deed nog iemand het. Een Pool, een Jood en een Duitser: mannen met vriendelijkheid diep in hun hart.

Ik weet dat ik hun vriendelijkheid niet verdiende, evenmin als ik de ellende verdiende die ik moest verduren. Niets van wat in de oorlog gebeurde, was begrijpelijk. De wereld waarin ik woonde, was er niet een waarin beloningen en straffen op redelijke gronden werden uitgedeeld, volgens een norm van rechtvaardigheid die ik kon waarnemen. Leven en dood waren het resultaat van toeval, van geluk, van voorspoed – willekeurige gebeurtenissen die samen nooit iets vormden waarop ik kon rekenen.

13

Tegen het eind van maart 1945 moesten we weer vertrekken. De Duitsers in de fabriek wisten blijkbaar dat de oorlog gauw voorbij zou zijn, maar ze leken niet te weten wat ze met ons moesten doen: Lippstadt zou worden ingenomen en ze zouden vluchten, maar ze wilden ons niet achterlaten, want dan konden wij voor hun overwinnaars gaan werken. De soldaten die in de fabriek dienst deden, liepen urenlang heen en weer en keken hoe wij werkten; we konden hun nervositeit bijna ruiken. Op een avond, vlak voordat mijn dienst was afgelopen, riep de jonge officier die aan het hoofd van onze groep stond, ons naar het terrein voor de fabriek en zei dat we gingen vertrekken. Onmiddellijk. Ik voelde dat dit een opluchting voor hem was, eindelijk deze beslissing over hoe hij van ons af kon komen. In plaats van naar de barak terug te keren moesten we van het terrein af lopen, Lippstadt uit, in zuidelijke richting. De anderen – zoals Mima – die in de nachtdienst zaten, werden uit hun barak gehaald om zich bij ons te voegen. We droegen onze gerafelde, gestreepte jurk en de oude jas die we nog steeds uit Auschwitz bij ons hadden.

De laatste keer dat ik zo'n mars had gelopen, acht maanden daarvoor, waren we van Radom naar Tomaszów gegaan, in de gloeiende hitte midden in de zomer. Nu, eind maart, was het weer nog steeds winters, vooral 's nachts, en de weg was moeilijk begaanbaar vanwege bevroren modder en ijs. We liepen tegen elkaar gedrukt om onszelf tegen de kou te beschermen. We vormden een lange, vermoeide colonne van pakweg tweehonderd vrouwen, aan beide kanten geflankeerd door onze nog steeds bezorgde Duitse bewakers, hun geweer tegen hun borst geklemd, hun zware laarzen krakend in het ijs. We liepen twee nachten in de felle winterkou zonder te weten waar we naartoe werden gebracht of wat de Duitsers met ons zouden doen. Overdag werden we verborgen gehouden – ik herinner me dat we een keer in een verlaten schuur vol hooi werden gestopt. Ik dacht dat de Duitsers ons opsloten om de schuur in brand te steken; ik dacht dat we levend zouden worden verbrand. Ik wachtte in die schuur een hele tijd gespannen op het geluid van de eerste knetterende vlam.

Toen, op de derde ochtend van de mars, was het afgelopen. Letterlijk uit het niets, uit een overigens lege lucht. Het was nog heel vroeg, vlak voor de dageraad, en de lucht had die frisheid die soms kan opkomen op het moment dat de nacht klaar lijkt te zijn om in de dag over te gaan. Ik was verkleumd en drukte mijn jas tegen mijn keel om te proberen de vochtige lucht van me af te houden. Mima liep naast me, onze armen raakten elkaar bijna voor de warmte. We waren ontzettend moe, echt uitgeput, na weer een lange donkere nacht lopen – na zovele jaren oorlog. Ik had het vermoeden dat we niet ver van een stad waren – Kaunitz, zo bleek – omdat de weg steviger onder onze voeten was geworden en ik meende in de verte lichten te zien trillen. Mensen waren bezig op te staan en zich voor de komende dag klaar te maken.

Toen hoorden we het geronk van vliegtuigen, een gedempt gedreun dat in het helder wordende licht van een staalgrijze lucht naderde.

Alsof ze op een stilzwijgend bevel reageerden, begonnen de bewakers allemaal opeens tegen ons te schreeuwen: 'Ga liggen! Iedereen, op je buik. Gezicht naar beneden!' Een plotselinge uitbarsting van activiteiten verbrak de monotonie van onze eindeloze wandeling. De soldaten namen hun geweer van de schouder en renden om ons heen terwijl we op de grond vielen. Iemand schreeuwde het bevel nogmaals: 'Niet bewegen! Hef je hoofd niet op!' Ik drukte mijn gezicht in de bevroren modder, de Duitsers zouden zeker schieten. Ik kon Mima naast me voelen, maar ik was te bang om naar haar toe te schuiven en haar hand te zoeken. Ik deed zoals me was gezegd: ik lag stil; ik bewoog mijn hoofd niet. Boven ons het gedreun van overkomende vliegtuigen; om ons heen de onrustige ademhaling van de soldaten die met hun voeten in de kou stampten. Duurde het een uur? Misschien maar tien minuten. Ik weet het niet.

Toen werd er geschoten. Niet op ons, maar ook niet erg ver weg – een eindje verderop langs de weg – we hoorden het snelle geknal van geweervuur. 'Wij zijn de volgenden. Wij zijn de volgenden', bleef ik denken. 'Dit is het moment dat ik ga sterven.' Ik had bedacht dat het erger zou zijn dan een ontploffende bom, dat het langer zou duren te sterven door een geweerschot. Ik wilde niet langzaam sterven; ik wilde niet in pijn sterven. Ik ademde in de modder, stukjes grind drukten in mijn ijskoude lippen. Ik hield mijn ogen stijf dicht. Ik probeerde mezelf voor te bereiden op de kogels.

Enige tijd later hoorden we dat een andere groep vrouwen die met ons de fabriek had verlaten – een groep Russische gevangenen – was doodgeschoten. Ze hadden voor ons gelopen en ook zij hadden het bevel gekregen te gaan liggen toen het geluid van de vliegtuigen naderde, en toen hadden de Duitsers elk van hen doodgeschoten, gewoon op de weg. Kennelijk leidde dit kleine bloedbad tot onze bevrijding – want net toen de Russinnen werden doodgeschoten, vlogen de Amerikanen over en toen ze zagen wat er beneden gebeurde – er werden vrouwen in de rug geschoten – besloten ze in te grijpen. Dus kwamen ze aan parachutes naar beneden – tientallen vielen er uit de lucht. We hadden de indruk dat ze daar geen bevel toe hadden gekregen, dat het niet gepland was, want toen Mima zei dat het veilig was om op te kijken, om mijn hoofd uit de modder op te heffen (iets wat ik niet wilde doen; ik geloofde niet – ik kon niet geloven – dat de Duitsers gevlucht waren), zag ik soldaten, Amerikaanse soldaten, overal uit de lucht vallen, en sommigen van hen bloedden van hun val, anderen waren op de hekken langs de weg geland met hun parachutes op de houten palen. Ik zag een jonge soldaat aan de dikke takken van een boom bungelen. Maar Mima had gelijk – het was veilig ons hoofd op te heffen, want de Duitsers waren weggerend. We kwamen overeind, verbijsterd en vol ongeloof, en zagen dat we alleen door Amerikanen waren omringd, jongemannen die praatten in een taal die we niet verstonden, maar ze vertelden ons nieuws dat we wel begrepen. Het was voorbij: de Duitsers waren weg; we waren vrij.

Nog maar enkele momenten daarvoor hadden ze boven ons gestaan, hun geweren op onze rug gericht, klaar om te schieten. Maar in plaats van te schieten renden ze weg. Het was maar een minuut, een seconde, die mijn leven van mijn dood scheidde. Ik had dood kunnen zijn; ik stond op het punt dood te gaan. Maar in plaats daarvan – ik weet niet waarom – leefde ik nog.

De rand tussen leven en dood is zo scherp, zo willekeurig, zo zinloos.

De bevrijding was verbijsterend voor me. Ik herinner me dat ik het pakje suiker dat ik nog steeds uit Auschwitz bij me had, van me af gooide, ik dacht opeens dat ik het niet meer nodig had. Ik herinner me dat ik dacht – nee, ik herinner me dat ik heel helder besefte – dat ik geen Jodin meer wilde zijn, dat ik gewoon een mens wilde zijn zonder de lasten van de geschiedenis en van verplichtingen. En ik herinner me dat ik opeens schrok, dat er een angstaanjagende vraag opkwam uit mijn holle onderbuik: bij wie hoor ik, en wie hoort bij mij?

Ik had Mima: dat weet ik; ik wist dat toen. Maar ik had verloren wat mij het meest dierbaar was: mijn moeder, mijn Heniek. Terwijl ik midden tussen jubelende mensen stond, midden tussen tranen van dankbaarheid en ongelovige glimlachen, werd ik geschokt door een besef dat me een stekende pijn gaf: ik was vrij, ik zou een toekomst hebben, maar ik zou hem alleen binnengaan.

14

In de paar maanden voordat Jack stierf – in 2006, op 92-jarige leeftijd – keerden zijn gedachten vaak terug naar onze tijd samen in Garmisch-Partenkirchen. Jack hield heel veel van mij – ik zeg dat in alle eerlijkheid – en ik weet dat hij het fijn vond mij goed gekleed en goed gevoed te zien, mij omringd te zien door mooie dingen. We begonnen samen vanuit het niets; toen onze makelaardij succesvol werd, wilde hij graag dat het mij aan niets ontbrak. Hij noemde mij zijn koningin. Vanaf het begin en zelfs op onze oude dag zei hij dat iedereen jaloers op hem was omdat hij met mij aan zijn arm liep. Maar wat hij uiteindelijk – op het laatst – het belangrijkst vond was dat ik in 1945 opeens bij hem voor de deur stond.

'Ik kan gewoon niet geloven dat je naar me toe bent gekomen, dat je mij kwam opzoeken. Ik ben niet gelovig, Millie, maar ik geloof wel dat God je naar mij toe heeft gezonden.'

Hij dacht aan Garmisch-Partenkirchen.

Jack stond toen ook alleen in de wereld. Behalve zijn broer Mannes, die vóór de Eerste Wereldoorlog naar New York was geëmigreerd en die Jack nog nooit had ontmoet, waren al Jacks broers en zussen – hun gezin telde acht kinderen – verdwenen. Sommigen waren voor de oorlog overleden; anderen waren tijdens de oorlog gedood. De meesten van zijn nichten en neven waren ook gedood, en ook zijn vader en grootouders – zijn moeder was gestorven toen hij nog jong was. Zijn vrouw, Rachel, met wie hij pas drie of vier jaar getrouwd was toen hij werd gearresteerd, en zijn dochtertje Emma waren allebei weg. Een bloeiende, welvarende familie, allemaal dood. Op de rand van de wanhoop had Jack de wilskracht en de vastberadenheid gevonden om zich in te zetten voor het redden van bijna zevenhonderd jongens die in de zomer van 1944 met een transport naar Buchenwald waren gekomen. Na de oorlog wist Jack naar Garmisch-Partenkirchen te gaan en hij trok bij een van zijn neven in die had weten te overleven – Itamar, die in het appartement woonde dat hij met de groep andere Radomers deelde.

Jack was al enkele weken in Garmisch toen ik daar aan het eind van de zomer van 1945 aankwam. Ik kwam daar als een engel uit de woestijn, een verkondiger van geluk.

Het was niet echt waar dat ik naar Garmisch-Partenkirchen was gekomen om Jack te zoeken. Mima en ik waren op zoek naar Radomers en toen Mima verder wilde gaan, toen ze naar Italië wilde gaan omdat ze had gehoord dat haar man en haar zwager – mijn vader – in Bari op een boot naar Palestina wachtten, liet ze mij bij Jack achter, of althans, onder Jacks hoede. Ze zei gewoon: 'Bij Jack ben je veilig.'

Ik voelde me inderdaad veilig bij Jack. Ik werd geboeid door zijn verhalen, door het gruwelijke leed dat hij had ondergaan, door zijn vastberadenheid om het allemaal te overleven. Hij was zo slim en zo strategisch in de omgang met zijn overheersers – uitzoeken welke stenen je het beste kon oppakken of waar de vele kinderen die hem waren toevertrouwd het beste konden worden verborgen zodat de Duitsers hen niet zouden vinden. Ik bewonderde hem daarom en ik had ook medelijden met hem om de gruwelen die hij had doorstaan – urenlang met zijn armen op zijn rug aan een galg hangen, met een zweep op zijn blote rug geslagen worden totdat hij bewusteloos raakte van de pijn, onder lijken begraven worden en alleen bij toeval worden gered. Vergeleken daarbij vond ik mijn eigen verhalen eigenlijk onbelangrijk. Het feit dat hij ondanks zijn verleden door kon gaan en een toekomst voor zichzelf kon zien, hielp me misschien te beseffen dat ik dat wellicht ook kon.

Jack had zijn vrouw en kind verloren, zoals ik mijn Heniek had verloren. Daar spraken we over, althans een beetje. Ik kon mezelf er nooit toe brengen Jack over al mijn gevoelens voor Heniek te vertellen en waarom moest ik dat ook doen? Hij hoefde niet alle details te weten, net zo min als ik elk detail over zijn vrouw hoefde te weten. Maar we vertelden elkaar wel de grote lijnen van onze vorige liefdes en dat bracht ons dichter bij elkaar. Dat is een kwestie van eerlijkheid.

Toch wist ik nog steeds zeker dat ik niet zou hertrouwen, en dat zei ik tegen Jack. Het klinkt misschien vreemd, maar ook dat bracht ons dichter bij elkaar, misschien omdat Jack daardoor hardnekkiger probeerde mij te veroveren, maar volgens mij ook omdat ik mij bij hem op mijn gemak kon voelen aangezien ik toch niet met hem zou trouwen en er dus eigenlijk niets op het spel stond. Het gaf me een veilig gevoel, voor het eerst in jaren.

Mijn besluit om niet te hertrouwen vervaagde langzaam, onmerkbaar bijna, in de loop van de maanden die ik in Garmisch-Partenkirchen doorbracht. Ik merkte dat ik Jacks gezelschap zocht. Dus toen hij na vele uren rustige gesprekken die ring tussen zijn vingers liet draaien en vroeg: 'Aan welke vinger zal hij passen?', had ik al het idee dat hij aan de mijne zou passen.

We besloten samen naar Italië te gaan.

Tegen die tijd was Mima al weken weg en we hadden niets van haar vernomen of van iemand die haar had gezien. Ik wilde weten

Mima en Moishele voor de oorlog

wat er was gebeurd en of ze Feter en mijn vader had gevonden. Zo was de toestand na de oorlog – Joden die door heel Europa trokken, op treinen sprongen, in verlaten gebouwen sliepen, in een poging iemand van hun familie te vinden die nog in leven kon zijn. Het bleek dat Feter en mijn vader te horen hadden gekregen dat Mima en ik in Auschwitz waren gedood; een vrouw die ze uit Radom kenden, had hun verteld dat ze ons naar de gaskamers had zien gaan. Toen waren ze naar Bari gegaan, waar je, zo hadden ze gehoord, naar Palestina kon worden gesmokkeld. Mima wist hen uiteindelijk daar in Bari te vinden, maar de ontmoeting bracht zowel opluchting als verslagenheid. Mima vernam toen dat Feter het wel had overleefd, maar hun zoon, Moishele, niet. Ze had Moishele voor het laatst gezien toen de mannen in Auschwitz waren afgevoerd, en sindsdien had ze gehoopt, gebeden, dat Feter hem had kunnen beschermen, hem van de gaskamers had kunnen redden.

Mima en ik, 1946

Volgens mij is Mima nooit helemaal hersteld van wat ze die dag in Italië te horen kreeg. Geen van ons herstelde echt van de oorlog – het is iets absurds, een manier om niet met dingen te willen omgaan, te doen alsof ze anders zijn. Maar Mima had haar hoop voor Moishele zo dicht bij haar hart gehouden – ik denk dat ze al die tijd dat ze mij beschermde, ergens hoopte dat Feter hetzelfde voor hun zoon zou doen. Maar Feter had hem niet kunnen beschermen.

Gaf ze hem de schuld? Ik vraag het me af. Stierf er iets in haar liefde voor Feter op de dag dat ze Moishele's dood vernam? Chava was onder Feters hoede gedood; nu hoorde Mima dat Moishele ook gedood was. In werkelijkheid is er niets wat Feter had kunnen doen om hun kinderen te redden, maar het hart verdraagt zulke waarheden niet altijd. Mima had mij helpen overleven; haar eigen kinderen waren omgekomen. Mima en Feter hebben nooit meer een kind gekregen, hoewel Mima pas begin dertig was toen de oorlog voorbij was. Ik denk dat ze permanent verdrietig was.

Jack en ik wisten daar toen natuurlijk niets van, dus besloten we de reis naar Italië te maken om Mima en eventuele familieleden die ze had gevonden op te zoeken. Uiteindelijk vonden we onze familie niet in Italië. Mima, Feter en mijn vader keerden terug naar Garmisch-Partenkirchen toen wij net op weg waren naar het zuiden, en we werden pas herenigd nadat we naar Duitsland waren teruggekeerd. Maar onze reis door Italië bleek erg riskant te zijn op manieren die we niet hadden kunnen verzinnen, en die ervaring bracht Jack en mij dichter bij elkaar. Toen we terugkeerden, droeg ik Jacks ring.

We reisden per trein naar Italië en eerlijk gezegd was het best een feestelijke tijd. We hadden Displaced Person-kaarten, waarmee we op elke trein konden stappen, en Jack had wat geld bij elkaar gekregen door sigaretten en andere dingen in Garmisch te verkopen, zodat we onderweg wat te eten konden kopen – bijvoorbeeld een sandwich, die we deelden. In de trein naar Florence, ons eerste reisdoel, zat een groep Italiaanse soldaten die terugkeerden uit Russische krijgsgevangenkampen. Ze waren blij om hun bevrijding en we luisterden urenlang hoe ze Italiaanse klassiekers zongen. Het was eind herfst in Italië. Het weer was tintelend en helder, de lucht rook fris, de soldaten waren dronken bij het vooruitzicht thuis te komen en ik reisde met een man van wie ik tot mijn verrassing begon te houden. De soldaten gaven ons brood en wijn, en we aten en dronken en luisterden naar hun luidkeels gezongen liederen. Het was goed, dit alles; het was goed, het voelde aan als het leven.

In Florence vonden we een neef die ons vertelde dat Mima naar het zuiden was gegaan. We besloten ook naar het zuiden door te reizen in de hoop dat we haar onderweg zouden treffen of haar in Bari zouden vinden. We overnachtten in Florence in een klein hotel bij het station. Hoewel het ons meer geld kostte dan we wilden uitgeven, namen we twee kamers; ik kreeg een kamer op de begane grond en Jack een helemaal op de vijfde of zesde. Ik herinner me dat toen we die avond uiteengingen, Jack boven aan de wenteltrap midden in de hal stond; hij zwaaide naar me, wenste me een goede nacht en ik keek helemaal omhoog en zwaaide terug. Het was zo'n simpel genoegen – langzaam zwaaien naar een liefdevol gezicht dat innemend naar beneden kijkt. Ik moest erom lachen, om dat dwaze tafereel, en ik besefte opeens dat ik plezier had. Ik had niet gedacht dat dat mogelijk was.

De volgende ochtend gingen we op weg naar Livorno, dat in ons plan slechts een stopplaats onderweg naar Bari was. Maar toen we daar waren, vernamen we op de een of andere manier dat Mima Feter en mijn vader in Bari had gevonden en dat ze al op weg naar het noorden waren, terug naar Duitsland. Dus keerden we om. We zochten een plek om te overnachten, maar het enige wat we zagen waren gebouwen waarop *albergo* stond, wat 'hotel' in het Italiaans is, maar dat wisten we toen niet. We dachten dat er voor ons geen plek was om te slapen. Maar Jack zei dat ik me geen zorgen moest maken, hij zou wel iets bedenken.

Hij had een zakmes bij zich en daarmee sneed hij een paar takken van een palmboom en spreidde ze uit naast een gebouw vlak bij het station. 'Dit is ons bed', zei hij, 'hier, onder de sterren.' Ik vond het eng buiten te slapen, aan een straat bij het station, wat in geen enkele stad de plezierigste plek is. Maar Jack had er alle vertrouwen in; hij leek heel zeker van zichzelf te zijn en had altijd een grapje om mij gerust te stellen.

'Maak je geen zorgen, Maniusia. Niemand zal onze diamanten stelen.'

Natuurlijk hadden we geen diamanten.

'Hier', zei hij, 'ga naast me liggen.'

Hij maakte een plek voor mij op een bed van palmen. Ik rolde mezelf op naast hem en ontspande me onder zijn beschermende toezicht.

Hij legde zijn armen om me heen om me warm te houden. Toen fluisterde hij vriendelijk en zachtjes tegen me: 'Ik weet dat ik veel ouder ben dan jij, maar als ik niet te oud ben, als jij me wilt hebben, zou ik heel graag met je trouwen.' En hij tastte in zijn zak en haalde er de ring uit waarmee hij in Garmisch-Partenkirchen had gespeeld.

Ik veronderstel dat ik al besefte dat we op weg waren naar een huwelijk toen ik ermee instemde met hem naar Italië te gaan. En Jack was zo volhardend in zijn streven, zo vastberaden in zijn zichtbare liefde dat het moeilijk was weerstand aan hem te bieden. Ik denk dat hij me bijna als een kind beschouwde – jong en mooi en in zekere zin onbedorven ondanks mijn ervaring – en ik denk dat zoals hij het leven en een levensdoel had gevonden door zich in te zetten voor de bescherming van de kinderen die op transport naar Buchenwald waren gezet, hij het stimulerend vond mij te beschermen en voor mij te zorgen. Ik kwam vanuit de wildernis bij hem, een jong ding dat verzorgd moest worden. Ik accepteerde die rol;

ik omarmde hem zelfs, want ik wilde iemand die ouder was en wijzer in de grote wereld. Ik wilde iemand die sterk was waar ik me zwak voelde, iemand die vastbesloten was vreugde te vinden waar ik nu zo geneigd was alleen droefheid en leegte te zoeken.

De gedachte aan Heniek liet me niet los. Eerste liefde is zo puur, zo onbezoedeld door de eisen en kleinigheden van het leven. Die vreugde – Heniek houdt van mij! Hij heeft mij gekozen! – gaat niet weg. Maar ze kan wel opzij worden gezet om plaats te maken voor andere dingen. Dus hoewel ik mijn liefde voor Heniek niet opgaf, gaf ik wel mijn besluit op om nooit meer te trouwen. Ik opende mezelf – ik opende mijn hart – voor Jack.

Ik zei ja.

We brachten de nacht half wakend door, zenuwachtig overal om ons heen kijkend. Maar Jack had zijn armen om me heen geslagen en ik voelde me veilig.

We begonnen aan onze thuisreis.

We vonden de trein terug naar Duitsland. Het was rustig in de trein, er waren maar weinig mensen en totaal geen rumoerig gezang. Bij de Oostenrijkse grens kwamen ambtenaren de documenten controleren. We hadden nog steeds de Displaced Personkaarten die we op weg naar het zuiden hadden gebruikt, maar hoewel ze toen toereikend waren, werden ze nu om de een of andere reden ontoereikend geacht – we konden niet verstaan wat de Italiaanse bewakers zeiden; we wisten niet wat er verkeerd was. Dus na alles, nadat we onszelf hadden laten geloven dat alles voorbij was, dat we van de soldaten en geweren en bevelen die in nimmer aflatende woede werden geschreeuwd, af waren – werden we weer gearresteerd, onder bedreiging van een vuurwapen meegenomen en in een gevangenis gegooid.

Het was er pikdonker en koud. We waren opgesloten in een kamertje zonder ramen of ventilatie; we konden ons niet oriënteren omdat het zo donker was. Ik kon voelen dat er nog twee mensen in de ruimte waren, maar ze moeten net zo bang zijn geweest als wij, want niemand zei een woord. Het leek zo lang te duren in die duisternis. Langzaam begonnen onze ogen aan het donker te wennen en ik begon de contouren van twee gezichten te onderscheiden, en ogen die gloeiden als de ogen van een kat, keken in onze richting.

'Mania! Wij zijn het, Mania en Alter Singer!'

Ongelooflijk. Onvoorstelbaar. We waren in een cel gegooid bij een paar dat in de oorlog naar de fabriek in Radom was gebracht. Mania en ik hadden in dezelfde barak geslapen. Het was een onverklaarbaar toeval, maar volgens mij toch niet onverklaarbaarder dan alles wat we hadden doorgemaakt.

We vielen elkaar in de armen alsof we ieder een verloren schat hadden gevonden: een bekend gezicht, een langdurige omhelzing, een restant van thuis.

Na pakweg een dag werden we van de gevangenis naar een soort vluchtelingenkamp gebracht. Het kamp leek niet goed bewaakt – er waren geen wachttorens, geen Duitsers die ons met knuppels afranselden of met machinegeweren bedreigden – maar het was afgezet met prikkeldraad en propvol bange mannen en vrouwen, en we vonden het toch te veel lijken op de plaatsen waaruit we onlangs waren bevrijd dan dat we erop vertrouwden dat ons niets verkeerds zou overkomen.

De dag na onze aankomst bevrijdden we onszelf door een stuk van het hek op te tillen en er onderdoor te kruipen. Niemand leek het te merken.

We begonnen met zijn vieren in noordelijke richting te lopen, naar de Alpen.

We kwamen een groepje Joodse smokkelaars tegen. Ze waren op weg naar Oostenrijk en vonden het goed dat we met hen meeliepen zolang we hen konden bijhouden; ze zeiden dat ze niet op ons zouden wachten als ons tempo daalde. Ze kenden de weg over de Alpen en we konden in hun spoor volgen – het was inmiddels november of december en er lag veel sneeuw in de bergen – maar ze moesten de volgende ochtend over de grens zijn en konden echt niet wachten.

We waren niet voorbereid op zo'n reis. Jack noch ik had ooit in de bergen gelopen; we kwamen immers uit Radom, een industriestad met amper een heuvel, laat staan een berg, en we hadden het afgelopen halve decennium voortdurend aan de hongerdood moeten ontsnappen. We waren niet gebouwd voor zo'n tocht. We waren met de trein naar Italië gekomen en we dachten dat we op dezelfde manier zouden terugkeren. Ik had een trui en een lange broek die van een soldatenuniform was gemaakt, en had dus in ieder geval kleren die redelijk dik en sterk waren. Maar Jack droeg slechts een eenvoudig pak – een pak voor de stad, niet iets om te dragen als je in de winterse kou over de bergen trekt. En we hadden niet de juiste schoenen: je hebt hoge schoenen nodig om een berg te beklimmen en die hadden we niet. Ook geen handschoenen.

Toch waren we blij dat we gidsen hadden. We gingen op weg.

Ik herinner me dat we eerst een rivier moesten oversteken. De lucht was ijzig koud, het water was nog kouder en de rivier stroomde snel. Het was ook nacht en we konden moeilijk zien waar we precies liepen. De Alters liepen voor ons; de smokkelaars, onze gidsen, liepen voor hen. Jack en ik hielden elkaar vast en worstelden tegen de krachtige stroming. We waren niet gewend aan zo'n inspanning. Onze spieren begonnen het te begeven, ze waren zo strak en gespannen als een koord en verkrampten van de overbelasting.

We haalden de overkant – dat was een wonder – maar Jack was ergens aan zijn knie gewond geraakt en ons tempo daalde al gauw. We raakten gescheiden van onze vrienden en onze gidsen. We waren ergens in de Alpen, aan het begin van de winter, in het holst van de nacht. En we waren alleen en hadden geen idee in welke richting we moesten lopen.

Omhoog. Waar konden we anders heen? We gingen omhoog, naar de top van de berg, zodat we aan de andere kant naar beneden konden gaan.

Wat absurd! Wij tweeën, zonder eten of drinken, een berg beklimmen zonder gidsen, zonder lamp, zonder de juiste kleding. Maar wat konden we anders? We hadden geen andere keus dan omhoog te gaan, geen andere keus dan te klimmen.

Dus klommen we. De hele nacht, in sneeuw die bijna tot onze knieën reikte, elke stap een inspanning die groter was dan we redelijkerwijs konden opbrengen. We dachten de hele tijd dat we zo bij de kam moesten zijn, dat we er vlakbij moesten zijn, maar vóór ons was er telkens alleen maar nog meer berg, nog meer stappen die omhooggingen.

We hadden het ontzettend koud, waren heel moe en begonnen erg bang te worden.

Op een zeker moment kwamen we op een plateau en gingen we op de sneeuw zitten om uit te rusten. Ik hoorde het gehuil van dieren. Bergluipaarden, dacht ik, misschien jakhalzen. Het geluid van hongerige dieren moest daar al eerder hebben geklonken, maar onder het lopen had ik daar geen aandacht aan besteed; ik moet me hebben geconcentreerd op het kunnen nemen van de volgende stap. Maar nu, weggedoken tegen Jack in een kou die steen kon versplinteren, kon ik het gehuil van dieren horen dat weerkaatste in het licht vlak voor de dageraad.

Ik wist dat we daar niet konden blijven. Als we daar nog langer stil bleven zitten, als we in slaap vielen, konden we doodvriezen. En ik was bang dat de dieren naar ons toe zouden komen terwijl we sliepen, en ons levend zouden verslinden. Jack wilde blijven zitten om nog wat langer uit te rusten. Hij maakte een grapje over mijn angst: 'Misschien krijgen in ieder geval de dieren een ontbijt.' Hij was net zo bang als ik, dat wist ik, maar op de een of andere manier wist hij altijd een grapje van dingen te maken. Misschien was dat zijn redding, waren de grapjes zijn schild tegen de angst.

Ik zei tegen Jack dat we verder moesten gaan, anders zouden we helemaal alleen in de bergen doodgaan en niemand zou ons vinden.

Het begon nu licht te worden en tussen de bomen door zagen we in de verte een huisje, helemaal onder aan de berg. Een hut, dachten we, waar we misschien even beschutting konden vinden, een beetje warmte, misschien zelfs wat te eten. Het was een heel eind naar beneden, de berg was erg steil en Jack was bang voor de afdaling. Maar ik weigerde daar te blijven. Ik was bang voor de kou en nog meer voor het gehuil van de dieren.

We liepen naar de rand van het plateau en gingen zitten met onze benen uitgestrekt – ik vooraan, Jack achter me met zijn benen om me heen – als een tobogan, met zijn tweeën, een tweepersoonsslee in de sneeuw. We zetten af en begonnen van de helling af te glijden.

Het leek een tijdje te lukken, samen van de berg af te glijden naar dat licht in de verte. Maar al gauw gingen we te snel. Onder de bovenlaag van sneeuw zat een dikkere, diepere laag ijs. Onder het glijden konden we de harde ijslaag tegen ons achterwerk voelen, kleine uitsteeksels die in de stof van onze kleren haakten, door onze broek heen sneden, maar niet onze afdaling vertraagden. We raceten over een ijshelling naar beneden en we hadden geen mogelijkheid om te sturen of te stoppen.

Toen we de boomgrens naderden, zag ik voor ons een dikke boomstronk uit de sneeuw steken. Ik stak mijn been uit en wist op de een of andere manier – ik weet niet hoe – mijn voet erachter te haken, wat onze val abrupt stopte. We botsten, tuimelden over elkaar heen in de sneeuw. Maar we braken geen botten.

We krabbelden overeind en liepen verder, grepen naar boomstronken en takken voor steun terwijl we een weg naar beneden zochten.

Het was een oude, gammele hut. We klopten zachtjes op de dunne houten deur; we wilden niet iedereen binnen wakker maken. Een oude, magere man met gebogen rug deed open; langs hem heen konden we in het enige kleine vertrek kijken. Er stond een koe middenin niets te doen. De man had geen schuur voor zijn dier, dus woonde het bij hem. We begrepen dat hij niet veel kon hebben, maar we waren behoorlijk wanhopig. We hadden in geen twee dagen gegeten; we hadden op stukjes ijs gesabbeld. Ik deed mijn ring af, die Jack me een paar dagen daarvoor in Livorno had gegeven, en reikte hem de man aan. We hadden niets anders te bieden en we hadden echt wat te eten nodig. Maar de man nam hem niet aan. Hij zei in het Duits tegen ons dat we nu in Oostenrijk waren – we hadden ongemerkt de grens overgestoken – maar dat hij ons niets kon geven; hij kon nauwelijks zijn eigen gezin voeden met het schamele beetje dat hij had.

Hij wenste ons geluk en stuurde ons weg.

Het was intussen helemaal licht geworden en we waren bezorgd dat we in deze grensplaats voor smokkelaars konden worden gehouden. We moeten er als schooiers hebben uitgezien na onze nacht op de berg. We kwamen een groep arbeiders tegen en probeerden met hen op te lopen, zodat we niet zouden opvallen. Ik liep achter Jack en hield mijn ogen naar beneden gericht, want ik wilde zoals gewoonlijk onzichtbaar zijn. Maar ik keek wel. Ik zag dat Jacks broek, dunne stadskleren die ongeschikt waren voor de bergen, op het ijs aan rafels was gescheurd en dat ook zijn huid was geschaafd, en nu waren de repen stof en zijn huid aan elkaar vastgevroren. Zijn zitvlak was bevroren – rafels stof en vlees en bloed – aan elkaar gevroren. Hij moet het te koud hebben gehad, was misschien te bang, om de pijn te voelen. Ik wist dat we ergens naar binnen moesten gaan; hij moest zijn lichaam opwarmen. Wat zou er gebeuren als hij bevriezingsverschijnselen op zijn achterwerk kreeg?

We kwamen langs een winkel; misschien was het een bakkerij, ik weet het niet. Ik herinner me dat er ronde ovens binnen waren. We gingen naar binnen en lieten de vrouw daar zien wat er met

Jack was gebeurd – hij draaide zich gewoon om en ik wees naar zijn zitvlak. We mochten ons bij de ovens opwarmen en ze gaf me een naald en draad om te proberen Jacks broek te herstellen toen hij was ontdooid en ik de stof voorzichtig van zijn huid wist te halen. Het ging niet echt goed; er moest eigenlijk een grote lap op de broek, maar we redden het. Zoals altijd redden we het.

We wisten het station te bereiken en gingen zonder complicaties – godzijdank – terug naar Duitsland.

Jaren later verbaasden Jack en ik ons over wat we hadden doorgemaakt op ons kleine avontuur in Italië. Hoe dom waren we om te proberen op eigen kracht de Alpen over te steken – twee stadsbewoners die een berg oversteken. Het is absurd, zelfs als je er maar even over nadenkt. We hadden daar in de bergen dood kunnen gaan en niemand zou het ooit hebben geweten. Maar bij toeval, met wat geluk, met niet meer houvast dan dat – wisten we het te redden en toen we weer in Garmisch-Partenkirchen aankwamen, troffen we voorbereidingen voor ons huwelijk.

15

Jack was een romanticus. Vanaf het allereerste begin helemaal tot het eind wilde hij me altijd in vervoering meenemen, mijn aanwezigheid in zijn leven vieren. We trouwden op 24 januari 1946. We hadden geen geld, geen fotograaf, een handvol gasten. De oorlog was nog steeds vers voor ons allen en we beseften allemaal heel goed dat er heel veel mensen niet bij ons aanwezig waren naast die weinige mensen die er wel waren. In die dagen waren huwelijken gebeurtenissen met niet alleen vreugdegevoelens. Maar Jack deed zijn uiterste best om er een geweldige dag van te maken en ik hield van hem om het enthousiasme waarmee hij dat deed.

Ik werd eindelijk met mijn vader herenigd toen Jack en ik naar Garmisch-Partenkirchen terugkeerden. Mijn vader stemde van harte in met het huwelijk: Jack stond bekend als een goed mens en hij kwam uit een goede familie. Feter stond ook volledig achter het idee. Feters goedkeuring was voor mij heel belangrijk; in de oorlog had hij mijn leven gered. Twee keer zelfs – eerst toen hij me tegen mijn wil had gedwongen om in de fabriek te gaan werken, en nog eens toen hij bedacht hoe ik me tijdens de oblava in de fabriekskeuken moest verbergen. Hij had me tijdens de oorlog beschermd; zijn mening over wat ik daarna moest doen, betekende veel voor mij.

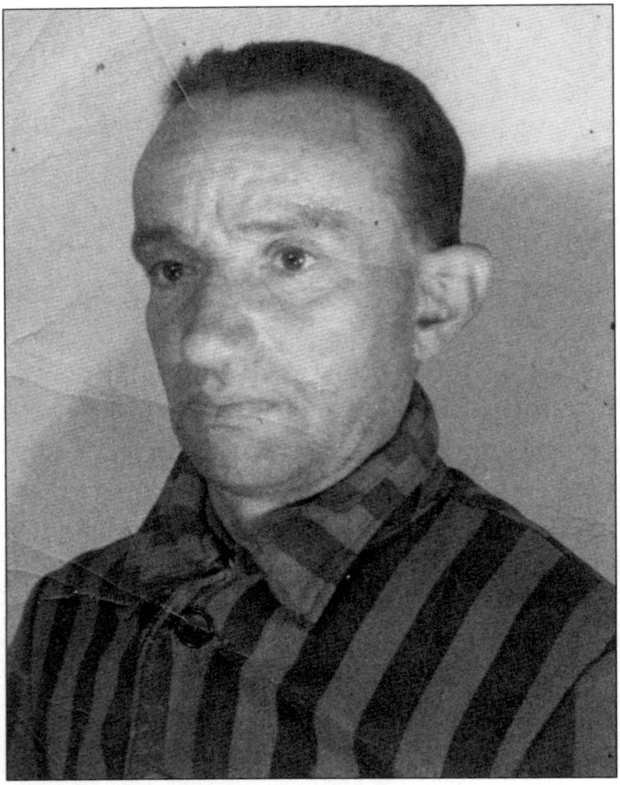

Mijn vader, enkele maanden na de oorlog

Ik ging naar de rabbijn in de stad om te vragen of hij de *choepa* wilde voltrekken. Het maakte me in wezen niet zoveel uit of een rabbijn ons huwelijk zou inzegenen; ik wilde daar niets meer mee te maken hebben, al sinds Auschwitz niet meer. Ik ging naar de rabbijn uit respect voor mijn vader en mijn oom; ik wist dat zij het op prijs zouden stellen, en ik wilde hun een plezier doen. Maar ik denk dat er momenten zijn geweest – niet veel misschien, maar een paar in de loop van mijn leven – dat mijn eigen gevoel van wat juist is de overhand heeft gehad over mijn neiging aan de verwachtingen van anderen te willen voldoen. Dit was een van die momenten.

De rabbijn was een man op leeftijd met waterige ogen en dunne plukjes baard. Hij zag er erg naar uit en hij sprak afstandelijk en formeel tegen me, toen we tegenover elkaar zaten aan een tafel in zijn appartement. De man had niets vriendelijks. Misschien had hij in de oorlog te veel meegemaakt; misschien had hij zelf te veel geleden. Ik wist dat ook hij de kampen had overleefd. Wat er van hem over was – als er ooit meer was geweest – was hard geworden, zo gevoelloos als steen. Hij stemde ermee in het huwelijk in te zegenen, maar hij zei dat ik eerst naar de *mikwe* moest gaan om volgens de traditie ritueel te worden gereinigd.

Dit vond ik waanzinnig. Gereinigd? Ik? Hoe was ik eigenlijk bezoedeld geraakt? Ik vroeg hem: 'Rabbi, weet u waar ik ben geweest? Ik kom net uit Auschwitz en u wilt dat ik naar de mikwe ga?'

Het maakte hem niets uit. Voor hem telden alleen de nauwgezette details van de wet. Hij hield aan: of ik ging naar de mikwe, of hij zou weigeren het huwelijk in te zegenen.

'Hebt u liever dat ik leef met een man zonder een choepa? Is dat beter?' vroeg ik.

Ik dacht dat hij misschien zou proberen mij te overtuigen, aan mij zou uitleggen waarom het belangrijk was naar de mikwe te gaan. Misschien kende hij de betekenis van dat ritueel; per slot van rekening was hij rabbijn. Misschien begreep hij waarom het voor mij noodzakelijk was 'gereinigd' te worden voordat ik ging trouwen.

Maar hij was niet geïnteresseerd in een gesprek of verklaring. Hij spuwde bijna naar me: 'Het maakt mij niet uit wat je doet: of je gaat naar de mikwe, of ik voltrek de choepa niet.'

Toen knalde ik opeens terug, tegen mijn karakter in, opstandig: 'Dan bent u niet de juiste rabbijn voor mij.' Ik stond op, draaide me om en liep weg.

Ik was daar zo trots op! Het gaf zo'n goed gevoel. Nog steeds, als ik erover nadenk, ben ik trots dat ik de moed had om me tegen die man te verzetten. Al jaren zeiden mensen tegen me wat ik moest doen. Ze zeiden: 'Ga', en ik ging; ze zeiden: 'Werk', en ik werkte. 'Sta op'; 'ga liggen'; 'ga daar staan'; 'ga daarheen.' Dat was mijn leven; ik was gevormd binnen het patroon van gehoorzaamheid aan bevelen. Maar toen ik naar deze rabbijn ging, gevoelloos en hardvochtig als hij was, kwam er opeens iets in mij overeind dat protesteerde. Zijn onbezonnen opdracht raakte iets hards in mij, iets wat sterk en onbuigzaam was, iets wat gewoon zei: 'Nee. Ik doe dat niet. Het is zinloos.' Het was mijn kleine poging om een ontzettend scheve wereld recht te krijgen. En het voelde goed.

Jack vond het geen probleem; misschien was hij zelfs ook een beetje trots op mij. In plaats van de rabbijn zou mijn oom het huwelijk voltrekken. Hij had Heniek en mij in het getto getrouwd; nu zou hij mij en Jack trouwen.

Jack trof alle voorbereidingen, voor zover mogelijk. Hij had whisky in Stuttgart gekocht, waar hij goedkoper was, en had hem met wat winst in Lippstadt verkocht, zodat hij wat geld had. Hij kocht bordeauxrode stof, waarvan hij een trouwjurk liet maken. De kleermaker vroeg of hij in voedsel betaald kon worden, dus vroeg Jack aan Srulik Rosensweig, de man die in de Amerikaanse keuken werkte en blikken soep voor ons naar het appartement meebracht, iets uit de keuken mee te nemen om de kleermaker te kunnen betalen, en dat deed hij. Jack wilde dat ik mijn haar liet doen, als een echte, elegante dame. Dus zocht hij een kapster en ging eropuit om wat hout te sprokkelen, zodat ze vuur kon maken om het water te verwarmen waarmee ze mijn haar kon wassen. Hij vroeg aan mijn vader naar Feldafing te gaan, een deportatiekamp niet ver van München, om te zien of hij wat koosjer vlees kon vinden voor onze bruiloft. We leefden als zwervers, vrijwel zonder enig bezit, maar we redden het van dag tot dag met etensresten, kliekjes, wat we maar aan eetbaars konden vinden – een sandwich van het vet dat op de soep in een blik dreef; een jurk die van het afgedankte uniform van een soldaat was genaaid. En Jack wist van al die stukjes en beetjes een wonderlijke dag te creëren, een wonderlijke bruiloft.

Hij gaf me chrysanten. Een bloem voor het koude seizoen, een bloem die lange nachten nodig heeft om te bloeien, een bloem die bij onze ervaring paste. Maar deze chrysanten waren wit en weelderig en vol leven, ze pasten bij de dag.

Jack nam me mee naar de zolder van het appartement – hij vond altijd dat zolders een speciale romantiek hadden; hij bood me de bloemen aan en gaf me een stuk papier dat hij van een bruine zak had gescheurd en waarop hij een huwelijksgedicht had geschreven:

בלומען ווייסע בלומען צארטע
ווי דיין נשמה ריין פון זינד
טראץ דאס שווערע לעבן דאס הארטע
נישט פערענדערט פון שטורם און ווינד

די צארטע בלומען וואס איך דיר היינט שיק
זאלן אויך ווייטער דיין סימבאל זיין
מיין ווינטש פון טיפן הארצן שטראלט פון ליבע גליק
איך זאל דער לעצטער אין די מיין לעצטע בלייבן מיין

Witte bloemen, tere bloemen
Zoals jouw ziel vrij van zonde
Ondanks het moeilijke, harde leven
Niet veranderd door storm, kou en wind.

De tere bloemen die ik je vandaag stuur
Mogen ze jouw symbool blijven;
Vanuit de diepte van mijn hart
Straalt mijn wens met liefde en veel vreugde
Ik zou jouw laatste moeten zijn en jij mijn laatste,
Altijd de mijne.

Midden in de winter een bloeiend gedicht, een gedicht als een bloem die wit bloeit, ondanks zijn verblijf in het donker.

Waar haalde Jack, na alles wat hij had doorgemaakt, de kracht vandaan om iets van zo'n tere schoonheid te schrijven? Daar stond ik versteld van. En ook het hoopvolle vertrouwen in de toekomst zonder het verleden te willen verdoezelen – dat we niet de eersten voor elkaar waren, maar opdat we voor elkaar de laatsten mochten zijn. Ik koester dit gedicht, zijn schoonheid, zijn eerlijkheid, zijn liefde.

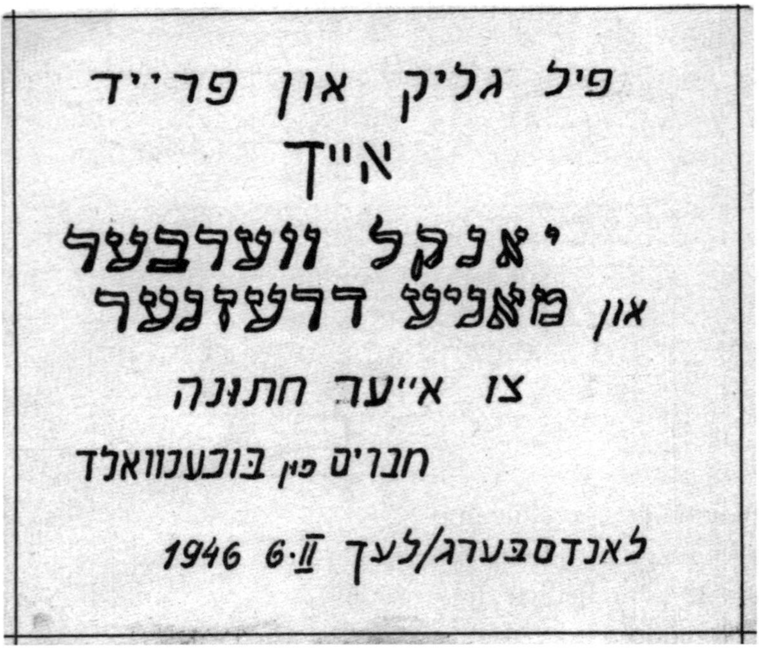
פיל גליק און פרייד
אייך
יאנקל ווערבער
און מאניע דרעזנער
צו אייער חתונה
חברים פון בוכענוואלד
לאנדסבערג/לעך 6.II 1946

Ik las het gedicht terwijl Jack toekeek. Toen ik klaar was en naar hem opkeek, overweldigd, denk ik, door de eenvoudige schoonheid van het gedicht in mijn handen, nam Jack me in zijn armen en boog zijn hoofd naar me toe en hij kuste me toen met een passie, een kracht zelfs, waarvan ik niet wist dat hij die had. En ik was verrast en verheugd – eerlijk gezegd opgelucht – toen ik merkte dat ik hem net zozeer wilde. Ik wilde hem ook.

We gingen eerst naar een Duitse kantonrechter voor een burgerlijke plechtigheid. Jack grapte: 'Ik neem je mee naar een priester om te trouwen.' Ik moet zeggen, het was een beetje vernederend voor een Duitse ambtenaar te staan en te horen hoe hij ons tot man en vrouw verklaarde. Wat deed die man een jaar geleden? Waar was hij toen? Maar dat was niet belangrijk. Het was een heldere winterdag en we reden naar het stadhuis in een open slee die door een wit paard werd getrokken. Het had iets sprookjesachtigs – ik in mijn nieuwe trouwjurk met mijn o-zo-witte bloemen in de hand en de sneeuw die overal om ons heen schitterde. Het was mooi, en het was fris en schoon en de lucht was helder.

Mijn oom voltrok de choepa in het appartement. Behalve wij tweeën, mijn vader, Mima en Feter waren er misschien nog twaalf mensen bij ons, allemaal uit Radom. De plechtigheid werd volgens de traditie voltrokken; het feest erna, met vlees dat mijn vader had kunnen bemachtigen, was eenvoudig en kort. Een vriend van ons wist twee sinaasappelen voor de gelegenheid te regelen – zelfs vóór de oorlog een zeldzame delicatesse. Die sinaasappelen gaven de bruiloft iets weelderigs en we waren dankbaar toen we zagen dat ze op onze bruiloftstafel werden gelegd.

Het was niet veel, maar het was genoeg. Jack en ik hadden elkaar gevonden. We waren verliefd. We waren getrouwd. Dat was een begin. Dat was genoeg.

Jack en ik, 1946

16

Jack had zijn broer Mannes nog nooit ontmoet en ik wist dat mijn man zowel verwachtingsvol als gespannen was toen we bij de deur van Mannes' mooie victoriaanse huis aankwamen in Beacon, New York. Het was eind juni 1946; we waren van de boot opgehaald door Jacks oom Philip en hij had ons die eerste avond naar de Hudson Valley gebracht om bij Mannes te logeren, die borg had gestaan voor onze overtocht. De deur gaf toegang tot een elegant halletje en we zagen Jacks broer en zijn vrouw in het zachte licht staan. Mannes stapte opeens naar voren, begroette ons hartelijk en omhelsde ons allebei innig.

Mannes' vrouw, Brina, was echter een heel ander verhaal. Ze stond stijfjes naast hem, haar armen over haar royale boezem gevouwen. We volgden hen de voorhal in; ze begroette Jack formeel en terwijl ze me even van top tot teen bekeek vroeg ze aan Jack: 'Is dit je vrouw?' Ze sprak mij niet aan; ze stak geen hand uit; ze knikte amper in mijn richting. Alsof ik een aanhangsel was, een stuk oude bagage dat Jack had meegenomen.

Toen zei ze eindelijk iets tegen mij: 'Je zou een bad moeten nemen.' Niet: 'Kom binnen. Je zult wel moe zijn van de reis. Ga toch zitten.' Niet: 'Welkom in ons huis. Godzijdank heb je het overleefd en heb je naar Amerika kunnen komen.' Niets hartelijks, niets menselijks. Alleen: 'Neem een bad', alsof ze, voordat ze mij kon aanraken, voordat ze mijn lichaam op haar beddenlakens kon dulden, eerst zeker moest weten dat ik de Europese ziektekiemen van me af had gewassen.

Oké, dacht ik, oké. Misschien ben ik wat gevoelig; misschien vat ik de ijzigheid, de koele neerbuigendheid in haar stem verkeerd op. Per slot van rekening was zij een rijke vrouw die het voor elkaar had. Haar man had het pilotenuniform uit één stuk uitgevonden. Net als bij de skioveralls voor kinderen die je nu ziet, waarin één rits van een schouder dwars over het lichaam naar het tegenovergestelde been loopt, maakte het ontwerp het voor vliegeniers mogelijk vlot hun uniform aan en uit te trekken. Mannes had tijdens de oorlog meerdere contracten met het leger afgesloten en was rijk geworden. Brina kwam uit Radom, net als wij, maar zij had het gemaakt in Amerika en daar stond ik, vers van een overzeese reis uit een oude, ouderwetse wereld. Ze zag me waarschijnlijk staren naar de Studebaker op de oprit toen ik binnenkwam; wie had er ooit zoiets eerder gezien? Misschien was wat ik als neerbuigende minachting beschouwde, slechts een nieuwerwetse vorm van formaliteit.

Ik pakte mijn spullen en ging de trap op. Terwijl ik me uitkleedde in de zolderkamer waar we zouden slapen, hoorde ik dat op de eerste verdieping het bad werd gevuld, wat me verbaasde, want ik dacht dat van mij werd verwacht dat ik zelf het bad liet vollopen, vooral gezien de manier waarop ik bij onze aankomst was behandeld. Ik ging naar de badkamer en liet me in het warme water glijden. Dat was prettig. Het was prettig me te ontspannen, in het schuim weg te zakken. Ik was toen net zwanger en had net tien dagen op een ruige zee doorgebracht, misselijk, in een kooi op het benedendek van een militair transportschip.

Er klopte iemand op de deur. 'Was niet je gezicht.' Het was Mannes. Ik begreep niet waarom hij dat zei, maar ik besteedde er niet veel aandacht aan. Een paar minuten later klopte hij weer. En opnieuw klonk de duistere instructie door de deur: 'Malka' – hij noemde me bij mijn Jiddisje naam – 'was niet je gezicht met het badwater.' Ik werd er zenuwachtig van en vroeg me af wat er mis was met het water dat ik het niet op mijn gezicht mocht laten komen. Toen een derde keer: 'Was niet je gezicht, Malka. We hebben een desinfecterend middel in het water gedaan.'

Het was alsof de aarde onder me openging. Ik was terug in Auschwitz en werd ontluisd. Ik had gedacht dat ik eindelijk op een veilige plek was gekomen, waar ik mezelf niet altijd als de buitenstaander zou hoeven beschouwen, als de ongewenste, het uitschot van de aarde. Ik had gedacht dat Jack en ik hier, in dit nieuwe land van mogelijkheden, helemaal opnieuw konden beginnen, een nieuw begin konden maken en samen iets konden opbouwen, een nieuw leven. Maar ze lieten me beseffen dat het hier niet anders was; hier, zelfs bij mijn eigen familie, was ik nog steeds de vuile Jodin.

Het was niet mijn wens naar Amerika te gaan. Hoewel Jack erg graag zijn enige overgebleven broer wilde ontmoeten, bleef ik denken aan wat mijn grootvader tegen me zei toen ik nog een kind was – dat de straten in Amerika van treife waren gemaakt. Zelfs met al het optimisme dat mensen na de oorlog hadden over de eindeloze mogelijkheden van Amerika – in Amerika kon je alles bereiken, in Amerika kon je rijk worden – vond ik Amerika beangstigend vreemd, totaal niet wat ik als een thuis beschouwde. Maar ik wist dat ik in Europa geen thuis meer had. Een echtpaar dat Jack kende, was enkele maanden na de oorlog naar Radom teruggekeerd en ze waren door de Polen aldaar opgehangen; ze waren vermoedelijk bang dat het paar zijn bezittingen terug wilde hebben. Dus regelde Jack samen met de Hebrew Immigrant Aid Society, de Joodse instantie in Europa, onze overtocht en we vertrokken half juni 1946, samen met mijn vader en Jacks enige overgebleven neef, Sidney.

Het was allemaal wel goed begonnen. We herkenden Jacks oom, Philip, op de kade omdat hij een bord droeg waarop 'Werber' stond, en we baanden ons een weg door de menigte om bij

Op de boot naar Amerika

hem te komen. Philip nam ons eerst mee naar zijn appartement in de Bronx. Hij vertelde ons dat hij dakwerker was, en liet ons alle daken aan de Grand Concourse zien waaraan hij had gewerkt. De Grand Concourse was in die tijd een elegante buurt; de mannen droegen bontkragen en de vrouwen doorzichtige nylonkousen. We dachten dat hij wel miljonair moest zijn als hij al die daken had gemaakt, maar het bleek dat hij alleen daken repareerde; hij bracht ze niet nieuw aan. Maar zijn flatgebouw stond aan een mooie straat met bomen en toen we zijn appartement binnenkwamen zagen we een enorme tafel die net zo lang als de woonkamer leek te zijn. Hij stond helemaal vol met eten. We konden onze ogen niet geloven – gegrilde kip, plakken naborst, aardappelen die in een porseleinen schaal lagen te dampen. We hadden nog nooit zo'n feestmaal gezien. We dachten, dit is Amerika, deze overvloed, deze luxe die gemakkelijk te krijgen is. Jacks oom, een eenvoudige dakhersteller uit Polen, had zijn eigen appartement en had genoeg te eten; hij had zelfs een auto. Het voelde prettig aan in dit Amerika te komen. Dit land van mogelijkheden, dachten we, zou voor ons ook mogelijkheden hebben.

Dat bleek minder waar – of zelfs helemaal niet waar – toen we bij Mannes thuis kwamen. In de drie weken die we daar doorbrachten, kregen we het gevoel dat we helemaal niets waren.

Ik had een stuk zeep uit Europa bij me, een klein ovaal stuk Palmolive zeep dat geurde als een veldboeket. Mima had het ergens gevonden toen we in Kaunitz woonden. Dat stuk zeep, keurig ingepakt in zijn geribde groene papier, was voor mij een symbool van een andere wereld, lang voor de oorlog, een wereld waarin vrouwen een zachte huid en zijden haar hadden, een wereld waarin vrouwen over straat rondliepen en fris en schoon konden ruiken – zoals de vrouwen in de tijdschriften die mijn moeder in ons appartement had voor haar klanten om in te kijken. Ik was dol op dat stukje zeep en toen Mima het aan mij gaf, besloot ik meteen het nooit te zullen gebruiken; ik wilde het niet opgebruiken met water en wassen. In plaats daarvan deed ik mezelf een kleine belofte – dat wanneer ik ooit echt ondergoed zou kunnen kopen, wanneer ik wat slipjes en beha's en kousen voor mezelf kon aanschaffen, ik dit heerlijk geurende stuk zeep tussen mijn fijne ondergoed zou leggen, en dat ik die lekkere geur elke dag op mezelf zou kunnen dragen.

En dat deed ik ook. Ik bewaarde de zeep als een reukzakje en toen ik veertien maanden later in Beacon aankwam, had ik dat stuk zeep nog steeds bij me.

Na tien of twaalf dagen op de boot, en nu weer een paar dagen in Beacon, wilde ik wat kleren wassen, dus vroeg ik aan Brina of ik ergens wat van onze kleren kon uitwassen. Ja, zei ze, in de kelder; daar kon ik een wastafel en een spoelbak gebruiken, maar ze had helemaal geen zeep. 'O, ik heb wel zeep', zei ik tegen haar. 'Ik zal je de mijne geven.' Hoewel ik het vreemd vond dat ze helemaal geen zeep voor haar eigen wasgoed had, ging ik mijn stuk Palmolive halen. Brina nam het van me aan, scheurde het pakpapier eraf, gaf het terug aan mij en zei: 'Goed, dit kun je gebruiken.'

Ik waste onze kleren in de spoelbak in de kelder uit en gebruikte daarbij mijn stukje zeep helemaal op. De hele tijd huilde ik zachtjes terwijl ik het zag oplossen.

Toen Mannes mij later op die dag tegenkwam, kon hij zien dat ik had gehuild, ook al probeerde ik dat te verbergen. Hij vroeg wat er aan de hand was. Ik zei tegen hem dat alles in orde was, dat ik die middag wat kleren had gewassen en dat ik moe was. Hij vroeg of ik hun wasmachine goed vond. Wasmachine? Welke wasmachine? Ik had alles met de hand gedaan. 'Waarom heb je dat gedaan, Malka? We hebben een prima machine die de was voor je doet.' En hij liet me het apparaat in de kelder zien en hij wees me op de doos zeeppoeder op de plank erboven. Het was Ivory zeep. Ik kende dat merk niet en ik kon de Engelse tekst op de doos niet lezen.

Waarom was Brina zo hardvochtig? Ze kende me niet; ze kende Jack niet. Wat kon ze toch tegen ons hebben dat ze mij met zoveel minachting behandelde?

Misschien was ik voor haar een sta-in-de-weg; misschien beschouwde ze me als een geïmmigreerd Pools dienstmeisje. Ik was prost, eenvoudig, net als Chava, de vrouw van Chiel Friedman.

Brina behandelde me als de achterlijke arbeidster, die alleen leefde om haar van dienst te zijn.

Mannes stelde voor dat Brina mij mee uit winkelen zou nemen. Ik droeg namelijk een kostuum dat ik in Europa had gemaakt van stof van een pak dat van een man was geweest. Ik had een ruim zittend jasje en een lange, wijde rok. Het was niet veel, maar ik vond het mooi genoeg. Het was in Amerika echter blijkbaar niet smaakvol. Op een ochtend kwam ik naar beneden vanaf de zolder waar Jack en ik een kamer hadden, en Brina keek naar mij en zei: 'Kijk eens wat ze aanheeft!' Het klonk alsof ze zei: 'Wat een droefenis! Wat schandalig dat ze zo gekleed gaat.' De mode van dat moment bleek precies tegenovergesteld te zijn aan wat ik aanhad – kokerrokken, alles strak tegen het lichaam en goed passend. Ik was ouderwets. Dit was echt geen doen. Mannes stelde vriendelijk een verbetering voor.

Brina en ik gingen een dagje naar de stad. Ik was nerveus om met haar weg te gaan; ik wist niet wat ik kon verwachten. Ik was helemaal aan haar overgeleverd; ik kende de weg in de stad niet en ik kende nog helemaal geen Engels. Maar ik was toch opgewonden door het vooruitzicht – het idee een winkel binnen te gaan en daar geld uit te geven; het idee om naar de artikelen te kijken die te koop waren; misschien een hoed, een paar handschoenen op te pakken; iets te passen en naar mezelf in de spiegel te kijken. Die simpele genoegens van het leven, die meisjesachtige genoegens – ik had ze al zo lang niet gekend. Ik was blij met het idee van een avontuurlijke dag.

Eerst gingen we naar een schoenen- en kousenwinkel. Brina was daar bekend, zoals ze in heel Beacon bekend was. De eigenaar begroette haar hartelijk en Brina stelde me voor alsof ik haar liefdadigheidsgeval was, een erbarmelijk schepsel uit een andere wereld: ik was haar '*greenhorn*', haar 'groentje'. Dat werd Brina's standaardbeschrijving van mij en Jack – haar '*greenhorn*', zoals pas aangekomen immigranten werden genoemd. Het was zo'n neerbuigend woord; het was zo hooghartig en minachtend, zo arrogant: een groentje – een onwetend mens, een vreemde, misschien niet helemaal menselijk. Het woord *greenhorn* – het is in het Jiddisj hetzelfde als in het Engels – stamt uit de middeleeuwen; het heeft betrekking op een jonge koe waarvan de onontwikkelde hoorns nog groen zijn.

De winkelier keek naar mij met een mengsel van medelijden en verbijstering. Ik voelde me niet op mijn gemak en in verlegenheid gebracht, maar ik was ook kwaad dat Brina mij als een armoedzaaier had voorgesteld. De man moet Brina's bedoeling hebben begrepen, want hij ging naar achteren en kwam terug met enkele paren kousen die hij aan mij gaf – gratis, als vorm van liefdadigheid. Het was natuurlijk gul van hem; maar ik was gekrenkt. Ik wilde helemaal geen liefdadigheidsgeval zijn.

Hij gaf me het pakje, ik knikte als dank en we gingen weg.

Daarna gingen we naar Woolworth's, het plaatselijke warenhuis met goedkope artikelen. Ik herinner me dat ik me overweldigd voelde door de hoeveelheid koopwaar – gangpad na gangpad vol huishoudelijke artikelen, kantoorbenodigdheden, toiletartikelen – zelfs een pad voor 'diversen', voor dingen die in geen enkele andere categorie pasten. Brina kocht wat dingen en gaf me de tas zodat ik hem voor haar kon dragen op onze wandeling naar huis.

Ik vond het niet vervelend die tas te dragen; ik had maar al te graag wat voor haar gedragen als ze dat had gevraagd. Maar ze vroeg het niet; ze ging er gewoon van uit – alsof de hele reden waarom ik daar was, waarom ik met haar was gaan winkelen, was *dat* ik de pakjes voor haar kon dragen.

Toen we thuiskwamen, nam ze de tassen van me aan – zowel die van de kousenwinkel als die van Woolworth's – en ze hield alle artikelen, kousen en al, voor zichzelf.

Ik begon te beseffen dat ik haar dienstmeid was. Ik was naar Amerika gekomen om Brina's dienstmeid te zijn.

Op een middag zat ik buiten om wat in de zon uit te rusten.

Brina riep naar me vanuit de keuken: 'Malka, kom hier.' Plichtsgetrouw ging ik naar binnen en ik zag haar aan de tafel vlees staan malen. Ze zei: 'Malka, hier: maal dit vlees voor mij.' Ze had geen behoefte aan beleefdheden, geen behoefte aan sympathie, geen behoefte om te vragen of ik alsjeblieft ... Ik was haar bediende, niet haar gast, ik behoorde niet tot haar familie.

Ik werd bang voor haar.

Elke avond diende ze kleine porties eten op – misschien twee of drie ons vlees, een halve aardappel. Het kunnen niet de voedselprijzen zijn geweest die de omvang van haar maaltijden bepaalden; zij en Mannes hadden genoeg geld om net zoveel mensen te eten te geven als ze wilden. Misschien deden ze al aan de Amerikaanse gewoonte om eindeloos op dieet te zijn – ik weet het niet. Maar zelfs als de porties groot genoeg waren voor hen die jarenlang al zoveel hadden gegeten, ze waren voor ons nooit genoeg; ze konden nooit onze constante honger stillen. Ik was zwanger en Jacks neef, Sidney, was pas achttien. Omgeven door overvloed hadden we altijd honger.

Op een avond, toen de maaltijd voorbij was en iedereen zich voor de nacht had teruggetrokken, besloten Jack en Sidney naar de keuken te gaan en wat geroosterd brood te halen zodat we met zijn drieën nog wat konden eten voordat we naar bed gingen. Ik dacht dat ze drie sneetjes mee terug zouden nemen, een voor ieder van ons. Maar toen ze terugkwamen, zag ik dat ze zeven of acht sneetjes bij zich hadden – misschien wel een half brood – en ik werd bang. We konden al dat brood niet zomaar voor onszelf pakken; Brina zou de volgende ochtend merken dat het brood verdwenen was en ze zou ons van diefstal beschuldigen. Ik weigerde iets te eten totdat ze ermee instemden de helft van wat ze hadden meegenomen terug naar de keuken te brengen.

Zou ze me echt van diefstal hebben beschuldigd? Was ze echt zo bot? Misschien niet, maar het enige wat ik van haar kreeg was kille minachting en de blik van iemand die me verachtte.

Op een dag liet Brina me een doos vol foto's zien. Ze waren uit haar jeugd in Radom en er stonden groepen mensen op, sommigen nog jong, arm in arm staand of zittend op banken voor gebouwen, anderen ouder, formeel staand als voor een portretfoto. Het waren zwart-witfoto's, korrelig, zoals alle foto's in die tijd waren, en ik herkende er niemand op. Brina was minstens dertig jaar ouder dan ik; het was onwaarschijnlijk dat we gezamenlijke kennissen in Radom hadden. Maar toen zag ik op een foto een man die ik herkende – Ydel Weissman, die een vriend van mijn broer was geweest.

'Die daar', zei ik terwijl ik op de foto wees, 'ik ken hem. Dat is Ydel Weissman.'

'Dat is de man van mijn zuster', antwoordde ze. 'Vertel me eens waarom jij het hebt overleefd en mijn zuster niet.'

Het was een beschuldiging, geen vraag.

Ik kon niet in Beacon blijven; ik vond het er ondraaglijk. Ik zei tegen Jack dat we moesten vertrekken. Ik zou natuurlijk gaan werken; ik ging met alle plezier huizen schoonmaken, vloeren schrobben. Dat vond ik geen punt; ik deinsde er niet voor terug om te werken. Maar niet voor haar, niet voor Brina, niet in Beacon.

Jack was het met me eens; hij voelde zich daar ook niet op zijn gemak. Dus zeiden we tegen Mannes en Brina dat we weggingen – 'Ja', zei Brina, 'ja, New York is een veel betere stad voor een jong stel' – en we vertrokken. Ze vroegen niet waar we naartoe gingen; ze boden niet aan wat geld te lenen. We waren immigranten en kenden geen Engels; we hadden niet meer dan een koffertje bij ons; we hadden geen adres om heen te gaan en vrijwel geen geld. We hadden uit Duitsland een sigarettenkoker en een gouden ringetje meegenomen, die we eerst aan Mannes en Brina hadden willen geven als dank voor hun gastvrijheid, maar toen Jack zag hoe de situatie was, stelde hij voor dat we die dingen voor onszelf zouden houden; we hadden ook een Leica camera. Dat was al het waardevolle dat we hadden; daarmee moesten we een leven opbouwen.

We namen de trein naar Manhattan.

17

Martin werd geboren op 11 februari 1947. Jack en ik namen hem tien dagen later mee uit het ziekenhuis. Het was een moeilijke bevalling en na 24 uur moest Martin met de verlostang worden gehaald. Maar ik was zo blij dat ik was bevallen en een gezond kind had. Ik was bezorgd geweest dat de baby er misschien als een aap had uitgezien – ik was in de zomer een keer naar de dierentuin geweest en ik had de apen in hun donkere kooien zien spelen. Het was toen een volkswijsheid (en hoe had ik anders moeten weten? Wie had mij moeten vertellen dat het anders was?) dat als een zwangere vrouw iets ongewoons zag – en voor mij waren apen natuurlijk iets ongewoons – het beeld van wat ze zag op haar baby zou worden afgedrukt. Als een baby met een hazenlip werd geboren, kwam dat naar men zei doordat de moeder tijdens de zwangerschap waarschijnlijk naar konijnen had gekeken. Ik was bezorgd dat mijn baby vanwege die apen misschien niet helemaal gaaf geboren zou worden. Maar Martin was volmaakt: tien vingertjes en tien teentjes, en een ongelooflijk zijdezacht hoofd en heel zachte blauwe ogen. We namen hem mee naar ons appartement en stopten hem in het bedje dat we van een kussen en wat handdoeken in de la van een kast hadden gemaakt. Ik was moeder, jong en erg onzeker.

In feite waren Jack en ik krakers in een vrijwel verlaten gebouw bij de Williamsburg Bridge op de Lower East Side. We waren daarheen verhuisd nadat we enkele maanden een paar kamers hadden gehuurd bij Jacks nicht Molly. We hadden de Leica camera verkocht die we uit Europa hadden meegenomen – we zeiden tegen de man in de fotozaak dat hij moest betalen wat de camera volgens hem waard was, en hij gaf ons 75 dollar, wat, zo vernamen we later, ver beneden de waarde was, maar het was toen voor ons echt een fortuin – en we betaalden Molly 17 dollar huur per maand. Maar aan het begin van de herfst beseften we dat we een eigen woning nodig hadden, en we hadden gehoord dat je op de Lower East Side heel aardig kon wonen, waar je maar wilde.

Het gebouw aan Lewis Street waar we op onszelf waren gaan wonen, was door de eigenaar verlaten nadat de Board of Health het had afgekeurd. Er was elektriciteit en stromend koud water, maar geen verwarming of warm water. Op de straat stapelde het afval voor het gebouw zich op en de stank van rottend afval drong tot in de appartementen door. Ik koos een appartement op de tweede verdieping, ook al was er geen lift, om zo ver mogelijk van de stank te zijn.

Als we 's winters met Martin thuiskwamen, konden we het nooit warm genoeg krijgen. We sliepen in zoveel mogelijk lagen kleren als we konden aantrekken – drie paar sokken, overhemden en truien, dassen en hoeden. We pakten ons in als zwervers.

Er stond een badkuip midden in de keuken en 's zomers vulde ik hem met koud water waarin ik mezelf kon onderdompelen om wat af te koelen. Een keer probeerde ik 's nachts op de brandtrap te slapen om wat verkoeling te krijgen, maar ik was bang voor de dieren die 's nachts binnen konden komen en ging dus weer naar binnen.

Het was er primitief en ik huilde bij de gedachte dat ook dit Amerika was – dit vuil, deze armoede, het afval en de stank en de wind die tegen de ramen beukte – maar we woonden er op onszelf. Het was mijn eerste woning, mijn eerste echte woning, sinds ik zes jaar daarvoor met mijn familie naar het getto had moeten verhuizen. Ik was vastbesloten het zo mooi mogelijk te maken. Ik schrobde de vloer met azijn en zout; ik schuurde de gootsteen en bekleedde de kastplanken met papier. Ik kocht stof in Orchard Street en maakte gordijntjes voor de ramen. Het was een kraakpand, maar we hadden bijna het gevoel een gezinnetje te hebben. Jack vond werk in het Garment District; mijn vader en Sidney trokken uiteindelijk in een ander appartement op dezelfde verdieping. Ik hield onze woning schoon en bereidde elke avond het eten, en toen we Martin uit het ziekenhuis mee naar huis namen en hem in het bedje in de la stopten, voelde het echt alsof we een gezin vormden. Ons eigen huis, onze eigen zoon.

Ik was de hele tijd bang.

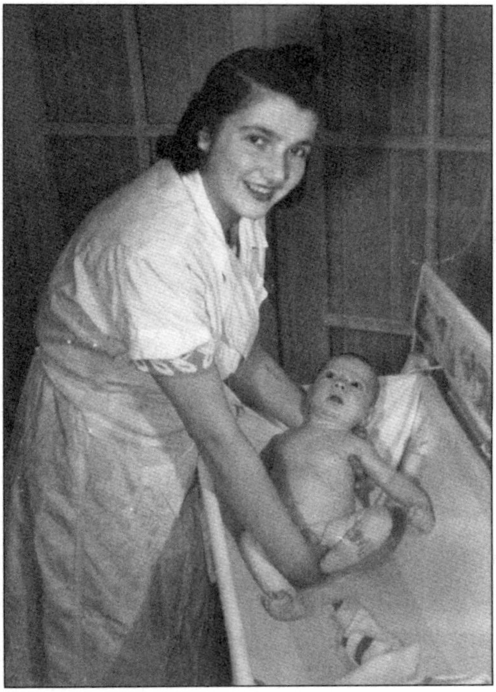

Ik met Martin

Ik had geen idee hoe je voor een kind moest zorgen. In het pand woonde een oude vrouw – het was een droevig wezen met een kromme rug, maar ze werd mijn gids omdat er niemand anders was die me kon begeleiden. Martin krabde zich soms wat op zijn gezicht en de vrouw vertelde me dat ik zijn nagels moest knippen. Maar hoe kon ik zulke onmogelijk kleine vingertjes met een schaar behandelen? Hoe moest ik hem stilhouden? Ze vertelde me dat ik heel goed voor ziektekiemen moest uitkijken, dat ziektekiemen overal waren en dat Martin er ziek van kon worden. Dus waste ik alles wat Martin droeg – zijn hemdjes, zijn broeken, zijn sokken, zijn luiers – in kokend water, droogde ze en streek ze. Ik streek al zijn schone luiers om de ziektekiemen te doden die zich daarin konden verschuilen.

Ik was ongerust dat hij niet zou gaan praten. Het was een heel fijne baby, die geen eisen stelde en zich gemakkelijk aanpaste. Hij huilde niet veel, maar het kwam geen moment in me op dat zijn zachte gekir een teken van tevredenheid kon zijn. In plaats daarvan maakte ik me zorgen. 'Hoe kan hij ooit gaan praten als hij niet huilt?' Omdat ik niets van zulke dingen wist, ging ik met hem naar een consultatiebureau en zei tegen de dokter waar ik me zorgen over maakte. De dokter trok de fles uit Martins mond en begon hem te plagen; hij hield de fles vlak voor zijn lippen en trok hem weer weg voordat Martin hem kon vastpakken. Het arme kind begon binnen een paar tellen te krijsen. 'Ziet u?', zei de dokter, 'het kind kan heel goed huilen.'

Maar ik wist nergens van. Ik was nog geen twintig jaar oud en er was niemand die me informatie gaf, niemand die me moed gaf en tegen me zei dat ik niet bezorgd hoefde te zijn. Niemand die zei dat ik het goed deed. Jack probeerde mij natuurlijk te steunen, maar hij wist nog minder dan ik. Hij was ook bang – hij hield Martin niet eens vast uit angst dat hij hem zou laten vallen. Ik vond het heerlijk moeder te zijn; het bevredigde iets diep in mij, een verlangen om volledig verbonden te zijn met een ander levend wezen. Maar ik kon er niet zo van genieten als ik wilde. Ik was de hele tijd bezig met de luiers en met schoonmaken, en bovenal was ik bang, verteerd door de vrees dat ik het niet goed deed. Het ging niet alleen om de praktische dingen: ervoor zorgen dat Martin veilig en schoon en gezond was, ervoor zorgen dat hij genoeg at, hopen dat hij voldoende groeide, en erop letten dat hij niet op de trap zou struikelen toen hij begon te lopen. Het was de droom. Die vreselijke droom.

Zelfs toen mijn angsten overdag begonnen af te nemen, toen ik begon te vertrouwen op mijn eigen gevoel hoe ik moeder moest zijn of hoe ik een kind moest opvoeden, zelfs nadat onze tweede zoon, David, drie jaar later was geboren en ik niet meer zo bezorgd was over hoe ik een kind in bad moest doen of hoe ik hem moest vasthouden als zijn nagels geknipt moesten worden, nadat ik zelfs was opgehouden schone luiers te strijken, kwam de droom nog steeds terug. Gedurende vele jaren, lang nadat we van Lewis Street naar een aantal steeds mooiere appartementen waren verhuisd, volgde de droom mij als een demon. Mijn kinderen werden pubers en toen volwassen, en nog steeds werd ik 's nachts wakker van die dromen en merkte ik dat ik koud en bezweet was, en dat mijn hart tekeerging.

In de droom ben ik in Auschwitz.

Op een zeker moment, vrij kort na mijn aankomst in Auschwitz, voordat Mima het paar kinderschoenen voor mij stal – dat gedeelte is waar, dat is geen droom – werden alle vrouwen in onze groep, de munitiewerkers uit Radom, naar een ander deel van het kamp overgeplaatst, zoals ik heb verteld. Ik droeg nog steeds die moorddadige houten klompen. De grond om de nieuwe barak was bedekt met puntige stenen. Geen aangestampte aarde, geen grind, maar grote stenen bedekten de grond, stenen met scherpe randen, alsof ze net uit een groeve kwamen en ruw bewerkt waren. Het was moeilijk over die stenen te lopen; nergens kon je je voeten stevig neerzetten tussen alle ongelijkmatige randen. De houten klompen – die niet buigzaam waren, die niet de onregelmatige vormen volgden – maakten het nog moeilijker. Soms viel ik – een paar keer viel ik gewoon toen ik over het terrein probeerde te lopen – en vallen was gevaarlijk: als je op het verkeerde moment viel, als de verkeerde persoon jou zag vallen, kon je worden geslagen, of gedood.

Het is die scène die in de droom terugkeert. Ik ben daar weer, op dat terrein in Auschwitz, ik draag die vreselijke houten klompen en sta onzeker op die scherpe stenen. In de droom is het net als toen, alleen is het nog erger – want nu houd ik Martin vast. Het is een klein kind – misschien net een jaar oud – en hij kan nog niet lopen. Hij draagt geen schoenen, dus zou hij evengoed niet kunnen lopen als ik hem neerzette. Maar ik kan hem niet neerzetten, want dan zal hij proberen te kruipen en als hij daar gaat kruipen, als hij die zachte knieën, die gerimpelde handjes op die stenen zou zetten, dan zal zijn soepele huid, die zachter is dan het zachtste eiderdons, opengaan. Die rotsige punten, die scherpe randen zullen in Martins huid snijden en hem laten bloeden. In de droom houd ik hem vast; ik kan hem niet neerzetten. De zon brandt op de stenen en de hitte stijgt dik en zwaar voor me op. Mijn armen worden zwaar belast door het gewicht van mijn arme jongen, die samen met mij in dit kamp gevangen zit, zonder mogelijkheid om te ontsnappen. Ik houd hem vast – mijn God! Ik houd hem vast – zoals ik moet doen. Maar mijn armen staan in brand door zijn enorme zwaarte, door de last van mijn mooie, geliefde jongen. Ik moet mijn zoon vasthouden, ik moet hem tegen me aan gedrukt houden, maar ik voel dat mijn greep verslapt. Ik voel dat mijn zoon begint te vallen.

Dit is de droom. Ik heb hem een keer aan een Duitse psychiater verteld – in de vijftiger jaren stuurde de Duitse regering me naar dokters en naar een psychiater in New York, in het kader van de schadevergoedingen aan overlevenden – en de psychiater die mijn droom hoorde, zei dat hij hem 'fascinerend' vond. Toen raadde hij me aan het verleden achter me te laten en gewoon door te gaan met mijn leven.

Jack troostte me altijd als ik uit de droom ontwaakte. Dan hield hij me vast en huilde ik in zijn armen, en dan maakte hij ergens een grapje over, zoals hij altijd deed, en na een tijdje lukte het me weer in slaap te vallen.

Ik heb de droom niet meer zo vaak. Maar soms keert hij terug, levendig en intens als altijd. En dan ben ik weer in Auschwitz, bang om zelfs maar één stap te zetten.

Nawoord

Ik ben nu oud; dat valt niet te ontkennen. Mijn huid is doorschijnend, als vloeipapier; ik kan mijn aderen aan de onderkant van mijn armen zien. Mijn haar, dat vroeger dun als van een baby was, is tientallen jaren geleden al zo dun geworden dat het bijna niets meer is. Ik heb een paar jaar geleden een beroerte gehad en nu sta ik soms wankel op mijn benen, maar ik wil per se zonder stok lopen.

Het is moeilijk alleen te zijn. Ik heb vriendinnen die nu ook alleen zijn, weduwen na tientallen jaren getrouwd te zijn geweest. Op de een of andere manier lijken ze zich te redden, al weet ik echt niet wat ze diep van binnen voelen, 's nachts, als het stil is. Ik weet voor mezelf dat het moeilijk is – ik vind het echt ondraaglijk moeilijk. Ik begrijp niet waarom het leven zo in elkaar zit, waarom de ene partner moet sterven en de andere helemaal alleen moet laten. Ware partners zouden tegelijk moeten sterven, op hetzelfde moment.

Ik hield van Jack en ik hield van het leven waarvoor we zo hard hebben gewerkt. We hebben in de loop van decennia een zaak opgebouwd: Jack en ik namen alle financiële beslissingen samen; ik deed veel werkzaamheden zelf. In de beginjaren maakte ik, zelfs met twee kleine kinderen om voor te zorgen, appartementen schoon en zorgde voor de inrichting, en ik ging vaak met de ondergrondse, en bijna altijd 's avonds, de huur bij onze huurders ophalen. Ik was dan niet bang; ik had ergere dingen meegemaakt. Jack en ik probeerden iets van onszelf te maken, voor onszelf en voor onze familie, en we deden het samen, als partners.

Jack kwam bij mij altijd op de eerste plaats, boven mezelf – zelfs boven de kinderen. Ik wilde hem gelukkig maken, zo goed als ik kon al het leed compenseren dat hij in de oorlog had ondervonden. Ik maakte elke dag een lunch voor hem, hielp hem in zijn jas en gaf hem zijn aktetas aan als hij 's ochtends naar zijn werk ging. Hij was bang in het verkeer, dus reed ik hem overal naartoe – naar zijn zakelijke afspraken, naar zakenlunches, naar de kapper. We waren altijd samen.

Ik weet dat Jack mij altijd op zijn beurt wilde verwennen. Hij kon me nooit vaak genoeg mee op vakantie nemen – vooral naar kuuroorden in Italië, waar we ons lieten masseren en overdag in dikke katoenen badjassen luierden en 's avonds verfijnde maaltijden aten – en hij kon nooit genoeg cadeaus voor me kopen. Op het laatst zei ik niet meer dat ik iets erg mooi vond – bijvoorbeeld een sieraad of een vaas of een beeldje – als we een wandeling maakten en etalages keken, want de volgende dag kreeg ik altijd wat ik maar had aangewezen, ingepakt in een mooie doos. Zelfs toen ik op middelbare leeftijd kwam en een paar kilo aankwam, wilde Jack niet dat ik op dieet ging; hij zei dat ik mooi was zoals ik was, en bovendien, had ik in de oorlog niet genoeg honger geleden?

Jack vormde het antwoord op de vraag die ik mezelf op het moment van mijn bevrijding had gesteld – bij wie hoor ik, en wie hoort bij mij? Zestig jaar lang hoorden Jack en ik bij elkaar. Ik kan me niet voorstellen hoe mijn leven zonder hem zou zijn geweest. Mima zei in Garmisch-Partenkirchen dat ik bij Jack veilig zou zijn, en ze had gelijk.

Vóór Jack was ik natuurlijk ook bij anderen veilig. In mijn verhaal heb ik ze erg graag willen eren – Mima en Feter, Zwirek en Zosia,

Katz en Leon Rosenbaum, en een Duitser wiens naam ik nooit heb geweten. De gedachte aan deze onbaatzuchtige zielen heeft me in de loop der jaren getroost en gesteund. Familieleden en vreemden, Joden en niet-Joden, die eenvoudige mensen waren gewoon goed voor mij, ook al had ik niets gedaan om hun goedheid te verdienen en ook al kon ik nooit iets voor hen terugdoen. Ook al geloof ik niet meer zo in God, ik geloof wel in mensen: ik geloof dat er zelfs in de gruwelijkste omstandigheden ruimte is om te kiezen. Ongeacht de situatie moeten mensen nog steeds bepalen hoe ze in de wereld staan – goed of slecht, vriendelijk of wreed, of iets daartussenin – met dagelijkse keuzen, zowel grote als kleine. Mima en Feter, Zwirek en Zosia, en alle anderen – zij maakten keuzen die me hielpen in leven te blijven toen vele anderen dat niet konden.

Ik wil dat de wereld iets over deze mensen weet, deze stille helden in mijn leven.

Maar boven alles wil ik dat de wereld van Heniek weet, die nooit een gezin heeft kunnen opbouwen dat hem kan eren en zich hem kan herinneren. Ik wil niet dat Heniek uit de geschiedenis wordt geschrapt; ik wil Heniek geven wat hem toekomt, want in de allerzwaarste tijden koos hij ervoor een vriendelijke en elegante man te zijn. Vijfenzestig jaar lang heb ik Heniek voor mezelf gehouden. De foto die Mima in haar schoen bewaarde, in het midden gekreukeld en aan de randen afgeschilferd, en de gouden ringen die Jadzia Fetman verborg – dat zijn mijn privé-aandenkens geweest. Af en toe – één keer per maand, soms vaker – ga ik de kast in, tast achter de opgevouwen truien en keurig opgestapelde dozen sjaals, en haal mijn ringen en mijn foto uit hun geheime bergplaats. Gedurende enkele momenten zit ik alleen en houd de ringen in mijn hand en kijk naar de foto, onze twee gezichten zo bevallig in hun jeugd, zo zichtbaar onbedorven, en dan herinner ik me weer het gevoel van wat Heniek en ik deelden – die eerste kus, dat kwellende verlangen, die enkele korte weken van hoop. Om heimelijk te beseffen dat ik ooit dat meisje was, dat jonge meisje dat Heniek als zijn bruid koos ...

Het is moeilijk oud te zijn, maar ouderdom heeft ook iets bevrijdends, want eindelijk besef je dat je je geschiedenis helemaal kunt verkondigen, dat je een stem aan je geheugen kunt geven en zijn waarheid kunt uitspreken, en dat het geen verraad of indiscretie is om dat te doen.

Nu hoef ik geen geheimen meer te bewaren. Nu verkondig ik mijn eerste liefde, opdat ze niet met mij sterft:

Mijn Heniek, ik heb ontzettend veel van je gehouden.

Millie Werber staat nu aan het hoofd van een hechte, liefdevolle familie. Nadat ze in 1946 naar de Verenigde Staten waren verhuisd, brachten zij en haar man Jack hun twee zonen groot in Queens, New York, waar ze samen een makelaardij in onroerend goed opbouwden. Ze zijn zestig jaar lang gelukkig geweest, tot Jacks dood in 2006. Millie woont nu op Long Island, omringd door haar kinderen, kleinkinderen en achterkleinkinderen.

Eve Keller is hoogleraar in Engels en studiecoördinator van Graduate Studies aan het English Department van Fordham University. Ze is auteur van *Generating Bodies and Gendered Selves: The Rhetoric of Reproduction in Early Modern England* en heeft veel geschreven over literatuur, wetenschap en geneeskunde in het vroegmoderne Engeland. Ze woont in een voorstad van New York met haar man, twee kinderen en een egel.